U0679394

全世界都知道我喜欢你

玖玖 著

青岛出版社
QINGDAO PUBLISHING HOUSE

图书在版编目（ＣＩＰ）数据

全世界都知道我喜欢你 / 玖玖著.—青岛：青岛
出版社，2020.5
ISBN 978-7-5552-9119-0

Ⅰ.①全… Ⅱ.①玖… Ⅲ.①长篇小说－中国－当代
Ⅳ.①I247.5

中国版本图书馆CIP数据核字(2020)第059063号

书　　名	全世界都知道我喜欢你
著　　者	玖　玖
出版发行	青岛出版社
社　　址	青岛市海尔路182号（266061）
本社网址	http://www.qdpub.com
邮购电话	010-85787680-8015　　13335059110
	0532-85814750（传真）　　0532-68068026
责任编辑	李文峰
特约编辑	崔　悦　程钰云
校　　对	张庆云
装帧设计	蒋　晴
照　　排	梁　霞
印　　刷	三河市良远印刷有限公司
出版日期	2020年5月第1版　　2020年5月第1次印刷
开　　本	32开（880mm×1230mm）
印　　张	9.5
字　　数	140 千
书　　号	ISBN 978-7-5552-9119-0
定　　价	39.80元

编校印装质量、盗版监督服务电话　4006532017　　0532-68068638

建议陈列类别:畅销·青春文学

目录

目录

吃货的世界

全世界都知道我喜欢你

001

从朋友的婚礼回到家，我对夏辰璟道："今天婚礼上，新郎一口气说了新娘十几个优点！夏先生，我最近也很需要这样的甜蜜炮弹哪。"

夏辰璟玩着手机，头也不抬："我也可以呀。不过，这种口是心非的话，你确定要听？"

口是心非？

我："……"

夏辰璟这个时候放下手机，冲着我招招手："老婆，过来坐好。"

我坐在他的面前，满脸窃喜地望着他："嗯？怎么说？"

夏辰璟一脸认真："不如我们相互用三个形容词形容对方，缺点优点无所谓。"

我："好吧。"

我仔细想了想："工作狂、工作狂、工作狂！"

夏辰璟略微沉吟了一下，没有反驳。他很快说出形容我的词语："吃货、胖子。"

我微眯着眼睛瞪他，略略咬牙切齿："还有呢？"

夏辰璟一本正经："最后一个形容词可能有点长——越吃越多，越吃越胖。"

我看着他再也绷不住哈哈大笑的模样，顿时有种想把他揍扁的冲动。

002

其实我觉得，我之所以变成一个胖胖的吃货，和夏辰璟有着密切的关系。

夏辰璟有一段时间很喜欢跟我说，老婆，你等着，我要给你一个惊喜哦。

夏辰璟算不上是一个浪漫的人，自从我们相识之后，我几乎从没有在他那里感受过所谓的"惊喜"。

所以第一次听他说下班后要给我一个"惊喜"，我以为他终于开窍了。我甚至在脑海里幻想着他会给我带来怎样的震惊。

我盼星星盼月亮，终于盼到他下班回来，也等到了那个惊喜——两个肉夹馍。

我一时之间有点不知道该做出怎么样的反应——说实话，心里的落差有点大呀！

夏辰璟眼睛亮亮地和我说："你前几天不是说想去西安吃肉夹馍吗？"

我好像是说过，但也只是随口一说。

夏辰璟："原来有家'咸阳居'做的西安小吃很正宗，没想到倒闭了。我想着雪山路这儿做的肉夹馍味道也很不错，于是特地绕过去给你买的。虽然味道不是很正宗，但是也很符合我们A市人民的口味呀！还热乎着的，老婆你快吃呀。"

我咬了一口，果然很好吃！

但夏辰璟事先没有透露过。我是吃过晚饭的呀，而且早就吃饱了呀！于是我只能把肉夹馍放冰箱当次日的早餐了。

有了这次的经验，从此之后，夏辰璟一说我惊喜，我想都不用想，直接回他："肯定又是吃的吧。"

夏辰璟："聪明！"

第二次的惊喜，是两个饼。他在市区一家很有名的饼店排了好长的队，买了一个葱油味的和一个梅干肉味的。

第三次的惊喜，是三斤车厘子。

第四次的惊喜，是刚上市的枇杷。

第N次的惊喜，还是吃的……

好在，吃货的世界没有鲜花、钻石，只有美食。

或者说，我之所以成为吃货，不就是因为他一次次制造的"惊喜"成全的吗？

003

我们刚确定男女朋友关系时，夏辰璟给我做了一个外形漂亮的黑森林蛋糕和四个口味不同的木糠杯。

据说这些是他花了大半天的时间跟同事学的。

黑森林蛋糕很好吃，蛋糕松软，奶油纯正可口，里面的车厘子个头大，又甜又很新鲜。

不过木糠杯稍甜了一些，我放在冰箱里保鲜，吃了好些天。

从小到大，第一次有外人为我花费那么多心思，当时的我很感动。

我甚至还暗暗想着以后是不是可以时不时地吃到一个那么美味的蛋糕。

不过事后证明是我想多了……

过了一年之后，我拿出当时拍的蛋糕照片给他："夏同学，你快来看看，当初的你多贤惠呀！为什么再也没有了？"

夏辰璟说："因为追到了呀。"

我："可是你给我做蛋糕的时候，不也算是追到了吗？"

夏辰璟："当时我怕我们的感情还不牢固。"

我："所以？"

夏辰璟："所以要用甜品来巩固下我们的感情。"

我愤愤道："你这个骗子，那为什么不多巩固几次？你当时还说要学做剁椒鱼头给我吃，哦，对了，还有酸菜鱼啊，糖醋里脊啊，蛋黄焗南瓜啊什么的，很多很多的，你都说要做给我吃的。"

夏辰璟说："后来发现是我想多了，我们情比金坚哪。"

我无奈地冲他翻了个白眼……

004

某个情人节的前夕——

我刚从厕所出来，就听到夏辰璟在和他的朋友语音聊天。

朋友："阿璟，你不给你女朋友买束花呀？我这里有刚从昆明空运过来的鲜花，要不要订个礼盒？"

夏辰璟："不用，她对这些没兴趣。她只喜欢吃。"

朋友："……"

我："……"

我倚在门口瞪着他，心里默默想着：虽然兴趣不是很大，但是过节也要有过节的气氛嘛！

夏辰璟："你伯父那里是不是卖野生鲫鱼？你帮我订两条。"

朋友："你真没情趣！"

等到他们语聊结束，我站在夏辰璟面前，幽幽地重复他朋友说的那句话："夏辰璟，你真没情趣！"

夏辰璟冲我微微一笑："我家大宝贝怎么看得上那些俗物，还是活蹦乱跳的鲫鱼符合你的胃口！"

我："我偶尔也俗一下呀，不行吗？"

夏辰璟："那我们迟点去超市。西蓝花、花菜、萝卜……每个颜色都给你配起来，明天过完节我们就把它们煮了吃掉。好不好？"

我愤愤地冲他道："好个鬼呀！你没救了！"

005

夏辰璟每次说我是吃货的时候，我都忍不住反驳他，你不也是。

我刚和夏辰璟认识的时候，他喜欢吃零食，尤爱甜食、油炸食品。比如巧克力、汉堡、爆米花、冰激凌等。

他给出的理由是，小时候家境不好，吃不起，如今要补回来，所以要多吃点。

对于他这种理由，我表示十分无语。

某次我和闺密去逛街，把他一个人扔在商场。

无聊的他去了某个甜品店，点了一杯饮料和两块蛋糕，然后全给吃掉了。

我非常讨厌他这一点，觉得一个大老爷们怎么可以像个小姑娘一样喜欢吃甜食。

他说："你这是性别歧视，男人喜欢甜食怎么了？"

我说："这是为你好，摄入甜食过多容易得高血糖，继而引发高血压、高血脂。"

他哼了一声不说话，过了一段时间将单位体检报告丢在我面前："看吧。"

我默默地浏览了一下这些正常范围内的数值："为了继续保持这个好数据，以后我们不吃糖了哈，乖。"

夏辰璟："……"

那时候我们刚认识，夏辰璟并不知我的喜好，一直觉得我不让他吃甜食和零食，是因为我自己不爱吃。

看电影的时候，他问我要不要爆米花和可乐，我说不要，他问我要不要其他吃的，我统统拒绝说不要。

作为一个资深吃货，我可能讨厌甜食、零食吗？但是没办法，我容易胖，相亲的时候要注重体形，所以大部分时间在戒……特别是高糖、油炸的食品，我都视之为垃圾食品，不敢多吃。

所以我看到夏辰璟在我面前吃这些，我忍得很辛苦。再加上刚认识，我也比较腼腆，大部分时间会下意识地摇头。

在我们熬过恋爱过渡期之后，我的本质开始显现了，我不再是那个这个不吃那个不吃的我了，反倒是变得这个要吃那个也要吃。

然后，我就沦为和夏辰璟一起吃，他吃多少，我也吃多少。

夏辰璟惊呆了，他发现我比他还爱吃。

于是，他果断地戒掉了，而且是彻底戒掉了。

现在，他除了吃水果，几乎不怎么碰甜食了，他说怕刺激我。

006

我很喜欢吃寿司。

夏辰璟讨厌我吃寿司，就像我讨厌他吃甜食一样。

他觉得寿司属于生食，生食吃多了肚子里容易长虫子。

明明我说了我尽量吃熟的寿司，他还是不允许。

于是我们约法三章，他不吃我不让他吃的东西，他也不许我吃寿司。

我只能说好。

即便是这样，每次朋友圈有寿司店做活动，或者寿司新店开张，他看到了都会转发给我。

我给他发了个鄙视的表情："你不是不让我吃吗？你又拿着这些照片勾引我是什么意思？"

夏辰璟："你不是每天都在念叨嘛，偶尔允许你吃一次。"

我顿时拉住他的手，星星眼地望着他："嘻嘻嘻，你真好哇！"

我们两个人去吃寿司的时候，服务员都会推荐二人套餐，因为比较优惠。

夏辰璟总会摆摆手："我不吃，点一个一人套餐就好。"

寿司上桌后，他就坐在对面，默默看着我吃完。而我呢，先愉快地拍了图发朋友圈，再慢条斯理地享用。

他就满脸嫌弃地看着我："傻！下次不准吃了！"

我满足地冲着他笑："好哇！"

可每过一段时间，我就像失忆一般，再次冲着他嚷："我们什么时候去吃寿司呀？"

夏辰璟："……"

007

我喜欢吃酸酸甜甜的水果，尤爱吃柚子、菠萝，每到柚子、菠萝上市的时候，我都会驱车去水果批发市场批发一箱过来。

不过我懒哪，不乐意做"吃前工作"。没结婚的时候，这活是我妈做的，结了婚之后这活就落到夏辰璟身上了。

剥柚子还好，但菠萝自己切就麻烦了。第一次切菠萝，他无从下手，特地从网上找了个切菠萝的视频看，不过手里没有称手的工具，最后花了好长的时间才将菠萝处理好。

后来，他见我搬了一整箱菠萝回家，索性在网上买了切菠萝四件套。

四件套到的那天，他特地将我叫到边上，说给我露上一手。

他切着菠萝的皮："这个刀快，好切多了。"

将菠萝的皮切去之后，他用去眼刀一个一个地挖。

我望着灯光下他垂眸的侧脸，心里莫名感到感动和温暖，却忍不住在他边上念叨着："切菠萝好麻烦哪，好麻烦。"

夏辰璟："废话，还扎手。"

我点头，表示赞同。

夏辰璟长叹了一口气："有个爱吃的老婆，就是麻烦。"

我喊了一声："你就知足吧，幸好我就这么点爱好。"

夏辰璟冲我露出坏坏的笑容："你老公对你这么好，你就没有要表示一下的？"

我一本正经地点点头："这种活不适合我，还是适合你干。"

夏辰璟："……"

008

晚饭我吃得不多，过了一会儿，夏辰璟冲我道："老婆你饿了吗？饿了要吃东西的。"

我："不饿啦。"

夏辰璟："你可以吃点橙子。不过还是吃你自己上次买的那个吧，我前天买的那个橙子不好吃，你不要吃了。"

我："知道啦。"

夏辰璟有些感慨道："买亏了，太相信外国进口货了，太酸了，一点都不好吃。"

我不由瞪他："上次买过超市里的那个赣南脐橙了，又甜又好吃，你非要买另外的品种，又贵又难吃！你看，还是我买的好吃吧？"

夏辰璟很是无奈地看着我："我是想着一定要买最贵最好的给老婆呀。"

我顿时哑口无言，好吧，我是感动得不知道说什么好。

009

餐后，我冲夏辰璟道："我要吃苹果和梨。"

我本想着他给我洗两个水果过来就好了，没想到他在厨房折腾了好长时间，把每个水果削好皮，切好片。

夏辰璟端着切好的水果过来时，我心满意足地夸了他："哇！好体贴呀！"

夏辰璟："我知道你懒。"

不过让我惊奇的是，在切好的水果中间还躺着三个长方形的水果核，上面并没有多少果肉了。

我："怎么还有这个？不扔掉吗？"

夏辰璟自然而然地拿走最不甜的水果核："总不能浪费啊，这个给我吃，好的给老婆吃呀。"

我："好老公哇！不过这个好酸啊。"

我美美地吃着甜甜的水果片，他一个个啃着水果核。

终于等到他吃完，我往他嘴里塞水果片："来，给你尝尝好吃的。"

夏辰璟微微一笑："甜，谢谢老婆。"

010

在认识夏辰璟之前，我对火锅不感兴趣，吃火锅的次数不超过两只手。

但是夏辰璟很喜欢吃火锅，认识他之后，我发现我也爱上了火锅。

各式火锅，各式涮涮锅，以及火锅自助餐，我们把A市最好吃的火锅店都吃了个遍。

之前，他吃辣，而我从来不吃。

我们刚刚认识时，他为了迁就我，吃得很清淡。熟悉之后，我知道他工作辛苦，容易上火，更不让他吃辣，甚至连鸳鸯锅也不让他点。

后来有一次，我们去吃火锅，他有点遗憾道："哎呀，有了老婆之后，连口味都变得不一样了，辣味火锅成了历史。"

我："这样你就不容易上火啦。"

夏辰璟："其实你不懂，吃火锅不吃辣，简直就是在糟蹋火锅。"

我："我宁愿糟蹋火锅，也不愿意糟蹋你呀。再说了，你的酱料已经有点辣了，再吵我就给你换成芝麻酱。"

夏辰璟顿时妥协："老婆说得对。"

过了一会儿，夏辰璟又道："你看边上这几桌，吃得那么慢，还不停地讲话。"

我顺着他的视线观察了一会儿："看样子人家在相亲嘛，肯定要吃慢点，多了解了解。"

夏辰璟微微一笑："就是呀，哪像我们哪，老夫老妻了都想着赶紧吃完回家睡觉。"

我："……"

011

某个周末，我需要参加一场考试。

明明我们说好，等我考完试，我们就一起去吃海鲜自助餐。这家自助餐有点贵，我们纠结了很久才决定去的。

可我才从考场出来，就收到夏辰璟发来的消息："对不起老婆，临时加班，领导召唤我去单位了。"

经历了一场烧脑的考试，我饿得饥肠辘辘，再想起他失约，顿时又生气又失望。我愤愤地在微信上怼他："就你事多，你就是舍不得带我去吃自助餐，哼！"

夏辰璟："胡说，对老婆还有什么舍不得的！我看看晚上有没有空，不行就改天好不好？"

我："哼！不想理你。"

夏辰璟："亲亲老婆不要生气呀。我每次都想着有好吃的店一定要带老婆去，虽然我也很矛盾，毕竟你天天念着要减肥。"

我一时消了大半的气："好吧。"

夏辰璟："我关注了那么多吃货微信公众号还不是想得到最新消息，然后带你去吃呀。"

我仔细想了想，自从认识夏辰璟后，在吃的这方面他的确没有亏待过我。也不知道他从哪里得到的消息，抽空就带我去寻找好吃的店，吃好吃的东西。

夏辰璟："只是俗事缠身，有时候没办法兑现，但是我都记得呀。我的心绝对是一片丹心照老婆。"

我在和他聊天的过程中，已经从附近的小店里买了一根烤肠，美滋滋地啃了起来。肚子被填饱了一点，一时之间，心情也好了不少。

我回他："我蹲角落里啃了一根烤肠，真好吃呀！"

夏辰璟："你个猪哇！是那种大烤肠吧？你还天天说我，你自己能不能别吃这些油腻腻的垃圾食品？！"

我："就是很好吃呀。"

夏辰璟："出了学校右转的第二家店，年糕很好吃的，你饿了先吃一碗再回家，让老板给你加点酸菜。"

我："好吧，你知道得真多。"

夏辰璟："你喜欢吃，老公总要做做功课的。我先去处理事情了，你慢慢吃，乖乖等老公回家。"

012

有一天我特别想吃牛排。

夏辰璟应下后，拿着我的手放在他的肚子上，一脸无奈："找了个吃货老婆就是坑啊！我的肚子越来越圆，帅帅的身材都没有了，在胖子的路上越走越远了！"

我看了他一眼，又低头看了看自己的肚子。

我沉默了片刻，下定决心："最后一次？以后就戒掉不去外面吃了！"

夏辰璟："我只是随便说说的，老婆要去的话，我当然陪着呀。"

我低头捏了捏自己肚子上的肉，叹了一口气："我也觉得应该不出去吃了，戒掉戒掉。"

夏辰璟反过来安慰我："咱们就是天生一对的吃货，要是戒掉去外面吃，以后我们出来还能干啥呢，是吧？所以我们还是没有负担地出去吃吧。"

我表示赞同："嗯嗯嗯！以后等我有了娃娃，我就带着娃儿去吃，不用你了。"

夏辰璟一脸严肃："不要带坏我的娃娃，会吃成胖子的，以后让他怎么找对象？我还是牺牲下自己，你放过我的娃吧。"

我："……"

013

时间久了，我发现夏辰璟是个挑食的人。比如，他不吃芹菜、生菜、萝卜等一些味道重的食物。

对于不挑食的我来说，实在是看不惯他这样的行为。

所以饭桌上并不会因为他挑食而少了那几样他不喜欢的食物，但是他就是我行我素，爱吃的就是不吃。

有一天，夏辰璟回家。

我："来来来，我请你吃牛油果。"

夏辰璟想也不想："不吃。"

我："牛油果蘸了酱油和芥末，口感和三文鱼一样一样的。"

夏辰璟："不吃。"

我："一口好不好？"

夏辰璟："以前吃过一口，太难吃了。"

我："你肯定直接吃，所以才不好吃。我和你说，牛油果里面含有很丰富的维生素、叶酸，还对清除胆固醇、降低血糖有益处。"

夏辰璟斜了我一眼："任你说得天花乱坠，爷不吃！"

我："你怎么这个不吃那个不吃？这样是不对的！"

夏辰璟："我就这个不吃呀。"

我："今天有芹菜，牛油果和芹菜你自己选一个。"

夏辰璟："你为什么要逼着我吃我不喜欢的，我不吃。"

我："不吃可以，来，我们打架吧。"

夏辰璟："懒得理你！我去买点其他的水果吃总可以吧？你要什么？我帮你带。"

我："给我带橙子、酸奶。"

夏辰璟给我带了橙子、酸奶之后，我在酸奶里加了橙子肉、牛油果碎、坚果碎。我若无其事地拿给他吃，他没有异议地吃掉了。

等他吃完，我很满意地告诉他："怎么样？掺了牛油果的酸奶是不是也挺好吃的？"

夏辰璟听完之后有些抓狂："怪不得吃起来怪怪的……啊，爷居然吃了不喜欢吃的东西，从现在开始你不要和我讲话。"

我："这说明你只是大脑挑食，嘴巴还是不挑食的嘛。"

夏辰璟："……"

014

有一天晚上，我突然很馋梅干菜馅儿的麦饼。

于是我开始骚扰在单位里加班的夏辰璟："好想吃麦饼啊，好想吃好想吃呀！"

夏辰璟："少胡闹了，大半夜还吃什么麦饼，晚上没吃饱？"

我："也不是饿，就是想吃呀，不行哦？"

夏辰璟："你个猪，晚上肯定又不好好吃饭，然后想东想西地想吃些零食。"

我："哼，想想都不行吗？脑子长在我身上，我想怎么想就怎么想！"

夏辰璟："不跟你说话了，你老公还在加班。"

我："哦。"

约莫一个小时后，我准备洗澡睡觉了，夏辰璟突然给我发了微信："小猪猪，来开门，你的外卖到了。"

我："？？？"

我开了门，就发现夏辰璟提着麦饼笑眯眯地站在门口。

我看着他，有片刻的眩晕，太不真实了——他和我说过晚上要加班到很晚，不回家的。

夏辰璟把手里的袋子递给我："为了给你买这个麦饼，你老公我跑了好几家店，幸好这家还没打烊。下次要吃什么，早点说知道不？"

我当着他的面咬了一口，是我最喜欢的梅干菜瘦肉口味。我又感动又不好意思："你不用特地送来的，我就是说说而已。"

夏辰璟微笑："老婆想吃，举手之劳。"

015

秋末冬初的时候，婆婆给我打电话，说地里的芋头和红薯已经熟了，让我和夏辰璟过去拿。

我们过去的时候，婆婆已经把个头大的芋头和红薯装好了，放在一边。

地上还散落着一些小红薯。我小声对夏辰璟道："看到这个我就很想吃烤红薯。我小时候住外婆家，每次烧火我都会在灶里偷偷地扔几个红薯，等到饭熟了，红薯也就熟了。剥开烤焦了的皮，里面可是又香又甜。"

婆婆在边上听到了，忍不住笑："小璟小时候也爱吃这个，放学回家总偷偷拿红薯出去和几个同学去田里烤。不过我总拦着他。"

我："烤红薯吃太多会上火是吧，我外婆也不让我吃，每次看到了都直接给扔了。"

夏辰璟轻轻推推我，冲我挤眉弄眼："等下我们去后面玩儿。"

夏辰璟随手捡了几个小红薯，带着我去后院挖了个坑。他蹲在地上一边往里面添柴火，一边冲我道："老婆，我烤红薯和芋头的手艺可是很高超的哦，烤得超级香。"

我："喊……这需要什么手艺，扔进去就好了呗。"

夏辰璟瞥了我一眼："你这就不懂了吧。烤不够就不香，烤太过就糊了，哪有你说得那么容易？"

婆婆看到我们俩在烤，倒也没阻止，说了几句让我们小心，就说自己去煮凉茶。

半个多小时之后，烤红薯的甜香味渐渐散发出来。

我用力地嗅嗅："好香啊，小时候的味道。"

夏辰璟挑个最小的出来，小心翼翼地将黑乎乎的皮撕开，吹凉了递到我的嘴边："我小时候常吃，都要吃腻了，来尝一口。"

我："好甜，好吃。"

我们烤了几个小红薯，但最后夏辰璟也没让我多吃，凉茶倒是被逼着喝了一大碗。

我："早知道我就不吃了呀。"

夏辰璟："老婆提出来了嘛，总要满足下你的愿望。"

016

我很喜欢吃罐头。

我和夏辰璟刚认识的时候，每次去超市，我都习惯拿一两瓶橘子或黄桃罐头，放在冰箱里留着慢慢吃。

夏辰璟嗜甜，自然也喜欢吃这种酸酸甜甜的东西。但他每次吃的时候总喜欢劝我："老婆，你少吃点，且不说这些罐头的原材料如何，里面还有很多添加剂，什么防腐剂啊，甜蜜素啊。"

我拿勺子的手顿了顿，忍不住瞪他："那你怎么吃呢？"

夏辰璟："我无所谓，但是舍不得老婆吃呀。"

我："那你能不能等我吃完再说？现在还让不让我吃了呀？"

夏辰璟："所以以后我们就不吃了呀。"

我想起之前看过的一些报道，顿时很犹豫：我是不常吃啦……可是水果罐头真的好诱人哪。

第二年，黄桃上市的时候，夏辰璟突然从网上给我买了很多玻璃瓶。

我收到之后有点莫名其妙，给正在上班的夏辰璟发了视频："夏同学，你买这么多玻璃瓶给我干吗？折星星啊？"

夏辰璟："笨蛋！来，老公发个视频给你看。"

我看了下他发过来的视频：自制黄桃罐头。

自制黄桃罐头的视频也就五分钟左右，流程很简单，材料也简单，似乎做罐头也不是那么难的事嘛！

夏辰璟："前段时间同事带了自制的黄桃罐头来，我尝了一片觉得很好吃。我等下回家买几个黄桃回去，我们晚上做黄桃罐头试试。"

我："好哇，好哇！"

晚上我们一起吃完饭之后，就把黄桃处理了做罐头。

黄桃的味道偏酸，刚开始我们还以为失败了，等放冰箱里冷却之后，冰糖的甜味渗进去，才发现味道很不错。

夏辰璟尝了一口也满意地点点头："还是自己做的罐头好吃，甜而不腻。你爱吃这些，也要吃得健康啊。"

我点点头："是的，自己做罐头又便宜又新鲜还健康，还是这样好。"

后来，我们再也没有去超市里买过水果罐头，想吃罐头了，全都自己做。夏天我妈家院子里的枇杷熟了，我们就做了枇杷罐头，秋天，婆婆家的橘子熟了，我们又做了橘子罐头。

总而言之，就像夏辰璟说的，即便是做个吃货，也要做个健康的吃货。

017

有一次夏辰璟在出差，我在生鲜超市买了很多水果。

我和夏辰璟聊天的时候说："我买了好多水果，凤梨、桂圆、车厘子、百香果……"

隔了两天，夏辰璟准备回家，问我："你买的水果到了吗？"

我："吃光啦。"

夏辰璟："不会吧。"

我："也就一两百块钱的水果啊，一下子就吃完了。"

夏辰璟："你太能吃了呀，怎么不给我留点？！"

哈哈哈。

减肥

全世界都知道我喜欢你

001

我们刚谈恋爱的时候，夏辰璟能变着法子把我夸出花儿来，他说我美，说我可爱，甜言蜜语跟不要钱一样。

我心里美得冒泡。

我假意说我要减肥。

夏辰璟说："这样正好，不需要减肥。我要把你喂胖，这样谁都抢不走了。"

我佯装恼怒："你居然有这样猥琐的想法！"

夏辰璟："你怎么样都好看，只要不超过一百二十斤我都抱得动。"

我："万一超过了呢？"

夏辰璟："那就扛着呗。"

我有点感动。

002

有一天，我和同事打完电话之后，夏辰璟突然问我："你同事叫你什么？什么猪？"

我随口道："什么嘛，是小周周啦。"

夏辰璟哈哈大笑："是小猪猪吧。"

我："是小周周！我的姓！我的姓！"

夏辰璟捏我的脸，又揉了揉。他再次重复："不对，就是小猪猪，胖胖的小猪猪。"

我："滚！"

从此之后，我莫名其妙地多了个绰号。

亲昵的时候他就叫我小猪猪或猪猪什么的，有时候大老远看到我："猪，我在这儿。"

我："……"

那年过年的时候，他送了我一个红绳手链，上面穿着一只很cute（可爱）的小金猪。

我把玩着手链嘀咕："你是不是不知道我的属相？我明明不属猪的。"

夏辰璟："知道啊。我就是想送给我的小猪猪一只小猪猪哇。"

我："……"

003

我们正式交往之后的半年内，夏辰璟几乎带我吃遍了整个A市好吃的地方，有名的、口碑好的，甚至各色自助餐统统吃了个遍。

这导致我和朋友出去吃时，我会指着这家说我吃过了，这家也吃过了，这家好像也吃过了……

我当时甚至有冲动去开个美食公众号，介绍A市的美食。

这种吃法直接导致我的胆固醇接近临界点，而体重更是难以言说。

夏辰璟将我抱在怀里，捏捏我的手臂，一脸痛心："我娶了个女汉子呀，手臂比我粗，大腿比我胖，腰围更是粗壮。"

我回头瞪他："你瞎说！"

夏辰璟又捏捏我肚子上的肉："老婆，咱们商量一下，要不咱们减肥吧？"

我佯装生气："你之前明明不是这样讲的！你之前不是说要把我喂胖，这样别人都抢不走了什么的吗？"

夏辰璟想了老半天，皱着眉道："我瞎说的。"

我嘟囔："男人果然是视觉动物。"

夏辰璟："嘻嘻。"

我撇嘴："可是我身上这二十斤肉都是你带我吃出来的呀！你赔我，赔我呀。"

夏辰璟安抚我："好吧，不减了，不减了。"

004

在遇见夏辰璟之前，我虽是个吃货，但也是一个有节制的吃货。

毕竟单身的我，除了周末有空和朋友出来喝个下午茶之外，平时基本都乖乖在家吃妈妈做的饭。

一来，我妈是个养生主义者，做的饭菜里没什么油水。二来，我每天傍晚一有空不是陪妈妈出门散步就是一个人对着电脑跳操，所以我的体形还算是标准型的。

但是，和夏辰璟在一块之后，什么都变了。

男女约会无非就是那么点事儿。他天天要么来找我吃饭、看电影，要么和我聊天，几乎占用了我所有空余的时间。我除了吃，连跳操的时间都没有了。

于是乎，我一下子就胖了，还胖了不少。

我和我大半年没见面的同学绵绵碰面，她的反应是惊呆状："你怎么鼓起来了？你是不是怀孕了？"

我："呃……"

绵绵："你之前的脸是尖尖的，现在都快变成国字脸了。"

我："呃……"

我心塞地和夏辰璟表示自己被人嫌弃太胖时，夏辰璟道："没事没事，老婆胖证明老公对她好，哈哈哈哈，老婆胖瘦我都喜欢。"

我对他说的话一点都不信！我斜睨了他一眼，下定了决心："我不管，我要减肥！"

夏辰璟对我这种意识非常赞同："好吧好吧，以后我们要少吃。"

我："嗯嗯嗯！"

夏辰璟："每天要多运动。"

我："嗯嗯嗯！"

夏辰璟："骗人是小狗，虽然你迟早食言。"

我："你个猪。"

005

夏辰璟连续加了几天班，突然在一个午后给我发了个红包："老婆老婆，过来收红包，你想吃啥就自己买呀。"

我回了个开心的表情。

夏辰璟："老公不在，你要照顾自己呀，别忘记吃水果呀。"

我："嗯。"

夏辰璟："想吃就吃呀，别把自己饿着了，真的饿了就煮东西吃。"

我："呃……"

本来我是自制力很不错的人，但是因为有了夏辰璟，我突然就变得没自制力了。

夏辰璟："肯德基出新产品了哟。"

我说："我不爱吃。请不要诱惑我，谢谢！"

隔天，我的脑海里出现肯德基的食物，好像我很久很久没吃过肯德基了。我对夏辰璟说："我们去吃鸡呀。"

006

和夏辰璟在一起后，我常常和他抱怨："哎呀，那个裙子没法穿了，那个衣服没法穿了，那个线衫没法穿了……哎呀，我都没衣服穿了呀。"

夏辰璟："唉，穿不下了吧。我就知道，你那么胖，那些S码的衣服确实也装不下你了。"

我："你再一次打击了我的自信心。你一开始不是说我胖点也没事的吗？你个骗子！"

夏辰璟："我只是说胖一点，可你已经不是胖一点两点了。而且你只胖不瘦。"

我狡辩："情人眼里出西施，我无论胖瘦在你眼里其实也没什么区别的，对吧？"

夏辰璟："不过你还是瘦点吧，瘦点穿婚纱拍照也好看点儿呀。"

我虽然在心里赞同夏辰璟所说的，但还是故意反驳他道："你不懂，有个神奇的操作叫作修图。"

夏辰璟："笨蛋，人不能活在虚拟世界呀，你要活在现实里。"

我自欺欺人："反正我就要修图修得瘦瘦的、美美的，反正现实里也没几个人认识我。"

夏辰璟："呵呵，到时候人家就会说，看那个胖新娘，快把婚纱撑爆了。"

我："我受到了一万点伤害。"

夏辰璟："哈哈哈哈。没关系，即便那样，人家说人家的，我也还是会收了你的，我不介意的。"

007

我无聊的时候翻看了一下过去的相册："我刚才去翻了相册，发现……我中学的时候好像也不瘦啊！"

夏辰璟："你一直都很胖啊，只是总是有以前很瘦的错觉，你就一直欺骗纯良的我吧。"

我："喊，我就中学那会儿胖了下。你看，我大学的时候还拍过古装的，还是比较……"

我"瘦"字还没说出来，夏辰璟已经接了话："是穿唐朝时期的服装吗？快拿来给我看看。"

我："不想给你看了，反正也长得不像，感觉修图过头了。"

夏辰璟："快给我看看，全身都看光了，不差这一张照片。"

我把照片递上去："给你看。"

夏辰璟："这是你吗？骗人，根本不像！你眼睛有这么大吗？手臂有这么纤细吗？"

我："你是不是欠揍？"

夏辰璟："果然修图过头了。"

我："还有还有，要不要看？"

夏辰璟张开手臂："不要，你不就在我面前吗？过来，让爷好好看看。"

我:"……"

夏辰璟把我抱在怀里,在我的脸颊上亲了好几口:"爷是活在现实里的人,能接受有个胖老婆,不需要看那些美好虚化的照片。"

我:"浑蛋。"

008

暑假里,我去婚纱店试礼服。

夏辰璟因为在上班,没空陪我,就要求我全程拍照片给他看。

等我换上第一件礼服时,夏辰璟:"哈哈哈,小胖墩穿上礼服,我竟然认不出来了。还有别的吗?"

我:"全是肉。"

夏辰璟:"没事,订婚将近,没法子了,随便穿穿,然后减肥,到举行婚礼时就可以美美的了。"

我:"好像礼服都是给瘦的人穿的呀……"

我继续在店员的推荐下换衣服。

夏辰璟也在继续点评:"白色的那件不要,太丑了;粉色的那件也不要,穿着像个孕妇;鱼尾的不适合你,太臃肿了。"

我:"你可以稍微赞扬我一下吗?你能照顾一下我的感受吗?"

夏辰璟:"还有别的吗?怎么感觉都不好看?边上那条粉紫色很仙嘛,我感觉应该挺适合你的。"

我:"那套好看是好看,就是……太小了,我根本穿不上。"

夏辰璟:"啊,我眼拙了。那就随便吧,我对你已经不抱希望了。"

我:"……"

夏辰璟见我不说话,马上改口:"我刚刚说的都是违心话,老婆你穿什么都好看。"

我:"你说得太迟了!"

我们刚定下拍婚纱照的日子时，我自认为我还是个标准体形的"小胖子"，对婚纱照很是期待。我想着我再减减肥，效果可能会更好。

没想到半年后，马上要拍婚纱照的时候，我变得更胖了。

摄影师安慰我："没事呀，我们有后期。"

我对夏辰璟道："有后期的意思，就是说我可以更加放纵自己了。反正也只有几天了，我不挣扎了。"

夏辰璟长叹一口气："我们居然要拍婚纱照了！我好紧张啊，哥还是这样帅，但是你已经胖成了一堵墙。呜呜呜，说，你把我老婆藏哪里去了？"

我："滚！"

夏辰璟很认真地对我说："考验摄影师修图功力的时候到了。"

拍婚纱照那天，夏辰璟换上紫红色的正装，举手投足帅得让我流口水。而我穿着露背白纱看着镜子里的自己怎么看都觉得胖，然后心塞得都笑不出来了。

夏辰璟捏了捏我的脸："哎哟，你这个小猪猪，演戏都不会演，多笑笑嘛。老NG（不够好）我们就要拍更多遍哪。"

我："笑不出来，总觉得自己好胖好胖。"

夏辰璟："胡说，我老婆一点儿都不胖，幸福的笑容比什么都好看。"

我相信了，开始配合。

但是摄影师很会折腾我们，在拍了几组照片之后，他要求夏辰璟抱着我举高。

夏辰璟把我举高，刚开始底盘不太稳，然后我就变得很煎熬，整个身体都僵硬着。

摄影师："1，2，3……新娘的表情，不要这么痛苦。"

夏辰璟刚开始还安慰我，在多次举我失败之后，忍不住数落我：

"你痛苦什么呀？！我那么痛苦都开心地笑着，你皱眉干吗？"

我嘀咕："我怕我摔下去。"

夏辰璟："爷有的是力气呀，你只管做好表情。"

终于拍完这一组，夏辰璟抹了抹额头："全是汗哪，累死爷了。哎呀，快减肥，我以后真的要抱不动你了。"

我："我还没有一百二十斤呢，你明明说只要不超过一百二十斤都抱得动我的！"

夏辰璟："别瞒了，差不多了。"

我："你太讨厌了！"

010

婚纱照出来之后，我还算满意，只能说后期果然做得不错。

每一张照片里，我的小圆脸都被修成了小V脸。

夏辰璟对此很不满意："太过分了，太过头了。这还是我老婆吗？我都认不出我老婆了！"

我妈："不行不行，一点都不像。"

夏辰璟："就是。还是小圆脸可爱。"

在两个人的夹击下，我去找摄影师："那个……喀……我妈和我老公都表示我的脸太尖了点。这几张你帮我把脸恢复圆点儿吧。"

摄影师："这个还好吧，瘦点好看。"

我："没事，没事，圆点儿就圆点儿，比较像我。"

摄影师："哈哈哈，行。"

我回头和夏辰璟说："我已经让摄影师把图给我修回去了。摄影师说别人都是要求修瘦的，就我是要求还原的。"

夏辰璟："人不能自欺欺人。你忘性大，免得过段时间又有自己当年长得很瘦很美的错觉。"

我："我可以说脏话吗？"

011

有一天，我和小侄子一起下楼，小侄子突然指着墙壁上的影子道："你的影子好粗。"

小侄子有点口齿不清，我刚开始并没有听清楚他在说什么，不由得问了一句："什么？"

小侄子："好粗。"

我："嗯？"

小侄子一连说了几个"好粗"，我都没明白过来。最后他不耐烦了，用手比画了一下大和小："就是你的影子好胖，我的好瘦。"

我有点哭笑不得，我居然被一个小屁孩儿给鄙视了。我提着他的领子道："小屁孩，你是不是找揍？"

小侄子也不怕，就是捂着嘴笑。

在楼梯下面的夏辰璟听完我们的对话，也不由得笑道："老婆，之前你自欺欺人也就算了……你懂的，孩子是不说谎的。"

我回头瞪了他一眼："你闭嘴！"

012

有一段时间夏辰璟老带我出去吃，吃完了又带我去逛商场说要给我买衣服。

我逛了几家店，试了好几套衣服后，内心受到了强烈的打击。好看的衣服穿在我身上，怎么看都像是在糟蹋衣服。

我忍不住冲着夏辰璟抱怨："你是不是故意的？"

夏辰璟："什么？"

我："你就是为了省钱，所以每次都带我吃得饱饱的，让我的肚子变得圆圆的，让我没心情买衣服，对不对？"

夏辰璟："冤枉啊，要是为了省钱，我才不带你出来吃。你这么能吃，一顿饭都能吃掉一件衣服了。"

我："……"

夏辰璟："现在知道自己胖了衣服穿不了吧？"

我："那我不买了，我们回家！"

夏辰璟："别急呀老婆，要有耐心哪。这里有那么多家服装店，我们一家一家试呀，总会试到合适的。"

我："好吧。"

夏辰璟："今天不买到衣服我们就不回家了。"

我们逛了几家店之后，我终于买了一套适合我的衣服。

出来的时候，夏辰璟对我说："刚才那几个服务员睁眼说瞎话，竟然说你很瘦，穿啥都好看。哦，我难道还不知道我老婆瘦不瘦呀？"

我："……"

夏辰璟："本来那件绿色的还可以，但是你的腰围太粗了，所以穿起来后面可以看，前面就不好看了。"

我："……"

夏辰璟："那几个服务员太违心了，自己瘦得跟竿子似的，还说你瘦，都是骗子。"

我冲着他翻了个大大的白眼："你瞎说什么大实话呀！"

夏辰璟："哦，我是说你可以减肥了。"

013

夏辰璟一下午都没联系我，我忍不住发信息问他在干吗。

夏辰璟："看看你老公的步数，你就知道你老公多辛苦，还在继续增加中。"

我："哦。"

夏辰璟："你都不安慰一下呀，你老公的脚好酸好酸。"

我："摸摸你的脑袋，回去了吗？"

夏辰璟："还没呢，还要继续工作，我现在停下来就想坐在地上。对了，我占领你微信运动的页面了吗？"

我翻看了一下微信："小嫦第一。"

夏辰璟："爷走得这么辛苦居然都占领不了你的第一。"

我回道："小嫦说为了给我当伴娘，每天都在拼命运动。"

夏辰璟："很好，她瘦了就显得你更胖了。"

我："伤心。"

014

夏辰璟抽空就拉着我去逛街。

夏辰璟："听妈说你很久不运动了，每天吃了睡睡了吃，我不回来你就偷懒不出门了是吧？"

我："哎呀，这个好习惯已经被你强制性地消灭了，重新培养好习惯还要一段时间。"

夏辰璟："你少跟我来这一套。"

他带着我去附近的小学一圈一圈地逛。

我们走了老半天，我也没出多少汗，我跟他讲："这样走没什么效果的，我觉得我应该去健身房。"

朦胧月色下，夏辰璟不假思索道："去什么健身房，不许去。"

我："有专门的教练，可以各种练哪。"

夏辰璟："不行，你以为那些婚外情是怎么来的，小心被揩油。"

我冲他翻了个白眼："你怎么会有这种想法？你这是极度不信任我。"

夏辰璟："这不是信任与不信任的问题，人性是不能被考验的。"

我继续冲他翻了个大大的白眼。

后来他问我："要不要给你报个瑜伽班？"

我："其实我也就讲讲而已，我那么懒，一点都不想去什么健身房啊什么班……"

夏辰璟叹气："唉，我对你都不抱有希望了。"

隔了两天，夏辰璟对我说："我给你买了个瑜伽垫，你明天应该就能收到了。"

我："为什么要给我买？我不需要啊。"

夏辰璟："作为一个胖子，你能不能有点毅力？垫子都买了，你可以去报班了。"

我："这段时间有点忙，过段时间吧。"

后来这个时间就变得遥遥无期了。

015

我有一段时间迷信酸奶可以减肥，所以买了好多酸奶。

夏辰璟等我喝完一批之后，给我下了禁令不许再买："不准喝了。喝酸奶也容易长胖！

我："你不懂，给你一个奶盖舔。"

夏辰璟瞪了我一眼，严肃道："先不说酸奶里面的糖分有多少，它有利于消化，所以你就会狂吃，然后变成大胖子。"

我："那我也要喝！我不狂吃！"

夏辰璟："喝了酸奶你要是饿了，你忍得住？"

我："完全忍得住。"

夏辰璟："你少来了！人家是拿酸奶当代餐，你是拿来当饭后点心、当下午茶。再说了，最近新闻曝出你之前买的酸奶是三无产品，你还敢喝？"

我："呃……"

016

减肥期间，我："我想吃好多东西，什么都想要吃。"

夏辰璟："想吃什么，大声说出来，勇敢说出来吧。"

我星星眼地看着他："哇！然后呢？"

夏辰璟："你说出来再说啊，你不说我咋知道你想吃啥呢？"

我："我想想啊，我想吃的东西超级多的。"

夏辰璟："你就想想吧，把每个东西都想一遍，然后你的脑袋就会告诉你都吃过了，然后你就不会想吃了。"

我："就是吃过才想吃第二回。"

夏辰璟："嘻嘻，我不会带你吃的。你不瘦下来，老公是不会再带你去吃了。"

我："你欺骗我的感情。"

夏辰璟："你瘦一斤，我就奖励你一次。"

我："啊？那不就胖回去了呀？"

夏辰璟："是奖励你吃一块小蛋糕，你还想吃大餐哪，想得美。"

我："……"

夏辰璟："你个小圆脸，你要加油啊。"

我："逗我玩呢，打你呀。"

017

夏辰璟加班的某个晚上，我在QQ上发了个窗口抖动给他："又啃了一天的素，唉，现在看到什么都想吃！"

夏辰璟："你这个猪哇，继续啃素，然后爷每周带你吃点荤的。你在减肥，我都这样纵容你，对你好吧？"

我愤愤地控诉道："一个月吃一次荤的好吗？一个星期吃一次，就白吃素了！"

夏辰璟："当然可以，老婆说什么就是什么。"

我继续道："你千万不要纵容我，你纵容我就是害了我知道吗？你这样无组织、无纪律合适吗？你老婆的体重就掌握在你的手里，你负点责任好吗？"

夏辰璟的QQ屏幕被我刷屏，当下向我求饶："老婆，我错了！我保证再也不让你吃一块肉，不让你沾一滴油。"

过了几天，我又馋好吃的了。

我拉着夏辰璟的手："哥哥，带我去吃好吃的吧。"

夏辰璟白了我一眼："前几天有只小猪猪说自己不吃荤只吃素，

让我不要放纵她。作为她的老公，为了她的体重，我要承担很大的责任。"

我摇晃着他的手："哥哥，小猪猪饿扁了。"

夏辰璟一脸无奈："你不要这样子看着我，你让我怎么回答呀？"

018

夏辰璟收到年终奖后，给我发了个大红包。

我："哎呀，好开心，这个月竟然收到了三个大红包！"

夏辰璟："还没过年你就突然胖这么多，这是给你减肥的动力，下个月检查，要是没有效果就扣一个月的红包！"

我："不要。我会努力减肥，我会加油，练一个马甲线给你看。"

夏辰璟斜眼看我："得了吧马甲线，把你的游泳圈摘掉我就很满意了。"

我："……"

以老婆为中心的家庭委员会

全世界都知道我喜欢你

001

我和夏辰璟结婚后的一段时间，每逢周末，我们都住在乡下的婆婆家。

平时爱赖床的我难得早起去菜场买菜，刚挑了一些虾，就收到夏辰璟发来的微信："老婆，你去哪里了呀？"

我腾出一只手回他："买菜呀。"

夏辰璟："什么时候回来呀？"

我："马上。"

婆婆正巧不在家，家里没有早点，我生怕他饿着，快速买好菜和早点就赶着回去了。菜场离家不远，走路也就十来分钟的样子。

我远远地就看到他坐在院子里的小板凳上，裹着棉袄，背对着阳光，面朝来路，低头安安静静地玩手机。他的身影全都笼罩在浅薄的阳光里，浑身都散发着金黄色的光辉。我突然觉得整个世界都变得安详起来。

微风吹过，院子里的绿植随风摇曳。

他似是有感应地抬起头来看向我，阳光将他的皮肤照得透明，额发下，他的眉眼温柔缱绻。

我回了一个微笑，冲他晃晃手里拿着的菜。

他起身快步朝我走过来，接过我手中的菜，语气有些不悦："你出去，怎么也不跟我说一声？"

我哑然失笑："你睡得像头猪。"

他没好气地瞪了我一眼："小猪猪，买那么多东西干吗，也不知道重？快进来吃早饭，我给你煮了饺子，还放了三文鱼片……"

我："这么好？"

他喊了一声："下次出门一定要和我说，否则我还以为老婆把我弄丢了。"

他絮絮叨叨地讲着自己半睡半醒中想揽我入怀却搂了个空……

34

我抿了下唇，突然觉得，岁月静好，也不过如此。

原来，当一个人点点滴滴地渗透到你的生活里，不喜欢或许会变成喜欢，反感或许会变成依赖。

爱情不一定非要轰轰烈烈，如此温暖，也很好。

至少，牵着他的手，我再也没有羡慕过别人。

002

我一直都说夏辰璟不懂得浪漫，可似乎我们俩在一起后，所有的节日他都没有缺席过。

情人节、七夕、生日什么的更不必说。

夏辰璟的单位离家很远，所以常常住在单位宿舍，并不是每天都回家。

我们在交往后的第一个三八妇女节，他特地从单位赶回来和我过节，说要给我买件衣服当礼物。

其实我挺不明白，他为什么要执着跟我过这种节日。

人家明明还是个少女呀。

我去了商场才知道，过这个节日的人还挺多。不知道是不是因为商城里有活动，地下车库几乎停满了车。

我们好不容易找到一个车位，准备把车停进去。

要知道，我是一个车技很烂的人，而夏辰璟的车技很不错。趁此机会，我十分卖力地夸了他："你好厉害，这么小的车位我都停不进去。要知道，我开车多年，倒车的技术还是很烂很烂哪……"

夏辰璟被我夸得飘飘然，扬扬得意道："下次我教你。"

他还要说什么，只听到砰的一声，他的车屁股撞墙上了，凹进去了一大块，涉及三个面。

我："……"

夏辰璟本来还有点郁闷，见我一脸蒙的状态，反而开始安慰我："你等会儿多买件衣服，也不枉我特地带你来一趟啊。"

我："那多不好意思。"

夏辰璟："猪，我们之间还有什么不好意思的。"

回去之后，我又忍不住安慰夏辰璟，让他不要不开心。

夏辰璟："我们过的第一个三八节，以后我会牢牢记住的。"

我："我们以后再也不要过节了。"

夏辰璟："节还是要过的，爷只是太开心了，得意忘形，忘了注意路况。"

003

自从我们确定关系之后，夏辰璟的工资就归我管了。

他说："上交工资是我的优良作风。"

他还说，要始终围绕在以老婆为中心的家庭委员会身边。我把这句话发到朋友圈之后，被好友们狂点赞。

当然了，零花钱还是要留点给他，因为他说还要留点私房钱哄老婆用。

比如情人节、七夕、生日各种节日什么的，他也要跟风发个红包。

除此之外，他会变着各种花样给我发红包。

我心情不好的时候，他发一个红包，附言：老婆心情美美的。

我睡不着的时候，他发一个红包，附言：老婆要早点睡。

我想买衣服的时候，他发一个红包，附言：给老婆的购物礼。

我说我想去剪头发的时候，他也发一个红包：给老婆的剪头发专款。

他很少说什么甜言蜜语，不过红包附言就甜多了，什么亲亲我的老婆，你是我生命里的一道光……

004

有一次七夕前夕，夏辰璟还在单位加班，他给我发微信："老婆，明儿你想要什么礼物？"

我："我不知道。"

夏辰璟："好好想想，想不出就没有了。"

我想来想去都想不到，忍不住对他抱怨："别人的男朋友或者老公都是直接给惊喜的，你先问我就不算是惊喜了。"

夏辰璟："问你还不好？随便送也不一定送到你心坎上。"

我："可是我真的不知道要什么呀。"

夏辰璟："那我就送上我自己吧。"

我："不用了，那么大个，没地方装呢。"

夏辰璟："晚上躺在你的怀里，哈哈哈。"

我："你怎么每次送着送着就送你自己了呢，你不是早就把自己卖给我了吗？你的所有权都是我的好吗？你居然还想资源重复利用？"

夏辰璟："主要是你没想到要什么礼物，而且你自己都忘记明天是什么节日。给我的时间太短，爷那么忙的人，没法准备。"

我："你为什么要提醒我？为什么？你给我增加了甜蜜的烦恼，啊！"

夏辰璟："那我们揭过这一页吧，就当我刚才什么都没说过，你也不知道明天是什么节日。"

我："哼！不喜欢你了！"

夏辰璟："这样吧，我们明天去吃好吃的，然后看电影。"

我："这个可以考虑……那就这样愉快地决定了。"

夏辰璟也很满意这个结果，毕竟老婆太好哄了。

005

办婚礼那日，我和夏辰璟到他朋友那桌敬酒，他一个发小问我："他真的将工资交给你呀？"

他另一个发小也追问道："真的假的？我们都不相信！"

面对十来双好奇的眼睛，我茫然地点点头："是呀。"

他们随即哈哈大笑："原来是真的，这个'妻管严'。"

我听到他们说："耻辱啊，耻辱啊，男人的脸面都被你丢尽了呀！"

另外一个道："算了吧，这家伙不以此为耻，还以此为荣。"

后来我才知道，有一日大家让有了女朋友的夏辰璟请客，他说自己的钱都给老婆了，要先跟老婆请示。

他们都鄙视他。

夏辰璟就说："我老婆聪明，比我会理财，我享受就行了。你们没有这样的老婆，你们不会懂的。"

我听罢，捧着脸道："你乱往我脸上贴金，合适吗？"

夏辰璟笑嘻嘻地搂着我："反正我觉得我老婆好，让别人羡慕去吧。"

006

夏辰璟带我去和朋友一起吃饭。

朋友聊到工资的时候，突然提起各自的年终奖。

甲想起了什么，突然对我道："你知不知道辰璟是有两张工资卡？"

我："不知道。"

乙："哎呀呀，辰璟，你居然藏私房钱。"

甲："我跟你讲，我们今年的年终奖是分开发了好几笔的，他是不是才给你一笔？"

我点点头。

乙带着坏笑："辰璟，你完蛋了，回家等着跪搓衣板吧。你居然瞒着你老婆藏私房钱。"

甲冲我道："跪搓衣板太轻了，还是要跪榴梿是不是？"

夏辰璟一脸淡定："你们这些人哪……都给我等着。"

我保持微笑不表态，心里想的是，原来夏辰璟这么诚实。他是没和我说有几张工资卡，也没和我说发了几笔年终奖，反正给我的总数和他们说的总数对上了呀。

007

我们开玩笑的时候也挺肆无忌惮的。

某次我们一起看电视，里面提到小三，我就冲他愤愤道："以后，你要是找了小三怎么办？"

夏辰璟敲我的脑袋："你脑子里到底装了什么呀？天天想这种破问题。"

我嘀咕："就是假设。"

夏辰璟："这东西有瞎假设的吗？别的不说，我的钱都归你管了，我一毛钱没有，找什么小三哪。"

我撇了撇嘴，随即眼睛一亮："你要是找小三也要找个有钱的小三。"

夏辰璟："所以？"

我："你没钱，她肯定要养你呀，你再说服她，顺便一起养一养你老婆呗。"

夏辰璟唇角抽搐了一下："有点节操好吗？"

我："节操又不能当饭吃。"

夏辰璟重重地叹了一口气："老婆，我求你正常点。"

008

某个周末，夏辰璟在加班，我一个人跑去买衣服。夏辰璟知道后回我："买买买，老婆就是要打扮得漂漂亮亮的。"

我："我看上一件衣服有点小贵，舍不得买。"

夏辰璟："笨蛋，直接买呀。这次你犹豫不买，回家后你还想要，就要多花一趟车费，还浪费时间。"

我："对哦。可是我也不确定好不好看。"

夏辰璟："拍照片给我看看，我说好看你就买。"

我拍了一张照片给他："感觉还好吧，比较显瘦。就是藏青色我从来没穿过呀，不知道要不要买。"

夏辰璟："老婆肤白，穿什么颜色都好看。买吧买吧，正好我也有一件相同颜色的，我们正好可以凑情侣装。"

我："……"

夏辰璟："钱够不够？不够老公再给你。"

009

夏辰璟对我一直很包容。

又或者说，我们其实很少有什么矛盾。

我好不容易认真地跟他吵一次架，他居然蹲在地上捶床大笑："老婆你嘟嘴的样子好可爱，好萌，哈哈哈哈。"

听到他这个魔性的笑声，我满腔的怒火都不知道去哪里了。

夏辰璟又伸手过来捏住我的嘴巴："嘴巴翘起来了，刚好挂一个油瓶，哈哈哈哈。"

我一下子泄气了，趴在床上装鸵鸟，这个架完全吵不下去嘛。

夏辰璟："老婆，你怎么偃旗息鼓了呀？你发泄完了吗？没发泄完憋着对身体不好。"

我："走开。"

010

有一天，夏辰璟参加聚会回来，突然笑眯眯地跟我说："今天朋友问我家里谁掌握大权，我很开心地说老婆最大，坚决以老婆为中心。"

我忍不住笑起来："那必须的，否则要揍你的。"

夏辰璟："老婆那么厉害，把我管得舒舒服服的。"

我："这个，我都不好意思了。"

夏辰璟："有个好老婆，我特别自豪！"

我："我突然也很自豪，有个这么不要脸的老公，怎么办？"

哈哈哈。

011

有一天，我和夏辰璟坐在沙发上玩手机，他突然瞥了我一眼，有点委屈："你一点都不在乎我，我都是将你的微信置顶的。"

我吃惊："哦？还有这样的操作？马上给你置顶。"

然后，我们提起微信里对方的备注名。

夏辰璟斜睨了我一眼："朋友看到了都说我很肉麻。"

我之前让他把我的备注名改成了"无敌可爱大宝贝"。

我嘻嘻一笑："这是实事求是好不好？"

夏辰璟想了想："那我也要改。"他拿了我的手机，将他的备注名改成了"我的爷"。

我顿时笑喷："改一个，改一个。"

夏辰璟："你给我改成'我的尊上'。"

我冲他翻了个白眼："哎哟喂，什么尊上嘛，我又不是花千骨。"

他见我要改，压低声音威胁道："你敢改，就不许你晚上抱着我睡。"

我冲他翻了个白眼："谁抱着谁睡呀？"

他促狭地眨了眨眼："你不是一直靠过来的？"

我微微有点脸红："去，你胡说八道。"

当然了，最后他的备注名，我还是给备注成了"夏"。

夏辰璟："夏？！"

我："你的姓氏，我的名字啊，就这样了。"

夏辰璟："我竟无言以对。"

012

有一段时间我特别馋A市新开张的甜品店里的抹茶泡芙，总是念叨。

一是因为好吃，二是因为有点贵。

不过这家甜品店地处闹市区，离我家和单位都很远，也不好停车，所以我也总找不到机会去。

夏辰璟许是被我念得烦了，某天下班回家，给我发了个语音："猪猪，我今天要去人民路了。"

我："去干吗？"

夏辰璟故意逗我："去网吧打游戏呀。"

卖泡芙的甜品店就在人民路网吧的边上，我顿时眼睛一亮："我要吃泡芙！"

夏辰璟："哈哈哈，我就知道。老公现在去给你买。"

我："哎呀，你不会是特地去给我买泡芙的吧？那还是不要啦。那里不好停车，现在又是下班高峰期。"

夏辰璟："我是要去打游戏呀，笨蛋猪猪。"

我抓狂："我信你打游戏才怪，不许去。"

他有没有打游戏，我很清楚，毕竟他在很短的时间内赶回来了。

夏辰璟回来之后，给了我一个袋子："来，你最喜欢的抹茶味。"

袋子有点沉甸甸的，我打开一看："天哪，你买了四个！你居然买了四个！好奢侈呀，我好心疼啊！"

夏辰璟捏捏我的脸："老婆要吃，当然要让你吃个够啊。"

我："可是正常人不应该只买一个的吗？这么多好浪费钱哪！"

夏辰璟一本正经："给老婆吃，不浪费。"

我："可是会吃不掉嘛。"

夏辰璟："那就放着明天吃呗。"

现烤的泡芙放到明天就不好吃了呀，夏辰璟不爱吃抹茶味的，于是我也没吃晚饭，一个人吃了四个泡芙……

再好吃的美食也经不起我这种吃法，从此之后我再也不爱吃这家甜品店的泡芙了。

有一次我去杭州培训，傍晚的时候，我和同事一起去逛西湖。逛累了，我就坐在边上的凳子上和夏辰璟有一搭没一搭地在微信上聊天。

夏辰璟："冷就早点回去，别冻着了。"

我："知道了。"

夏辰璟："还有，我要礼物。"

我："好的，我从西湖边捡了块石头给你哦。"

夏辰璟："……"

我和同事逛完西湖，还点了杯奶茶喝，结果我半夜睡不着，开始骚扰夏辰璟。

我："喝了奶茶睡不着觉了呀。"

夏辰璟："你个猪猪，应该把奶茶留给我喝呀，我喝了就没事。"

我："早知道把奶茶留给你当礼物了。现在也没有什么礼物带给你，那就回家请你喝奶茶吧。"

夏辰璟："不用，你回来就是礼物呀。不过你可以买零食给我。"

我："好哇。"

夏辰璟："预算要多一点哦。"

我发了个哭的表情："好。"

夏辰璟："都还没买呢，你就心疼了，那算了。"

我："没心疼啊。"

发了这句之后，我还发了几个哭的表情。

夏辰璟："你哭得这么厉害，还说不心疼，哼！爷见不得你心疼，爷不要了！"

我："不要哇，爷你吃呀。"

夏辰璟："勉强是没有幸福的，爷是有骨气的，不吃嗟来之食。"

我："我求你要啊，哎，感觉好久没见到你了，在家里也不觉得。"

夏辰璟："哈哈，这话爷爱听，因为我们不在一个城市呀，你在的那个城市没有爷的气息。看在你想念爷的分上，爷同意你买吃的了。"

我："快忘记你长什么样子了。"

夏辰璟："这不行啊，爷都把你刻在心上的。"

我："那我努力想起来呀，一定是夜里太黑了，哈哈哈。"

夏辰璟："黑夜给了你黑色的朦胧感，是让你想念爷的模样的。"

我："……"

014

我外出的机会不多，出门了也就晚上无聊的时候骚扰骚扰他。每次说给他带礼物，仅仅只是说说，因为我实在是挑不出什么东西买给他。

可夏辰璟自己出去培训或旅游，总是忘不了给我带点东西。他说出门在外心里也总是念着老婆。

有一次，夏辰璟的单位组织去旅游，夏辰璟每到一个景点，就拍一些美景给我，他说这样就像他带着我一起旅游一样。

到了景区后，他还会拍一些小饰品给我看，问："老婆，手表要不要？扇子要不要？牛角梳子要不要？这个手钏是不是很好看？要不要给你买一个？"

我对景区的一些小玩意儿实在是不感兴趣："不许瞎买，手钏我有很多，成色比这些好多了！更重要的是景区的价格都是虚高的！"

夏辰璟："还有些银饰也不错。"

我："真的不需要！"

在我认真拒绝之后，夏辰璟还是给我带了个很可爱的小鸭子玩具，说给我留着当纪念。

还有一次夏辰璟去杭州出差，中途他特地抽出半天时间去逛。

夏辰璟给我发了一张汉服店铺的照片："老婆，要不要给你买套汉服？"

我："不要。"

夏辰璟："我觉得还蛮适合你的。"

我："真的不需要，夏先生。"

夏辰璟挑了一圈，给我买了一条丝巾和一把古色古香的扇子。

丝巾很漂亮，我很喜欢，只是价格确实是有点贵。

后来，我们谈心的时候，我实话实说："去景区的时候，我也觉得有些东西挺漂亮，不过实用性不强，价格也太贵，我常常舍不得下手。"

夏辰璟："我对自己还挺舍不得，不过看到好看的想送给老婆，花钱就不手软了。"

015

夏辰璟偶尔刷朋友圈看到好看的鞋子、睡衣、包包什么的都会截图给我看："老婆，你看这个怎么样？要不要？"

我："不知道，太难选了。"

夏辰璟："感觉第一款和第三款都很适合你，要不都买了试试？"

我："用不了那么多。"

夏辰璟："我就喜欢看老婆打扮得美美的，开开心心的。"

我星星眼道："好人哪！"

我们两个人的眼光还是有差异的。有时候我其实并不是很喜欢他替我挑的东西，但内心却十分珍惜他带给我的这份感动。

被一个人念着、宠着，感觉很好。

016

圣诞节到了，我朝夏辰璟摊开手："我要礼物。"

夏辰璟点头，很快就给我发了个大红包。

我嘀咕："没诚意。"

夏辰璟："你说你想要啥，我马上给你买。"

我："哼！"

夏辰璟拍拍我的头："你看，你也想不出啥，对吧？"

我："……"

过了一会儿，我想着他似乎并没有过圣诞节的习惯，于是又问他：

"我要新年礼物！"

夏辰璟："好啊，新年给你发个更大的红包。"

我："……"

再过了一会儿，我说："那个，我们的结婚纪念日要到了……话说是什么时候你知道吗？"

夏辰璟一副鄙夷的眼神："我当然知道了，不就是1月27日吗？"

明明是1月23日呀，相差了好几日！

我："你怎么记日子的？我不管，要纪念日礼物，要双份，双份！"

夏辰璟："还是给红包吧，估计年终奖快发了，给你个更大的，哈哈哈。"

我已经不想理他了，冲着他翻了个大大的白眼。

夏辰璟自言自语道："我发现还是给红包省钱。像你同事说的，左手拿出来放到右手，还能讨老婆欢心，何乐而不为呀，哈哈哈。"

多会敷衍的直男，我更不想理他了！

神助攻

全世界都知道我喜欢你

记得以前和闺密开玩笑时候，闺密问我："如果在你喜欢的和喜欢你的两人中选择一个，你会选择谁？"

她的答案是一定要选择自己喜欢的人，即便对方不喜欢自己。

我的答案是，我要选择喜欢我的，至少他喜欢我要多过于我喜欢他。

而夏辰璟符合这个标准，他稳重、体贴、对我好。

我也常常感慨，我们怎么就真的在一起了。

那应该就是缘分吧。

001

我自以为是地和夏辰璟第一次见面。整个过程波澜无惊，平淡无奇，对，就是相亲。

地点是我家。

夏辰璟是我妈的朋友薛阿姨介绍的。薛阿姨说夏辰璟是她女儿的同学，知根知底的。她夸夏辰璟性格好、人品好、上进、懂礼貌，反正就是各种夸。

可是我对他无感，根本就没打算和他见第二次。

倒不是说一见面就发现此人有多极品，纯粹是因为他不是我喜欢的类型。

其一，他比我大了五岁。

对于当时二十五岁的我来说，总觉得三十岁离我很遥远。我甚至觉得我们是两个年代的人，我们之间有着无法跨越的代沟。

其二，离开校园生活不久的我天天沉溺在网络小说和电视剧里，满脑子都是偶像剧里那种五官精致、俊美无双的男子。

可夏辰璟不是呀。

对此，我妈十分不理解："你眼光是不是太高了？他哪里不好看了？他虽说眼睛小了点，但模样周正、皮肤白皙、额头饱满、鼻梁挺直、牙齿整齐，长得不错的。"

我："你也说了，他的眼睛小。"

我妈很无奈："单眼皮而已，你不能老盯着别人的缺点。"

我："对嘛，你也说这是他的缺点。"

我妈觉得和我没法沟通，很认真地和我讲："反正我觉得他很合我的眼缘，我第一眼看过去就觉得他是我未来女婿。"

我一听我妈这么说，心里就发毛。我妈在外经商多年，见过许多人，看人的眼光很准，她之前没少给我举例子，就是如果这个人是你命定的情人，第一眼看过去就觉得他就是你的家人。

不过很快，我就将这句话抛在脑后了，因为后来很长一段时间我和夏辰璟都没有再见面。

其三，我觉得夏辰璟太聒噪了。

我有陌生人恐惧症，认识我的朋友都知道我有点大大咧咧，但不认识我的人都觉得我高冷。其实不是我高冷，而是我不知道如何和陌生人沟通。

可是夏辰璟根本就没有什么第一次见面的尴尬，像是老朋友一样，叽里呱啦地和我讲到最后，临走时还直接要了我的微信。

我和我妈提起这点时，我妈说："人家对你有想法呀，如果没想法理你做什么。"

然后，我能说什么？

可综上所述，我对他就是没想法。

002

夏辰璟见完我第一面之后，确实是对我有想法。

我发在朋友圈的每一条动态，他都会在下面点赞。他还时不时地找我聊天，约我出去喝咖啡、看电影。

而我要么不回，要么回他：我很忙，没空。

明明说完这句话之后，我就在朋友圈发了条动态，并晒出《喜羊羊和灰太狼》的电影票。

这个时候的我是彻底没有再和他接触的欲望了。

原因也是好笑，我是个脸盲。第一次见面时除了知道他是单眼皮之外，我就没好好看过他的脸，所以抽空翻遍他的朋友圈，仔仔细细地盯着唯一一张有他脸的照片看——夏辰璟是个不上镜的人，再加上这张照片中光线昏暗，以至于他的五官都有点变形，看着生生老了十岁。

我把这张照片发给我的几个闺密看，她们的眼光与我一致：这个不行，长得太老了。

总之，夏辰璟热络了一段时间，我总是没什么回应，他也渐渐冷淡下来，后来也就没联系了。

我一直以为，我们的缘分到此为止。

很久之后，夏辰璟问起为什么当初第一次见面之后，我对他那么排斥。明明聊天的时候，我的态度还是不错的。

我："我不敢说，感觉说了你要撕了我。"

夏辰璟："说，都老夫老妻了！最多我们绝交一个月。"

我："哈哈哈，那我不说了。"

夏辰璟："说吧说吧。"

我："我脸盲你知道吗？所以第一次见完之后我都忘记你长什么样子了呢。然后呢，我在你朋友圈里搜了张照片，嗯，那张照片……哈哈哈哈……然后我的脑子里就只有那照片了。"

夏辰璟："你……"

我："那张照片里的你实在是太挫了！说实话，你真人比照片看着顺眼多了。"

夏辰璟："呜呜呜，好伤心。老婆嫌弃我丑。"

我："没有，都说你真人好看了。可是当年那张照片真的好丑好老哇！"

夏辰璟："难道我要感谢我的那张照片，因为让你在现实中有惊喜感。"

我："哈哈哈，对对对，就是这个道理。"

夏辰璟叹了一口气："算了，原谅你了，反正你脸盲。还好天天睡你边上，不然你都忘记你老公长啥样子了。"

我："哈哈哈哈，你说得对。"

夏辰璟表面上是跟我说原谅我了，但是他的朋友圈还是把我屏蔽了一个星期……

003

奇怪的是，与夏辰璟相完亲之后，我的桃花似乎就断了。

毕竟到了适婚年纪，身边的朋友、同事没少给我介绍对象。可突然，很长时间里，我连个相亲对象的影儿都没有了。

正逢好朋友结婚，在酒席上，我碰到了几个高中同学。

同学之间的话题无非那几个，他们听说我还没男朋友，就说要给我介绍对象。其中一位同学突然对我说："我单位里有个同事好像和你是同一个地方的人，要不要我介绍给你？"

我："啊？"

那位同学道："叫夏辰璟，你认不认识？"

我心里一惊，连连摆手："不用不用，不太需要。"

他嘀咕了一句："不过好像年纪要比你大好几岁，你不认识也不奇怪。"

我呵呵。

同学："要不随便见见？"

我："不见不见。"

同学还想说点什么，我迅速转移了话题，而后轻轻地呼了一口气。

004

我和夏辰璟再次见面，是大半年后的秋天。

我在星巴克里相亲，相亲对象刚走，前面突然多出一个黑影。

我抬起头来，看到一个大大的笑容，然后是一句："好久不见，

51

周慕。"

他叫我的名字，自然而熟稔，仿佛在叫一个老朋友。

面前的男人穿着一件深蓝色衬衫，配一条浅蓝色牛仔裤，穿搭干净整齐。阳光透过透明的玻璃窗照进来，更显得他的皮肤澄净透白，笑容明媚。

他微笑的时候，眼眸弯弯，眉眼显得格外温柔。

我愣愣地看着面前这张陌生的脸庞，一脸蒙，这个时候压根想不起来他是谁。

夏辰璟笑道："我是夏辰璟啊，之前薛阿姨介绍我们认识的，我们见过面的。"

我："啊，你好……"

夏辰璟吗？那个照片上长得很老的夏辰璟，怎么长得不一样了？

夏辰璟："我进来买杯咖啡，觉得你面熟就过来看看，没想到真是你。真有缘哪！"

我礼貌地冲他笑，虽然笑容很假。

夏辰璟说得稀松平常："我们要不一起看个电影呗？"

我眨了眨眼睛，脑子更加蒙了。

因为太突然了，我都不知道如何找借口。

夏辰璟哦了一声，很随意地说道："正好单位发了两张电影票，没人陪我看，用不掉。"

我："嗯？"

我的脑子还是处于混沌中。

夏辰璟："要不都送给你？"

我连连摆手："不用不用，这多不好意思。"

夏辰璟微微偏头："那一起吧。"

我一时之间不知道如何拒绝他，就鬼使神差地跟他去看电影了。

后来，夏辰璟提起这次约会，显得很得意："我用两张电影票就拐走了我的傻老婆。"

我："……"

夏辰璟随即又严肃道："这么傻这么笨，一点小恩小惠就跟人跑了，以后不许一个人出门。"

我："……"

005

我们一起看了一部动画片。

说来也是凑巧，在我们坐定之后，又有一对情侣走过来坐在我边上。我惊奇地发现他们是我的初中同宿舍好友和她的未婚夫。

因为电影院里光线偏暗，所以他们一时没发现我。

这个时间点，电影院里的人不是特别多，于是我下意识地推了推夏辰璟，我们坐后面吧，视线好一点儿。

他说好。

电影一看完，我和他就匆匆离开。路上我收到一条信息："傻慕，你太过分了！快说，他是谁？"

我心里暗叫一句：被发现了！

可一时之间我还真不好答他是谁。相亲对象？不算。朋友？不算。好像都不算吧。

我飞快地回："没谁。"

夏辰璟突然低低一笑："下次我会藏好点。"

我不由得茫然地望向了他："……"

谁和你有下次了。

006

我后来觉得，我和夏辰璟能走到一起，绝对离不开夏辰璟的死缠烂打和高情商。

看完电影后，晚上他给我发微信："今天你和我一起看动画片，你不会觉得我幼稚吧？"

我："不会。"

后来才知道，他就是那么幼稚的一个人！

夏辰璟："最近没什么好电影上映，我记得你挺喜欢看《喜羊羊与灰太狼》的，特地挑了这个。"

嗯……都多久以前的事了，难为他还记得。

我："还挺好看的。"

夏辰璟："今天我路过星巴克时，差点以为自己认错了，你变得漂亮了很多……"

我："呃……"

虽然被人夸漂亮是一件很愉悦的事，但一个男人夸一个女人漂亮，这种隐藏的思想昭然若揭呀！这个男人很不矜持！

我本来也不想回他，可那天晚上我正好要去接我爸。因为早去了，我就坐在车里等，正好无聊就和夏辰璟聊了一会儿，然后他对我就是各种夸，夸了我整整一个晚上……

我都被夸得不好意思了。

但是，这个时候我并不知道夏辰璟就是这种很直接的人，我甚至觉得他轻浮……

所以对于他邀请我下一次一起吃饭这件事我是拒绝的。

没想到这个关头，我妈出马了。

007

我之前一直以为我妈开明，但事实上天底下的父母都是一个样儿——对子女的婚事极为担心。

我妈得知我和夏辰璟见面之后，十分纠结。

一方面，夏辰璟合她的眼缘，她觉得他很符合自己的择婿标准。但另一方面，我对夏辰璟还是不满意，并没有和他发展的打算，她劝不动我。

最后她想出了这样一个主意："不如这样，我去合你们俩的八字，若是你们八字合就处处看，不合就当这事没发生过，如何？"

我听到这个荒诞的主意，简直被吓到了。

作为一个新时代女性，我哪里会信这种封建理论！我自然是不同意。可我妈觉得这个方法可行，不停地劝我，我被气得号啕大哭。

没想到，我妈消停了一段时间后，突然被亲戚的风言风语刺激到，无非我怎么还没谈对象之类的话。再加上薛阿姨突然又来做客，俩人聊天时提到了夏辰璟，于是我妈先前的提议终于得到了别人的认可。

过了几天，我妈喜气洋洋地告诉了我一个"好消息"——我和夏辰璟很合适。

这段时间夏辰璟约了我几次，我压根不肯见，但是我妈就劝着我："你看，现在八字也合了，你又不理人家，多不合适。"

我愤怒："不行，这又不关我的事，又不是我非让你去合的。"

我妈："就一个月，一个月行不行？"

我："不行。"

我妈："你知道的，八字这东西可不是随便给人的。你们若是真的八字不合，那也没办法，可这八字合了，你若是不理人家，这不是戏弄人家吗？"

我："道理我都懂，可是这不是你坑我吗？"

我妈握着我的手，一副眼泪汪汪的样子："你就被妈坑一次，坑一次行不行啊？就一个月，要是到时候你实在觉得不合适，我出面给你说，行不行？"

我妈第一次在我面前露出这种委屈的模样，我被她折磨得没办法，我就答应了她和夏辰璟处一个月的要求。

008

虽然我答应和夏辰璟相处一段时间，不过我打心里抵触去见他。要说我见个陌生人就算了，见个半生不熟的人多尴尬呀。

好在，夏辰璟仿佛知道了我的心思，并没有约我出来，只是每天在微信上找我聊天。

那段时间他非常忙，等他忙完又要出差去J市几天。

在去J市的动车上，夏辰璟给我发了一条微信："你是不是嫌我烦？"

我仔细想了想这段时间我对他的态度，确实是有这么点意思。他给我发微信，我并不是每次都回，颇有冷处理的感觉。

夏辰璟又问："你是不是每天都很忙？"

说忙也谈不上，但是我还是回他："好忙好忙的。"

夏辰璟回："那这段时间我先不打扰你，等你忙好了再说。"

我："好的。"

从那天起，他真的不打扰我了。

我后来觉得，人哪，真是一种神奇的动物。他闯入我的生活，每天嘘寒问暖，我觉得他烦，但是习惯之后，他突然又不骚扰我了，连个影儿都没了，我竟突然觉得心里空落落了。

这种略微失落的感觉，还真的挺难琢磨。

009

夏辰璟几乎有十几天的时间没有联系过我，我本以为这事就这样结束了。

没想到某一天，临近我下班的时候，他突然给我发微信："哎呀，憋死我了，现在能说话了吗？"

我当时正在开会，无聊至极，看到这句话，竟忍不住乐了。

夏辰璟又发了微信来："饿死了，我们一起去吃饭吧。"

我："呃……"

我是属于理论丰富实战为零的人。我不懂得如何与异性相处，也不知道该怎么回复他。一起吃饭，还是不一起吃饭？

一方面，我觉得我答应了妈妈和他处一个月，剩下的时间也不多了，熬到最后期限就算了。另一方面，我又觉得和他见面是个麻烦的事。

就在我犹犹豫豫、十分纠结的时候，他发了微信来："我马上就到了，我带你去吃饭吧。"

我："你到哪里？"

夏辰璟："以你为中心，方圆一千米内。"

我："你不会在我学校附近吧？！"

对我来说，他无疑是从天而降。

夏辰璟："想吃什么？中餐还是西餐？"

夏辰璟根本没有给我拒绝的机会。他人都已经到了，我还如何拒绝？

我默默地给他回复了："不知道。"

夏辰璟："那就带你去吃牛排吧。"

我："好的。"

010

夏辰璟带我去了市中心一家很贵却又很好吃的西餐店。这家店高端大气上档次，我以前和闺密从店前经过几回，却没勇气进去。

服务员拿了菜单过来。

夏辰璟问我："你想吃什么？"

我摇头："不知道。"

我最讨厌点菜了，我什么都吃，而且有选择恐惧症。

夏辰璟不再问我，翻看了一下菜单很快选了两份不同的牛排套餐，他对我说："我也不知道什么好吃，点不同的套餐可以都尝一下。"

他熟稔、自然的样子，让我有我们是多年的老朋友的错觉，竟一点也不让人反感。

我点点头表示赞同。

菜很快就上了，我低头开始吃。

他说哪个好吃我就吃哪个，作为前菜的意面、小食被我们吃得差不多了，牛排终于上了。

毕竟和夏辰璟还不算太熟，我还是要装一下矜持。

于是我非常优雅地拿着刀叉慢慢切，慢慢吃。平时很快就吃完一块儿牛排的我，硬是花费了比平时多两倍的时间。

夏辰璟见我吃得慢，不由得担心地问我："是不是吃不下了？吃不下不要撑着，不要怕浪费。"

我在心里翻了个白眼，浪费个鬼呀，我还没吃饱！

夏辰璟吃完了他自己那块儿之后，见我继续慢悠悠地吃着，以为我太勉强。

夏辰璟："别吃了吧，撑着了也不好。"

夏辰璟把我剩下的牛排切走了一半儿，然后和我说："还是你这个好吃。"

我眼睁睁地看着我的牛排少了一块儿，好想捂住胸口哇！好心塞呀，我的牛排呀……我最喜欢吃了。

011

自这日之后，我和夏辰璟算是正式地相处了。

现实中的他表现得十分绅士、体贴，我竟觉得他其实也不讨厌。其次，多看了他几次，我发现他挺顺眼的。

他算不上很帅，但干干净净，看着让人感觉很舒服。

他隔两三天就来找我吃饭，找我看电影。

我们见面频繁，以至于周末朋友约我看电影的时候，我发现我已经没电影可看了。因为刚上映的电影，夏辰璟带着我通通看完了。

夏辰璟经常工作日直接来找我，所以我们见完面都是各自开自己的车子回家，他每次都要求我到家了和他说一下。

这日，我照例和他说："我到家了。"

夏辰璟隔了一小会儿才回我："我知道，因为我是看着你回家的呀。"

我："嗯？"

我突然回想了一下，我每次回家的时候，后面确实有辆车远远地跟着，车灯特别亮，应该就是他了。

　　夏辰璟："每次都是我约你出来，这么晚回去，我看着你安全到家才放心。"

　　我轻轻地吸了一口气，心突然变得格外柔软。

　　我妈走过来，见我在聊天，笑眯眯地问道："是辰璟啊？问你到家了没吧？"

　　我点了点头，随意地把这件事和我妈讲了。

　　我妈吃惊："哎呀，人家都来了，怎么不叫他上来喝杯茶？"

　　我："我刚才不知道啊，而且他走了呀！"

　　我妈看了下时间："现在还早嘛，你叫过来给我和你爸见见。"

　　我："呃……不合适吧？哪有那么随便就见家长的？"

　　我妈："你们处了也有一段时间了，这人嘛我也就见过一次，到底是怎么样我也不清楚。你识人不清，还是要我们帮你过过眼比较好。"

　　我：呃……

　　我妈一脸严肃："婚姻这事急不来的，人品比什么都重要。"

　　我："横竖都是你对。"

　　我妈："快点快点，趁人家没走远，叫过来给妈妈见见。"

　　我："这个……"

　　我妈："要是不合适，我早早地给你回了，免得浪费时间，你说是不是？"

　　我被我妈点了几句，不由得给夏辰璟发了短信："那个……我妈说想见你一下。哈哈哈，不过我觉得不合适吧。"

　　夏辰璟："现在？我开车掉个头，五分钟就到。"

　　我："啊？"

　　夏辰璟："感觉好紧张啊。"

　　我："……"

　　我后来觉得，我和夏辰璟之所以走得这么顺利，除了夏辰璟是个心机boy（男孩）之外，我妈绝对是神助攻、催化剂。

她一步一步给我挖坑，让我跳进去。

012

夏辰璟嘴甜、情商高，他在来我家之后，第一时间搞定了我妈。

夏辰璟离开之后，我妈十分满意："是个实诚的孩子。"

我："你怎么看出来的？"

我妈自信满满："我和你爸都看出来了。"

我："呃……"

许是丈母娘看女婿越看越顺眼的缘故，我妈生日那日非要让我把夏辰璟叫回家里吃饭，然后她开始隔三岔五请夏辰璟过来吃饭。偶尔，她做了酥饼、馅饼等小吃，也会让我带几个给夏辰璟尝尝。

然后夏辰璟来我家也越来越勤了。

在这种模式下，我和夏辰璟相处的时间都快超过两个月了。

我突然和我妈提起"一个月"的事，我还没说其他的，我妈就紧张地对我连连摆手："不行不行，辰璟多好的小伙儿呀！我眼光还是不错的，是不是？"

我："……"

我妈："所以说，人还是要处处看，不处是并不知道对方好坏的。你先前看他不顺眼，现在是知道他的好了吧。"

我："……"

我妈："要相信你妈妈。"

我："总感觉哪里不对。"

013

夏辰璟周末约我出去玩，我告诉他这个周末正好要参加一个考试。

夏辰璟想也没想就回我："我带你去呗，考完了我们中午一起吃饭。"

我："可是我们要七点多到，考到十一点的样子。"

夏辰璟："没事儿呀，我等你。"

我："可是时间太长了呀，太煎熬了。"

夏辰璟："我可以随处逛逛的。"

我："附近也没什么好逛的吧。"

夏辰璟回："明天考试的人多，车肯定很多。你到时候找不到停车位，迟到了怎么办？我正好没事，送你去考试，我也放心。"

他的提议让我动心了，于是我应允下来了。

我妈正好在边上，我和她说了几句，她趁机在边上道："小璟很有心哪。"

我心里默认我妈的想法。

一个早上两场考试完毕，我快速地走到考场门口，刚想给他打电话问问他去哪里逛了，这才发现他的车就停在附近。

此刻的夏辰璟正靠在座位上，闭着眼睛休息，手里还抓着手机。

想来，是等得无聊睡着了，毕竟等了那么久的时间。

我上前敲敲他的玻璃窗，他忙开了锁让我进去，给了我一瓶水，微笑："考完了？考得怎么样？"

我接过水喝了一口："还好，就是辛苦你久等了。"

夏辰璟："也没等多久。"

我不喜欢被别人等，每次和人约好时间，都会提早几分钟到。同时，我也是个很不喜欢等人，多等一分钟就会暴躁的人。

可夏辰璟对我，总是有很充足的耐心。

在我们相处的日子里，我考试他等我，我体检他等我，我去做头发他也等我，我去买衣服，他也耐心地陪着。

有时候让他等久了，我会表达我的歉意，他含笑淡淡道："也没多久。"

似乎，对于我，他从来不嫌麻烦。

我问他："你不觉得烦吗？"

夏辰璟："对你，从来不会。"

014

我和夏辰璟就这样不紧不慢地相处着，我不再对他排斥。

我们住在同一个城市，但是他的工作单位离我家很远，差不多是一个在城市的东边，一个在城市西边。

他每天下午五点下班，正好是堵车高峰期。他为了见我，会花上近一个半小时赶过来。

我们若是没有在外面吃饭、看电影，那么约会的地点就在我家。我们坐在沙发上看电视，聊会儿天，差不多九点多他才离开，开一个小时的车回到单位宿舍。

我问他为什么不回家住，毕竟他的家离我家不远。他说自己的房子还没有装修，他很少住，而且住单位宿舍方便，早上可以多睡会儿懒觉。

此时已经是冬天，天寒地冻，像我这种怕冷的，恨不得天天窝在被子里不出门。可他，除了值班，几乎每天都穿越整个城市来看我。

有时候他工作忙要加班，我以为他不会来了，他晚一些还是出现了。他说他想过来看看我，即便见面的时间只有半个小时。

这样的他，我没办法不感动。

我心里的天平渐渐向他倾斜。

015

我妈每天晚上都会守着电视看电视剧。

但自从夏辰璟过来之后，她稍坐片刻就回房间了。

我就笑嘻嘻地问我妈："你就这么放心我们孤男寡女地坐在一起呀？"

我妈："都在自己家里，我有什么好担心的？这不是给你们制造机会？"

我喊了一声："有你这样做家长的吗？感觉别人的妈都不会像你这

样坑女儿的吧？"

我妈："都什么年代了，那么保守干什么？再说了……你们选的电影里面有吻戏，我在场我不好意思，你们也尴尬，是吧？"

我："又不是我选的！不对，现在电影里偶尔有也很正常！不是，什么乱七八糟的……"

在我妈促狭的眼神下，我突然都不知道怎么解释了……

我妈摆摆手，一副你不用解释的样子："我是过来人，我很懂的。反正我对辰璟也没什么不满意的，再说他很喜欢你，你知道吧？他都快把眼睛贴你的脸上了，幽幽地发着绿光。"

我顿时惊呆了："天哪，妈，我们还是不要聊天了吧。"

016

我们刚开始相处那会儿，夏辰璟一直都对我小心翼翼，常常用玩笑的口吻问我要不要把关系升华一下。

我假装听不懂。

夏辰璟就叹气："革命尚未成功，同志还需要努力。"

后来他又问："要不要把我的身份升级一下？"

我回："不是没什么差别吗？"

夏辰璟："哈哈哈哈哈，谢谢我的宝贝，我终于升级了，哈哈哈哈哈。好开心，哈哈哈哈。"

我："……"

我其实并不是这个意思，可是他误会了，我又不忍心泼他冷水，于是就将错就错吧。

本来我们这种相处模式就在友情之上吧。

017

我和夏辰璟在一起一段时间后，在双方家长的认可下就把婚期定下了。之后，还未到订婚的日子，厚颜无耻的夏辰璟就天天钻研法子想着找各种借口留下来。

夏辰璟："现在都已经十点了，我开回单位都快十一点了，宿舍楼都已经关了，进不去了。你难道忍心让我露宿街头吗？"

我："不能吧？那你以前怎么进去的？"

夏辰璟："叫保安开门哪。"

我："所以呀。"

夏辰璟："这天寒地冻的，总不能天天打扰别人睡觉的呀。是不是很不道德？"

我："……"

夏辰璟："千里迢迢来看你一眼，还要千里迢迢开回去，你都不心疼心疼我？"

我："心疼的，心疼的。"

夏辰璟："要不，今晚我们去看零点电影吧？"

我："为什么？"

夏辰璟："迟了我就可以找个理由住下来了。"

我："天哪，什么鬼逻辑！你要不回家住吧？家就在附近呢。"

夏辰璟："不要不要，家里很久没住人了，被子都发霉了。"

我内心表示很不信：心机boy。

只能说，夏辰璟前期讨好丈母娘讨好得对。虽然他被我拒绝多次，他还是找了个理由留下来了。因为他厚着脸皮对未来的丈母娘抱怨，丈母娘真的帮他铺个房间。

我问我妈："这怎么可以呀？"

我妈："我也不好意思拒绝的嘛，再说他每天这样奔波确实是累呀。"

我："……"

018

我其实觉得夏辰璟够无聊的，无论工作多忙，每天都要过来跟我一起睡，虽然睡两个房间。

不过他的车子每天明晃晃地停在我家楼下，这就导致隔壁邻居来我妈这儿寻求答案："哎哟，你家门口怎么天天停着辆车？"

另外一个隔壁邻居道："我昨天从窗户里看到你家里有个陌生男人哪，是谁呀？"

我妈对我转述邻居这段话的时候，我心里其实是尴尬的，太不好意思了。

我心想着，我娘应该会撇清关系，或者直接说他们俩不同床之类的话。

但事实证明我错了，我娘继续道："我就说，这是我女儿的男朋友啊。要是我女儿今年十六岁，我还要打压一下。但是我女儿二十六岁了，他们男未婚女未嫁，这不是好事嘛。"

我不由得扶额："然后呢？"

我妈一脸骄傲："没然后了，这又没什么丢人的。她们就努力点头了。"

我愤愤地表达不满："我们还没有那个那个，你干吗不解释一下……"

我妈："为什么要此地无银三百两？"

我："呃……"

我妈："有没有都没有区别。你们有就有，没有别人也觉得有。"

我："呃。"

我妈："难道要别人误认为我女婿不行吗？"

我顿时有一种被雷劈了的感觉，我捂着额头："你不要这样子！"

我妈："这人哪，好不好，一时半会儿是看不出来的。只有住在一起，朝夕相对，才知道对方是人是鬼。这人哪，装得再好，也装不久的。"

我："嗯，你说得对。"

我妈："住一块就是让你观察一下他的习性，比如有没有脚臭、

65

腋臭，爱不爱卫生，睡觉会不会打呼噜，会不会磨牙……还有到底行不行啊。"

我听完，一脸蒙。

我妈："你妈我走南闯北，很开放的，跟你一个小娃娃讲不明白的。这男人和女人之间不就那点事儿吗？要是这么点儿事都成不了，还要在一起做什么？"

我快说不出话来了："我真是要惊呆了。"

我妈："你年纪也不小了，不去经历这些，以后更没兴趣了，会性冷淡的。像你妈在你这个年纪都有了你了，唉，你连个恋爱都才刚谈，真可怜哪！"

我心里暗叫一声："妈，你好可怕。"

我妈冲我翻了个白眼："人之常情。这并不是什么可耻的事。"

我："当妈当成你这样也是绝了。"

我妈意味深长："以后你就会感谢我。"

后来我和夏辰璟开玩笑聊了这事，夏辰璟也是惊呆了，随即笑眯眯道："丈母娘这是在教导你呀，你要乖乖听话。所以，我晚上可以抱着你睡啦，嘻嘻嘻。"

我："……"

夏辰璟："你放心，所有的坏毛病我都没有。至于行不行，试试就知道了。"

我："……"

慢热

全世界都知道我喜欢你

001

别看我和夏辰璟的感情发展得很顺利，事实上我是个很慢热的人，并不轻易对人产生感情。

夏辰璟喜欢我的时候，我并不喜欢他。

他心里将我当女友的时候，我将他当朋友看待，当他已经将我当老婆看的时候，我将他当好朋友对待。

所以在很长的时间里，我们的感情都是不对等的。

这导致我们之间产生了很多小别扭。

寒假里，我和闺密小嫦自驾去我们上大学的F市玩，他是最后一个知道的。

夏辰璟理所当然地认为：你是我女朋友，你出门怎么也应该告诉我一声。

可我心里认为：我们的关系还没到我要时时刻刻和你报备的状态。这就导致他生了好长时间的闷气。

晚上他找我聊天，我和小嫦在KTV里唱得高兴，我忘记看手机，很久都没有回复他，于是他更郁闷了。

他郁闷，我也郁闷，我没认识到自己的做法不妥，又不晓得如何安慰他。

到最后，还是他先服软。

夏辰璟问我："今天去玩了哪几个地方？好玩吗？"

我不好意思跟他说我们哪儿都没去，只专门找地方吃了。

我："吃多了，在消化中。"

夏辰璟一副了解的语气："你们去旅游肯定就是去吃。"

我："找回忆好吗？这里有最好吃的酸菜鱼，最好吃的糖醋里脊，最好吃的蛋黄焗南瓜……"

夏辰璟："你的回忆都是吃，一百二十斤恐怕离你不远了。"

我弱弱地回："我们其实也就只吃了两顿，比较撑而已。"

夏辰璟："我今天没吃一粒米，全靠水吊着。"

我：“干吗？”

夏辰璟：“不想吃。”

我：“我在想明天吃什么。”

夏辰璟：“问君何时归。”

我：“要听真的还是假的？”

夏辰璟：“我只是客套下，归不归无所谓。反正你不在我都没意思。”

我：“哇，居然这么客套。”

夏辰璟：“总要问一下，不然你会多想。”

我：“不会。”

夏辰璟：“那也是极好的，连问候也能省了，我也不用强撑着身体来问候你了。”

我：“我问候您呗！”

夏辰璟：“哪敢劳您大驾，臣惶恐。”

我：“少来这一套啊。”

夏辰璟：“莫莫莫！臣受不起，劳您念叨，伏惟惶恐。”

我：“你开心点嘛。”

夏辰璟：“臣没不开心。臣一天吃好多呢，各种美食应有尽有。臣一天到晚都在睡觉呢，睡梦中饕餮大餐、声色齐全。”

我不由扶额：“戏精！”

迟一点我回宾馆了，他才告诉我，他很不爽。

夏辰璟：“你都会玩消失了！”

我：“呃……”

夏辰璟：“你每次都说你大学周围的饭菜有多好吃，还说带我一起去吃。但是你人都去F市了，连个招呼都不和我打。若爷晚上不问候你，你是不是不会主动跟爷汇报了？爷就是个多余的男朋友！”

我：“别这样啊。我会的呀！”

夏辰璟：“你会才奇怪！这么久了，你哪次主动找过我？”

我："有啊，我上次找你啦。"

夏辰璟："你净往自己脸上贴金，上次是什么时候？你上次还说不去玩呢，我春节问了你很多次，你都说不去玩。然后等爷上班了，你却玩消失。"

我："别这样啊。"

夏辰璟："哼，过去了，不跟你算账了。"

夜里，我仔细想了想，我的做法确实欠妥。

毕竟，他是我的男朋友啊。

我没有和他说对不起，心里终究觉得抱歉。

我和小嫦都觉得F市没什么好玩的，再加上本来也没准备在F市多待，于是，第二天一早我们就打道回府了。

回去的路上，我拍了一张在高速上的照片给夏辰璟。

夏辰璟："回来了？"

我："嗯。"

夏辰璟："今天做得很好，知道跟爷汇报行程了。爷的心情也好了呀，爷要去吃两碗稀饭。"

看得出来他心情很好，我莫名也觉得很高兴。

002

我和夏辰璟交往了好几个月之后，夏辰璟提出要带我去见他的朋友。

我向来不喜欢见陌生人，几乎是毫不犹豫地回绝了。

夏辰璟："没几个人，就是吃个饭。"

我："可是我都不认识呀。"

夏辰璟："可迟早都会认识的呀。"

我："可是我就是不想见哪。"

夏辰璟叹了一口气，摸了摸我的脑袋："这么漂亮的小娘子要我一直藏在家里吗？"

我嘻嘻笑着。

夏辰璟幽幽道："你是不想把我公开吧？"

我："你想多了吧？你不是见过小嫦了吗？"

夏辰璟挑挑眼梢，呵呵两声："别的女孩子都生怕男友不公开，不把她带入自己的朋友圈，你怎么就不一样呢？"

我："我没关系的，没关系的，我相信你呀。"

夏辰璟微微垂下眸子："我竟无言以对。"

看得出来，其实，他有点失落。

003

在我和夏辰璟刚开始交往的时候，我们磨合彼此的性格，也经常出现一些小摩擦。

有一天，夏辰璟怒了。

问题是，他怒了，我也不知道他在怒什么。

我刚开始没理他，后来忙完事了，才开始找他控诉："你正常的时候还是挺好的，不正常的时候我都不知道你在作什么！估计你都不知道你自己在作什么了吧？"

夏辰璟："我不开心了都要哄着你，哪里顾得上自己呢。"

我斟酌了一下："你为什么不开心呢？"

夏辰璟："还不是被你欺负的？"

我仔细想想，一整天都没和他见面，怎么就欺负他了？

我："我哪里欺负你了？明明都是你欺负我的呀。"

夏辰璟："你只看到了我欺负你，没发现每次都是我哄你的吗？"

我："好吧好吧，的确是。"

夏辰璟："每次被你欺负了我也只是偷偷伤怀，忍无可忍了才爆发一下，然后立马又屁颠屁颠地来哄你了。"

我："你偷偷伤怀我又不知道。"

夏辰璟："我偷偷地，又怎么告诉你呢，跟你说你又要说我神经病了。我能怎么样？"

我："不会呀。"

夏辰璟："你不知道，我每次哄你的时候刚开始都是装的，可过一会儿看到你开心了，自己也就开心了。有时候就感觉自己好贱呀，明明心里说了一百遍不理你，然后就反悔了。"

我："我也有哄你呀，但是你也不理我。"

夏辰璟："你那个是哄吗？你简直是在火上浇油！"

我："你简直乱讲，我觉得我很有诚意了！"

夏辰璟："有时候我都被你气笑了，这么傻的妞，哄人都不会。"

我："生平第一次哄人，好挫败呀。"

夏辰璟："拜托，你也是写小说的，哄用得着那么多话吗？女生哄男生，很简单的，就是撒娇呀。"

我："不会呀。我弟弟生气了我都不用哄，吼他一句就好了。"

夏辰璟："你还跟我叽叽歪歪讲一堆道理，道理我难道不知道吗？"

我："我只是很正经地跟你讲道理呀。"

夏辰璟："一会儿讲道理，一会儿让我滚蛋，一会儿说我心里有病。"

我："我有吗？"

夏辰璟："下午我本来想回家的，虽然你和朋友出去吃饭了。"

我："是吗？"

夏辰璟："可你让我滚了。"

我："我随便讲讲的。我本来都打算早点回家的。然后我看你不回来了，我也默默地不回去了。"

夏辰璟："我都是被你气的。"

我："我不是那个意思啦。"

夏辰璟："本来今儿很舒服，没想到下午直接阴天，晚上直接暴雨了。"

我："今天不是晴天吗？"

夏辰璟："我说我的心情都被你玩坏了！"

我："别这样，我都不敢跟你说话了。"

夏辰璟："是我不敢跟你说话，每次都要对你小心翼翼的，怕你了。"

我："我对你才小心翼翼的好吗？像我如此可爱的性格，哪里需要人对我小心翼翼了？"

夏辰璟："可爱个头！我下午说自己无聊，意思就是想你了，你却因为自己玩得开心，觉得我烦你了，让我滚！"

我："真的没有……"

夏辰璟："你好像从来没和我撒过娇。你个女汉子，我要被你活活气死了。"

我："其实总结一下，今天让你不爽的地方，是我从没跟你撒过娇？"

夏辰璟："你总结干什么？搞得我很没面子的！"

我："没必要耿耿于怀呀，想想刚开始，想想现在，我们的关系不是进步很多了吗？每个人的性格不一样，要慢慢磨合，是不是？"

夏辰璟："那是我被气习惯了。"

我："好吧好吧，对不起啦……"

夏辰璟发了个傲娇的表情："不要跟我道歉！若真要道歉的话，下楼，当面抱抱我。"

我扑哧一笑，乐呵呵地跑下楼去了。突然，我好想抱抱傲娇的他。

004

有一天，夏辰璟把车子停在车库里，我突然想起之前的某件事："哎呀，你知道吧，我其实当初也没多喜欢你，那时候看到你好烦的。"

夏辰璟斜了我一眼，有些孩子气地抱怨："哦，我也没怎么喜欢你。"

我很不满："你反应很冷淡哦，那你现在喜不喜欢我？"

夏辰璟很迅速地回我："不喜欢。"

明知道这不是他的真心话，但我还是有点小小的失落。我小声回他："明明你之前还说喜欢我的。"

夏辰璟回头："猪，是爱。"

他难得走在前面，没有牵着我，好像是……不好意思了。

005

我和夏辰璟正式交往了一段时间后，我觉得关系确不确定没有什么差别。

除了我们之间多了男女朋友的称谓，其他一切照常，一起吃个饭，一起看个电影，晚上得空聊聊天。

我们之间的关系也就那样，没有升温，也没有更进一步，还是相处得有点小心翼翼的。

我和夏辰璟正式交往一个月后，小嫦问我："你们接吻了没有？"

我："没有。"

小嫦："那牵手了没有？"

我摇头："没有。"

又过了两个月，小嫦问了我相同的问题，我给了同样的答案。

小嫦一脸的难以置信："不至于吧，我有个朋友，第一次见面相亲，第二次见面接吻，第三次见面上床，第四次见面直接订婚。一个月后，孩子都已经有了。你们都认识多久了呀？"

我目瞪口呆："你唬我呢？"

小嫦再三保证："真的。"

在这个问题上，我十分纠结。

不提速度快的，像其他人谈个恋爱也早就牵手开始压马路了，更何况像夏辰璟这种厚脸皮的。

他每天微信跟我聊天的时候还发个拥抱、亲吻的表情，可一到见面就规规矩矩的，居然连我的手都不牵，难道还要等我主动？

我觉得我已经够慢热的了，他怎么比我还慢热。

难不成他是个同性恋？

或者一脚踏几船?

或者他就是个喜欢柏拉图恋爱的人?

后来我们出去看电影，夏辰璟突然偷偷地握着我的手，在我还没注意的时候又飞快地松开了。

在黑暗的电影院里，我忍不住冲他翻了个白眼。

这是什么意思?

晚上夏辰璟给我发了条微信："终于摸到了，好开心，滑滑的、软软的。"

我："……"

夏辰璟："下次还要找个机会抓一抓。"

后来，我们牵了好多次手之后，我在微信上问他："之前为什么一直都不牵我的手，好歹我们也当男女朋友那么久了。"

夏辰璟委屈地回我："你对我冷冷淡淡的，我根本不敢，怕你生气。"

我："有吗?"

夏辰璟斩钉截铁："当然有!"

我回想了一下，也就开始的那段时间排斥他一些，对他冷淡了一些，难道让他产生心理阴影了?

006

由于常常在论坛里看到同性恋骗婚的故事，虽然夏辰璟看起来就是个直男，我还是没少试探他。

有一天我给夏辰璟发了一张结婚照，主角是两个男人。

夏辰璟给我发了一个愉快的表情："干吗? 向我求婚吗? 我是该答应呢还是答应呢?"

我："看仔细点。"

夏辰璟："这是……两个男的吗?"

我："嗯。"

夏辰璟："真爱无敌呀。"

我："爱是没有性别，没有界限的。"

夏辰璟："可是关我什么事？又不是我，又不是你，还害我白高兴了一场。"

我："呃……"

007

夏辰璟参加完他表妹的婚礼回来，很感慨地给我发微信："想不到，当年跟在我屁股后的小妹也嫁人了！"

我："所以呢？"

夏辰璟："平时都没注意自己的年龄，今儿刀刀刺身呀！"

我："你还年轻，才而立之年，比起七十古来稀还是很年轻。"

夏辰璟："不过他们循规蹈矩，爷还在叛逆期，就是爷的叛逆期有点长啊……"

我："好可怕呀。"

夏辰璟："可怕什么呀，我的叛逆期还不是你定的！"

我："哪儿有？"

夏辰璟："不然早归顺朝廷了，是你延长了我的叛逆期，你自己说怎么办吧？"

我："……"

夏辰璟的意思我很明白，但是，我还没准备好。

008

夏辰璟就是这样一个人，平时看着大大咧咧、一副很不要脸的样子，但真遇到事，又有点胆怯了。

他第一次问我要不要和他订婚的时候，我无情地拒绝了他，毕竟那会儿认识不久，我自觉对他算不上了解。

正好那会儿我又不知道什么事和他闹了矛盾，左右看他不爽。

我妈趁着那个机会还和他讲了"一个月约定的事"，他沉默了很久对我妈说："我不惹她生气，我会等她的。"

后来他再也不敢和我提订婚、结婚的事，只是不停地试探。

他试探到我也是真心无奈了，爽快点行不行！

终于有一天，他再一次试探我："让我们的革命友谊再升华一下吧。"

这句话在我们还不是男女朋友的时候他说过，于是，我故意说："不是早就升华了吗？质的飞跃呀。"

夏辰璟："你说什么时候订婚呢？"

我："不知道。"

夏辰璟："我也不知道，我听你的。"

我："我没主见的。"

夏辰璟："你要怎么样呢？七月订婚吗？订了婚就可以早点结婚了。"

我："……"

夏辰璟："呀，你竟然要主动嫁给我了，哈哈哈哈。"

我回味了一下，我究竟哪句话说是要嫁给他了，并没有呀。

我："有吗？"

夏辰璟："你没反对，就是同意了。"

我："那不嫁了。"

夏辰璟："不行，不嫁我嫁谁呢？"

我："我找别人去了。"

夏辰璟："嘁，谁要你似的。"

我："有的，老多了，周末一个个带给你看。"

夏辰璟："除了小嫦还有谁哦？"

我："……"

我们关于订婚的话题就这样插科打诨过去了。

我想着，这次问话总比之前那些什么"我要来逼婚了"之类的试探正常点。

可是……求婚呢，求婚什么的呢就这样没有了。

不过，他这种粗神经又不浪漫的人，这种事没办法高要求了，将就将就吧。

009

我有时候无聊了，会给夏辰璟发短信。

我："夏童鞋！"

我："夏××！"

我："夏先生！"

我："夏蛋蛋！"

…………

夏辰璟："什么称呼呀，这都是！以后不叫老公，一律不理。"

我："别这样呀！"

这个时候夏辰璟和我算是浓情期，他早就开始叫我"老婆"了，而慢热的我不好意思和他有亲昵的称呼。唤他时，常常是，那谁，喂，夏××……

夏辰璟："叫'老公'，快点！"

于是，我难得地叫了他一句："老！"

我："公！"

夏辰璟发了个愉快的表情。

我："公！"

夏辰璟："你真无聊，走开！"

010

在我同意和夏辰璟订婚之后，夏辰璟突然问我："你真的要跟我订婚吗？你要想好呀。"

我心里咯噔了一下："干吗，你没想好？"

夏辰璟："我当然想好了，你要想好呀。我不是'富二代'，没有很多钱，不能如别人那样给你无尽的物质享受。你想好了告诉我，若是不同意，明晚就别让我进门。"

我顿时怒了："我好讨厌这句话！"

夏辰璟："即使讨厌，也要说，因为订婚了就不能反悔了。以后我就要靠你多多照顾了。"

我："为什么不能是你照顾我？"

夏辰璟："我年纪大。"

我："年纪大的才要照顾年纪小的。"

夏辰璟："我老得快呀。"

我："前面这句话不是应该在确定关系之前说吗？为什么现在说？"

夏辰璟："你一直不肯和我订婚、结婚，是因为我还没有重要到让你义无反顾，所以我想让你再确定一次。"

我看着他认真的眼神，什么气都没有了。

011

我和夏辰璟把订婚的日子定下来之后，我就去了外市培训。

回A市那天，同行的几个同事说到了车站后一起拼车打的，我说："不用了，我自己回去。"

我们才刚出车站口，夏辰璟竟已经在那等着了。

明明他先前和我讲，下午还要开会，过来接我会赶上下班高峰期，可能会迟一些。

人群中，他很快看到我，眉眼上扬，然后他快步走来牵住我。

同事A满脸震惊地看着我："呀呀呀，是谁拉住了我们的小慕慕，这位难道是……传说中的男朋友？"

夏辰璟冲着几个同事微微一笑，打了个招呼。

同事B也是一脸不可思议："人这么多，居然能一眼就看到慕慕，不错哦。"

我和夏辰璟相视一笑，竟难得地在他脸上看到了羞涩的表情。

没有瞒过同事们，于是夏辰璟捎上了她们三人一起回去。

车上。

同事A："慕慕，你居然有男朋友！我们在外面同吃同住好几天，我居然一点苗头都没看出来。"

我弱弱地说道："你们不是问我老玩手机是在和谁聊天吗，我说了我在和男朋友聊天，你们不信呀。"

同事A："你那哪里是承认的样子？"

我："我就直接承认了，没露出暧昧的神色呀。"

同事B："太过分了，之前一点苗头都没有。"

同事C："太让人意外了。"

同事A："你们认识多久了？"

我："我们交往了大半年，认识了一年多。嗯，两个月后准备订婚了。"

"什么？"三个人几乎同时失声叫出来，"这瞒得也太好了吧！"

我坐在副驾驶座上，看到夏辰璟的唇角一点点翘起，眼底的笑容慢慢漾开。看得出来，他的心情很好，因为他之前就责怪我把他瞒得太好了，他说那样没有安全感。

现在，我正式把他介绍给我的同事了。

把同事送到之后，夏辰璟拉过我的手，深情地在我的手背上落下一个吻："老婆，我很想你。"

好几天不见，看到他，我心里也暖暖的。

012

夏辰璟第一次跟我提领证是在晚婚假取消之前。

夏辰璟："要不我们去领证吧，这样还有半个月的婚假呢。"

当时我还把夏辰璟当成可有可无的男朋友，觉得和他还不熟，怎么可能做出将自己和他绑在一起一辈子的决定呢？

我："哦，假期什么的我才不在乎呢，我有寒暑假。"

夏辰璟："可是我没有呀。你不用度蜜月吗？你准备一个人度蜜月吗？"

我："无所谓呀，我又不喜欢旅游。"

夏辰璟扶额叹气："你油盐不进，让我怎么办呀？"

如果，我知道我们会一直一直在一起；如果，我知道我后来很喜欢和他在一起，那么，那个时候我一定会答应他的求婚。

013

2016年2月29日的前几天。

夏辰璟："我们29日去领证吧。"

我："为什么呀？"

夏辰璟："为了我着想呀，这样就可以少好多结婚纪念日呢。"

我："你居然抱着这样的想法。无耻！"

夏辰璟："哈哈哈，不要这样子呀。其实我是单纯觉得这个日子很有纪念意义。"

我："不要，不觉得。"

夏辰璟："你真的不考虑一下？这么特殊的日子，四年就一次哦！"

我："不要、不要就是不要。"

夏辰璟："领证吧。领证了我们就可以把订婚和结婚提上日程了。"

我："这两者之间并没有什么关系呀。"

夏辰璟笑得很暧昧："领了证，啥都方便了。"

我傲娇脸："现在领证也没晚婚假，不领了。"

夏辰璟："天哪，我的老婆哟，你是不是在整我？！"

014

好友突然定下婚期，我不由得觉得诧异。

我："呀！黄黄居然闪婚了！明明他俩认识的时间比我们短多了！"

夏辰璟："如果你不坚持的话，我们也早就领证订婚了呢！还可以享受老政策。"

我："……"

夏辰璟："反正无所谓了。人海茫茫，遇见了你，这是上天注定，没法子。"

我："呃……"

夏辰璟："若非上天安排的，我这张旧船票又怎能登上你这艘破船呢，哈哈哈哈。"

我："……"

夏辰璟："我们也来闪一下，要不要？"

我："我是破船又不是星星，闪不起来。"

夏辰璟："搬起石头砸自己的脚……"

015

有一天，夏辰璟又和我讨论领证的事，到了最后我们又没有谈妥。

夏辰璟："不领证也没事，这样我就还是黄金单身汉，还能出去骗小姑娘。哼！"

我不理他。

夏辰璟："小猪猪，猪猪……"

我呵呵。

夏辰璟："猪猪，你生气啦？"

我："看到你好烦。"

夏辰璟："那我晚上不回家了。"

我："看到你好烦×10。"

夏辰璟："那我更不能污了你的眼睛。"

我："看到你很烦×100。"

夏辰璟："不理你了。"

我："我看到你很烦×1000。"

不得不说，有时候夏辰璟很欠扁，而且非常欠扁。我就在他一句句话中全面爆发！

夏辰璟发了一个心好痛的表情："我只在做一件事的时候才想你。"

我顿了顿。

夏辰璟："那件事就是呼吸。"

我心思一动，微微抿唇："想念是会呼吸的痛？"

夏辰璟："要么就请你从我的梦里出去，要么再也不要离开。"

夏辰璟偶尔发痴起来，我也是醉了："你干吗？吓我吗？"

夏辰璟："让你看到我就烦。"

我："哼哼。"

夏辰璟："说真的，我们什么时候去领证呢？"

我："刚才你不是说不想领吗？说要当什么黄金单身汉、要去骗小姑娘啥的呀。"

夏辰璟："还不是顺着你吗？去年我就想领证了，你不给我机会呀。"

我："我们去年又不熟，才认识几个月谁要跟你去领证，而且我当你是开玩笑的。"

夏辰璟："我什么时候跟你开这种玩笑了？老婆，老婆，我们去领证吧，领证吧。"

虽然都说一纸婚约算不得什么，可对我来说，这张纸就是人生大事。我也不知道为什么非要卡着去领证的事，明明订婚、结婚都已经提上日程了。

他对我不够好？不够宠？不够爱？

都不是。

就是那种安全感还没到，或者说自我防备心太强了。

夏辰璟觉察到了我的松动："要不我们520去领证吧，这个日子有纪念意义吧？"

我："我看看哦，好像520不是黄道吉日。"

夏辰璟："那就七夕情人节吧？中国传统节日。"

我："牛郎织女相会的日子？好像也不是黄道吉日。"

夏辰璟："天哪，老婆，你明明说你不封建的，怎么这个时候还迷信起来了！"

我："一辈子只结一次婚，我们总要挑个好日子吧。"

夏辰璟："要不就六一吧，就定这个日子好了。"

我："我身份证过期了……"

夏辰璟："所以呢？"

我："而且我们还没拍照，就是结婚证件照呀。"

夏辰璟："随便拍一个不行？"

我："不行，毕竟是要留一辈子的，我们要去拍张好看点的照片。"

夏辰璟快抓狂了："你这个时候能不能不要那么多问题。"

016

在我的身份证还没有补办的日子里。

我："我发现我的身份证过期好几个月了。"

夏辰璟吓唬我："你一直拖着，小心到时候成黑户。"

我："那不至于吧，我好歹是有户口的。"

夏辰璟："哈哈哈，吓你。"

我："喊，我要是成了黑户，你就没有老婆了。"

夏辰璟："不，这样我就可以娶两个了。"

我："好伤心。"

夏辰璟："伤心啥，你还是我老婆呀，大老婆。嘻嘻。"

我："一个我都嫌少了，还要跟别人分。我才不要呢！"

夏辰璟大怒："你还要几个呀！"

我："七个，一天一个，七天正好。"

夏辰璟："……"

我哈哈大笑起来。

017

我和夏辰璟订婚后的某一天晚上。

好友敏敏给我打电话。她喝了点酒，有点醉，她提起她的前男友，格外伤感。

敏敏："那是我的初恋，我们相恋了三年，彼此很相爱，却还是因为异地恋分手了。可是我现在好想好想他，此后无论再遇到谁，我总习惯性地和他去比较。"

我听着她絮絮叨叨地讲了一堆，我给她总结了一句："爱情终究还是败给了距离和时间。"

敏敏："是呀，没办法。我们还太年轻，都没有承载未来的勇气，只好分手了。没想到，你是我们中最小的，却也是最快订婚和结婚的。"

我笑笑："我年纪也不小了呀。"

敏敏突然反问道："你爱他吗？"

我不答反问："爱是什么感觉？"

敏敏："爱应该就是爱他爱到几乎忘记了自我。见不到他就会想他，见到他就会怦然心动。想抱着他，腻着他，看到他觉得整个世界都变得很美好。"

我沉默了半晌："那可能是不爱吧。我和夏辰璟在一起时，并没有那种很强烈的感觉。"

敏敏："唉，除了我的初恋，我后来对谁都产生不了这种感觉了。"

可能是受了敏敏的影响，我的情绪也显得有点低落了："我都怀疑我这辈子还能不能好好爱一个人了。年少的时候暗恋一个男孩子，遇见他，我脸上是一副毫不在乎的表情，可擦肩而过时，心里会产生无数波澜，内心的悸动很强烈，似乎心都会跳出来。如今许是年纪大了，连心跳都平缓了许多。"

敏敏："是呀。"

我叹了一口气："一辈子还有那么长……"

我有些迷茫地望着前面墙上的婚纱照，望着相框里我与夏辰璟亲昵的模样，突然觉得爱不爱或许也没那么重要，至少我喜欢他呀。

我对他没有很强烈的冲动，但和他在一起，很踏实呀。

岁月静好，现世安稳比什么都重要吧。

这个时候，门口传来脚步声，我和敏敏随意地聊了几句，就挂了电话。

迟一些的时候，我觉得夏辰璟有些不对劲，他不怎么乐意开口跟我说话。

灯还未熄，我躺在床上睡不着，他却精神奕奕，还在打游戏。我看着他的侧脸，不知道是不是因为我心虚，莫名地觉得他有点严肃。

想了大半天，我还是支支吾吾地出了声："夏同学，你干吗还不睡？"

夏辰璟："不想睡。"

我咬了咬牙，还是说了出来："你是不是听到了？"

夏辰璟："什么？"

我："就是……"

夏辰璟："嗯。"

他承认他听到了，我心里一松，随即又有点紧张。这种心情很难形容，就是觉得之前说的话可以说得更加委婉一点："哦，其实也不是的……就是……"

夏辰璟收起了手机，在我边上躺下来。他对着我的眸子："都过去了。"

我："那个，毕竟我们相处的时间还不是很多……那个年少的时候……"

夏辰璟："至少现在你躺在我的身边，我们还会相守一辈子。"

我搂住他的脖子，脑袋在他胸口蹭了蹭，莫名有点想哭。

我第一次觉得感情不对等，对他有点不公平。

夏辰璟："不爱也没关系，至少你是喜欢我的，我知道。"

我："可是你不喜欢我，你爱我。"

夏辰璟轻笑："是呀，我们还有好长好长的时间……"

018

我们是在举行完婚礼两个月后才去领的结婚证。

领证的前几天正好是初中同学绵绵的生日，我去给她庆生，夏辰璟也一道去了。

绵绵突然聊起我还没领结婚证的事，还当笑话一样和另外一个同学甲说道："这傻瓜，嫌弃520和七夕节不是黄道吉日，不愿意领结婚证，这一拖居然拖到现在还没领证。"

一桌那么多人，夏辰璟就坐在我旁边，她突然说出这些话，我不由得有些尴尬。

夏辰璟叹气，一脸无奈。

同学甲："不是吧，你们结婚都好几个月了，还没领证呀！非法同居吗？"

同学乙："就是，你老公对你这么好，你居然还不想结婚是几个意思呀！"

同学丙："婚礼都举行了，干吗不去领结婚证呢？"

绵绵以及她的家人全都加入了讨论，夏辰璟在一边也不说话，装可怜，一直点头。

她们看着夏辰璟的表情，觉得我欺负他一样。然后大家都围着我，你一言我一语地讲呀讲，最后我只能点着头说："好的，好的，我马上去领，行了吧？"

当晚，夏辰璟告诉我两天后就是黄道吉日，我们可以去领证了。

就是个很普通的日期，我也没有再推脱，请了假，花了一点点时间就和他领了证。

拿着两个红本，抬头看着夏辰璟脸上灿烂的笑容，我突然有一种尘埃落定的感觉，好像是很简单的事嘛。

我拍照发了个朋友圈——结婚证+大红包。

绵绵："哎哟，终于领证了呀。"

同学甲："终于结束非法同居了。"

同学乙："见者有份哦！"

同学丙："你老公应该很开心，给了那么大的红包，是不是应该感谢我们呀？"

我："夏辰璟说要请你们吃饭。"

019

我和夏辰璟订婚后的很长一段时间，我还是有些犹犹豫豫，倒是不说后悔什么，只是觉得自己不够喜欢他。

而且一开始大家都给对方看自己最完美的一面，时间久了也都是真性情了。再加上性格的磨合，习性的磨合，多多少少会有点矛盾。

有一天夜里我做了一个梦，梦见自己嫁给了别人，生活得很不如意。我被梦境所困，梦中的婚姻令人窒息，梦境中自己十分后悔进入了这段婚姻。

半夜迷迷糊糊地醒来告诉自己这是梦，不是真的，却还是陷在梦境中出不来，觉得生活有点绝望。

直至他翻身将我抱住，我的心在同一时间感到熨帖。

我终于醒来，耳边是他绵长而平稳的呼吸声。我突然觉得他一直在我身边，真的很好。

处女座男子

全世界都知道我喜欢你

夏辰璟是处女座。

他第一次和我提及自己的星座时，笑着说："现在处女座在网上都被黑惨了。"

我听着他不经意的口吻，还以为，他并没有什么处女座的特质。

后来才知道，他就是个典型处女座，洁癖、强迫症什么的，他样样都有。

001

刚认识夏辰璟那会儿，我在他眼里全是优点。

什么杂乱无章、懒懒散散，他全不在意，但我们在一起之后，他的处女座本性就开始慢慢凸显了。

我是一个一成不变的人，习惯了某一件事之后就很难改变。

我习惯背着一个大书包，往里面塞一个大约一升的大水壶和各种零碎的东西，零钱和各种卡就放在专门的小口袋里。

我和夏辰璟出门，他习惯帮我背书包。他每次都很无奈地问我："好重呀，你里面到底放了什么呀？"

我："就一壶水。"

夏辰璟："你就不能换个小的杯子吗？"

我："我喜欢喝水，这个保温性能好。"

夏辰璟："……"

后来，夏辰璟开始鸠占鹊巢，每次我们外出，他都会将他的钱包放在我的书包里。他看到我包内里的模样之后，样子更无奈了："猪猪同学，你就不能把你的包包整理整理？"

我不以为意："这样很方便呀，为什么要整理？反正整理好，下次也会乱掉的。"

夏辰璟冲我翻了个大白眼，一副忍无可忍的表情。

等到我们关系稳定后，他第一时间买了很多个卡包给我，将我所有的卡全都塞进去。本来他是准备给我买钱包的，鉴于我的零钱几乎没超过一百块，于是他就作罢了。

当他给我整理零钱的时候，他就有些崩溃了，他说："我有零钱恐惧症，我讨厌这些，你自己整。"

我："呃，零钱恐惧症是什么？我没办法理解。"

夏辰璟："……"

一次不经意间我翻看了他的钱包，钱包里的钞票，面额从大到小全都正面朝上按顺序整整齐齐地放好。

最让我无奈的是，里面的纸币几乎都是新钱。

至于他的硬币哪儿去了……

要么就专门放在车上的小盒子里，要么丢我书包里……这导致我的书包有一段时间更重了。

我们结婚后，他将家里的一个装过饼干的铁盒子送给我，里面大约有几百个硬币，他一副终于解脱的样子："我存的，都给你玩。"

我抱着那重重的一盒："……"

002

我讨厌穿船袜。

但是夏辰璟认为，穿浅口的鞋子，必须穿船袜，袜子露出来不好看，或者说，不符合他的审美。

某天我穿上小白鞋准备出门，他见我穿着浅口的袜子，忍不住说道："你换个袜子吧，露出那么一大截不好看……"

我看了看，淡定地回他："哪里是一大截，就一点点，完全不影响美观。"

夏辰璟："你看我都穿船袜。"

我："可是我不习惯，不想换。"

夏辰璟："不同的鞋搭配不同的袜子，你稍微有点时尚感好不好？"

我："我不管。"

夏辰璟闭了闭眼，终于还是忍不住，他从柜子里找出我的船袜追过来："我帮你换上行不行？"

我弱弱地问他："可以说'不'吗？"

夏辰璟根本没有回答我，他蹲在地上："抬脚。"

我看着他的后脑勺，心里一软，不想再和他抬杠。他认真帮我换上船袜，心满意足地点点头："看着顺眼多了……"

我："……"

003

我买完东西后，习惯性地把包装盒什么的统统扔掉，我觉得这些东西太占地方。

但是夏辰璟不。

什么外盒呀，里面的包装塑料袋呀，他全都收好。

我鄙视他："请问你留着这些垃圾干什么？占地方呀！"

夏辰璟认真地和我解释："怎么拆开的，到时候怎么装回去。反正我们储物间空间大，想放什么就放什么。"

我："天哪，可怕的处女座。"

夏辰璟一脸嫌弃地看着我："这是你老公多年来的生活经验，等以后东西要收纳起来你就懂了。"

我："可是我压根不觉得我还需要它们呀……"

事实证明，比如被子、电风扇的包装袋……可能还有点用吧。

夏辰璟："你能忍受不用的东西放在那里落灰吗？反正我忍受不了。"

我："好吧。"

我突然不好意思跟他讲，每年夏天到了的时候，我爸都要把家里所有落灰的电风扇拿出来，然后拆开擦一遍。

004

在订婚之后，夏辰璟带我去见他的朋友们，如今我是没有什么理由反对了。

我难得地将自己收拾妥当，还化了个妆。

出门前，夏辰璟勾着我的下巴看了看："我的漂亮老婆呀……"

随即，他微微皱眉："唇膏给我下。"

我不明所以，乖乖地递了口红给他，然后他就仔仔细细地用口红将我的唇重新抹了一圈。

我一脸蒙地站在那里，拿出小镜子一照，顿时明白了什么："哎哟，我的咬唇妆！"

夏辰璟满意地点点头："现在这样看着顺眼多了。"

我："你这奇葩的强迫症！这是最近很流行的妆容！"

夏辰璟："我不管，反正不符合我的审美。"

我："……"

005

作为一个事特别多的处女座男朋友，有时候我分分钟想打他。

不知道什么时候起，说不会挑剔我的他居然将他那挑剔的目光放到了我的穿着上。

夏辰璟："穿这条裙子必须配上次买的高跟鞋。"

说起高跟鞋还是夏辰璟特地陪我到商场里买的，一双闪亮亮的细跟高跟鞋。对于从小到大都没有淑女过的我来说，这是我的第一双细跟高跟鞋，虽然不算高，也还跟脚，但我就是不习惯。

我努力地跟他解释："高跟鞋不好穿，你看我平时穿松糕鞋，什么衣服都配的。"

夏辰璟："人家能穿你怎么不能穿，就是去吃个饭，爷车接车送又不用你走路。"

我："……"

夏辰璟："你的脚指甲可以重新涂指甲油了，配凉鞋好看点。"

我："……"

夏辰璟："平时我看不见就算了，我们好不容易出来一趟，你就好好穿衣服。我老婆的美貌都被这穿着糟蹋了。"

我："你够了。"

006

有一天，夏辰璟和我出门，我自认为穿了一件还不错的衣服。

夏辰璟："你的衣服为什么这么透？"

我："还好吧。"

夏辰璟："你的内衣居然是黑色的，合适吗？"

我脸红了："……"

夏辰璟："和我一块儿可以穿，你自己出去不能穿这件衣服。"

我怒了："……"

夏辰璟："对了，你穿白色的衣服，怎么能穿个黑色的打底裤？"

我："唔……"

夏辰璟："快点换掉换掉！"

我："我要打人了！"

007

我有个坏毛病，就是洗完澡之后也不怎么擦干，直接套上睡衣就睡了。

我一直这么着，也没觉得这是个什么罪不可赦的大毛病，直至我和夏辰璟同居。

某一日我洗澡回来，夏辰璟十分嫌弃地看着我，捂着额头："天哪，你穿着衣服洗澡了吗？你这样能洗干净吗？衣服都湿漉漉地贴在身上，你不觉得难受吗？"

我："呃……我没感觉。"

夏辰璟："我觉得难受，看着就难受。"

我："反正我不觉得，衣服很薄，等一下下就干了呀。"

夏辰璟："你去换一件睡衣。"

我："我只有这件睡衣。"

夏辰璟冲我招招手："你过来。"

我："干吗？"

夏辰璟理所当然："把你身上这件脱掉……"

我："……"

后来，我一洗澡，快准备出来时，夏辰璟就拿着干毛巾大咧咧地跑进来，让我把手抬起来，把我擦得干干净净才放我出去。

整个过程，他都用促狭的眼神看着我，我只感觉自己的脸开始发烧、发烫。

夏辰璟："你就是懒的，你不擦，也只能我替你擦了。"

我："……"

于是这个毛病我马上就改掉了……

我跟小嫦提起这事的时候，我抱怨夏辰璟实在是太挑剔了，明明是一件小事，包容包容不就好了，干吗非要上纲上线的。

小嫦叹气道："终于有人把你改过来了。你大学里就有这个毛病，每次我们看到你湿漉漉地从卫生间出来，我们都很无语，只是我们都不好意思说……"

我："……"

小嫦突然眼睛亮亮地看着我："那个，他只是给你擦干净吗？中间没发生别的事？详细讲讲？"

我愣了三秒，佯装恼怒地瞪她："滚开！"

008

我小时候就很喜欢穿着大大的拖鞋，但是因为容易掉，所以就故意反着穿。

我的这个习惯一直保持至今。

倒不是说我故意反着穿拖鞋，而是在家时候，有时候穿反了，就不会特地换回来。

夏辰璟看到之后："你连拖鞋都不能好好穿吗？这样反着穿摔倒了怎么办？"

我："不会的，我从小就这样穿。"

夏辰璟："你每次都能给我找出一大堆的理由，不要废话，马上换回来。"

我妈听到我们的对话，证实了一句："慕慕从小就习惯反着穿拖鞋，说是卡着脚不会掉。"

夏辰璟："她就是笨，鞋子大了也不会讲。"

他走过来，迅速地帮我把鞋子换回来："再不换回来，我要打人了。"

我："……"

009

我还有个毛病，洗完头之后，用吹风机吹个半干，就懒得继续吹了。

我一直觉得自然晾干之后，发型比较自然。

有一天夏辰璟看到之后，马上拿着吹风机追过来："过来坐好。"

我摇头："不想。"

夏辰璟："快点哪，不吹干头发要感冒的。"

我："大夏天的怎么会感冒？"

夏辰璟："头发不吹干，老了会得风湿。"

我："我又不是睡前洗头。"

夏辰璟直接把我按在凳子上，仔仔细细地帮我把头发吹干："你废话什么？辛苦的是我呀。"

他一边吹一边用手拨弄着我的头发："女孩子家家的怎么这么邋遢，全是湿的呀。洗完之后是不是也没用毛巾擦干？你看看你衣服的后背，全是湿的！"

我："……别说了。"

夏辰璟终于帮我把头发吹干了，然后我开始抱怨了："呀呀呀呀，你把我的卷发全吹直了呀，有没有点技术含量呀？"

夏辰璟："看不到，反正我最讨厌这种半干半湿的状态了。"

我："好吧，你只是处女座毛病开始发作了而已……"

010

我们结婚后的某个周末，我难得心情好，拉着夏辰璟去做卫生。

我还没干一会儿的活儿，夏辰璟非常不满意的声音传来："你怎么一边拖一边踩？你怎么去哪里都穿这双拖鞋？去卫生间要换里面的鞋子，出来换干爽的，否则地板被你踩湿了，就白拖了！你怎么拖把也不拧干点？"

我手拿抹布转身瞪他："你想干什么？！"

夏辰璟从我手里抢过抹布："我来我来，你去把那个干毛巾拿过来。"

然后我就看他蹲在地上拿着一干一湿的毛巾，认认真真地把我拖过的地重新擦了一遍。

我看了一会儿，拍了个照片，无奈地发了个朋友圈："有个处女座的老公怎么破？"

朋友A表示："你干的他肯定看不上，以后这些事可以全权交给他负责了，哈哈哈。"

朋友B表示："你只要负责在旁边不停地夸赞几句就可以了。"

我表示认同，走过去半蹲在他边上，甜甜地冲他说道："夏同学，你好棒哦！"

夏辰璟愤怒地瞪了我一眼："你怎么又把卫生间里的拖鞋穿过来了！"

我："……"

夏辰璟："我又要重新擦一遍了！"

我："……"

我以为他会一直这样干净下去，事实证明我想多了，他就是一个对别人吹毛求疵，对自己却可以无比放纵的人……

只要他没看到我干活儿，家里再脏再乱，他也懒得去收拾一下。

011

夏辰璟喜欢在睡前玩会儿手机。

我已经躺下来了，看到他还坐着玩手机，不由得怒道："不许那么晚还玩游戏！"

夏辰璟："还有八分钟，我看会儿小说马上好。"

我："不可以，天天看手机眼睛会坏的！"

夏辰璟："处女座都是这样的，要准点才做事的，哈哈哈。"

我无语了。

夏辰璟："没看老公每次睡觉都跟你说过的，要几分钟，然后就睡觉了。因为时间不是整数，我就感觉不舒服的。"

我："什么？！"

012

我对夏辰璟的称呼各种各样，有次烦躁的时候就叫他："大哥！你不要这样行不行！"

夏辰璟："你竟然叫我'大哥'，我不喜欢这个称呼！"

我："为什么？"

夏辰璟："不亲切。"

我："那叫什么？'亲爱哒'？"

夏辰璟："可以有，还是叫'老公'好一些。"

我："老公……喊，傻！"

夏辰璟："爷是处女座，就是这么挑剔。"

我："可是你上次还说喜欢我叫你'哥'呢，哥和大哥也没什么区别呀。"

夏辰璟拍了拍我的脑袋："我说怎么样就怎么样，还跟我顶上了呢，打你哦。"

我冲他翻了个白眼。

013

我买了一瓶味道淡雅好闻的沐浴露，因为有点贵，所以我用得很省。

可过了一段时间，我还是发现这瓶沐浴露只剩下小半瓶了。

于是，我在夏辰璟准备洗澡的时候，进来和他沟通了："你能不能省点用沐浴露，我新买的这个很贵。这个直接涂身上不容易起泡，我给你买了个沐浴球，你倒一点出来，揉一揉就很多泡泡了。"

夏辰璟很不客气地拒绝了我："即使有沐浴球，我还是要抹很多。"

我心痛极了："不要呀，你这样用的都是银子呢。"

夏辰璟微挑眼梢，冲我勾勾手指，笑得很不怀好意："要不你进来给我搓背，你自己控制量。"

我："呃……"

为了我的沐浴露，我还是乖乖地妥协了。

夏辰璟舒舒服服地让我给他搓着背，笑着说道："我觉得我用××牌的沐浴露就好了，香皂也行，我就喜欢泡沫多的，贵的就给你用。谁让我是处女座，这就是处女座的怪癖。"

我："好吧……"

夏辰璟喟叹了一声："不过每天给我搓搓背我也喜欢啦，我就喜欢我老婆伺候我。"

我："滚开。"

夏辰璟："那换我伺候你也是可以的。"

我："继续滚。"

014

我和夏辰璟聊天，聊起一个亲戚很是波折的感情经历，说完不由得有些唏嘘。

夏辰璟听罢呵呵一声："这种就是典型的自讨苦吃。"

我："可喜欢一个人，不就是希望他能回应你吗？"

夏辰璟："女人总是把喜欢当爱情，但是每个人都要经历这些后才会懂得自己最需要什么，吃一堑长一智。"

我："你呢，经历过了，是不是觉得很需要我？"

夏辰璟看着我，一副勉为其难的样子："我是胸怀宽广，救你出苦海呀。"

他摸着我的脸："否则这么胖的小圆脸，谁会要呢，嗯？"

我怒："少来了！明明是你没人要，我顺手把你拉出了坑。"

夏辰璟点点头："是我眼光好，抓住了你递来的救命绳子。"

我："这还需要眼光？"

夏辰璟："那么多救命绳子，你说为啥就选中了你？"

我："呵呵，我优秀呀。"

夏辰璟："告诉她，不是所有的男人都如我这样好，宠老婆爱老婆的。"

我："你每次都喜欢往自己脸上贴金。"

夏辰璟："老子是处女座，有精神洁癖，对老婆始终如一。"

我："好吧好吧，什么都要扯上处女座，喊！"

015

有一次，夏辰璟用了我的电脑。

等他归还电脑后，我顿时就怒了。我抓着他的脖子使劲地摇晃："你对我的桌面做了什么？！"

夏辰璟一脸邀功的表情："你的桌面太乱了，哪有人一个桌面都放得满满当当的？我都要出现密集恐惧症了。"

我："恐惧你的头！我就喜欢这样！"

我承认我电脑的桌面是挺杂乱无章的，除了必要的几个程序，还有三十几个Word文档。我也不排序，因为我习惯把最近常用的几个文本文件拉到右上角。

所以虽然看着乱，但是我每次都能轻而易举地找到我想要的Word文档。

而现在，桌面被整理得干干净净，我反而找不到我想要的东西了。

夏辰璟凑过来，拿过鼠标点点点："别慌，都放在D盘了。这里不是有三个文件夹嘛，'备课'文件夹里是你的备课，'小说'文件夹里是你的小说，'大纲'文件夹里是你的大纲。"

我哼了一声，还是表示不满："本来我可以直接桌面打开，现在多麻烦？"

夏辰璟："哪里麻烦？总比你丢失好。"

我承认他说得对，但是我就是不想改："我就喜欢。"

夏辰璟："上次电脑崩了，拿去重装忘记了？回来后是谁跟我痛哭，说桌面上的东西全没了？"

我："哦，那次呀，可是现在正好桌面上没什么重要的东西。"

夏辰璟："那万一重要呢？"

我："即便是备份了又有什么用？上次我硬盘坏了，换了一个什么都没了。"

夏辰璟："没事，我刚才帮你在网络硬盘上备份了，这叫有备无患。"

我："唔，反正以后我的电脑不让你用了。"

于是，过了一段时间，我的电脑屏幕又恢复了最原始的模样，但夏辰璟已经懒得理我了，只是偶尔抽空给我在网络硬盘上备个份。

016

夏辰璟在开车时候，一到红绿灯路口总习惯伸手过来拉我的手，握一握、捏一捏。

有一次，他做完这个动作的时候突然皱起了眉头："怎么回事？"

我："什么？"

夏辰璟拉过我的手，在我的食指指腹上摸了摸："这里怎么会有个疤？"

我有些诧异："这么细小的伤口你都感受得出来？我自己都忘记了。"

夏辰璟："废话，爷是处女座，稍微有点不对劲马上能感受出来。"

我："哦，好吧。"

夏辰璟："怎么弄的？"

我："昨天给学生发试卷，试卷纸张太锋利了，割了一下。"

夏辰璟心疼地摸了摸："还痛不痛？"

我："不痛，就那么点的伤口，皮外伤，过两天就好了。"

夏辰璟严肃地说道："以后要小心点知道吗？你这么笨，都不知道照顾好自己。"

我乖乖地点头。

明明被他训了两句，我心里却莫名觉得暖暖的。

017

夏辰璟禁止我在沙发上吃饼干、蛋糕之类的零食。

因为每次我吃完之后，身上、沙发上都是饼干屑、蛋糕碎之类的，这让他看着十分不爽。

虽然他屡次禁止，我也只当耳旁风，家嘛，就是让人轻松的地方呀。

我再次吃完饼干之后，夏辰璟拉着垃圾桶过来："你是不是小老鼠，吃个饼干都不会？"

我欢快地吃呀吃："我已经吃得很小心了，但是就是会掉。"

夏辰璟忍无可忍地捏着我的下巴，说道："你下巴漏了是不是？要

102

不要给你缝缝？"

夏辰璟一边说着，一边低头将我胸口上的东西一点点弄下来收拾干净。

我有点不好意思："不用你弄，我自己弄。"

夏辰璟："你会？你就想着直接站起来抖一抖，然后抖得满地板都是，对不对？"

我："……"

他又伸过手来擦了擦我的嘴巴："吃得满身满脸都是，我也是醉了。"

过了一会儿，他转头来："你又在吃什么？"

我："花生……"

夏辰璟："你低头看看。"

我低头一看，不知何时身上又是一堆花生皮和花生碎。

夏辰璟："你故意欺负我是不是？"

我："还真不是……"

夏辰璟无奈地摇摇头："算了算了，跟一个小屁孩没什么好计较的。你别给我吃到床上去就好了。"

我："那不会啦，我从来不去床上吃的。"

夏辰璟："……"

018

有一次，夏辰璟顺路带我回家。

因为我说想吃菠萝包，他特地买了个夹肉松的菠萝包和抹茶味的菠萝包给我。

我饿了，在车里就开始吃。

等红绿灯的时候，夏辰璟瞥了我一眼，然后很无奈地叹气："天哪，老婆，你怎么还是老样子。"

我低头一看，看到自己衣服的胸口处全都是菠萝包的碎渣，我生怕他说我，只能推卸责任："都怪你，你买的菠萝包太容易掉渣啦。"

夏辰璟："猪，把衣服抖一抖。"

我："还是不要了，车里弄起来脏兮兮的，等我回家再抖。"

夏辰璟从前都说，我是他的大老婆，车子是他的小老婆。这么多渣抖在他车里，我怕他这个处女座会心塞。

夏辰璟见我不动，伸手过来拍拍，把我身上的碎渣全抖到地上去了："又没事，等会儿衣服上沾油了难洗。"

我："你今天居然不训我？"

夏辰璟："老婆这么可爱，有什么好训的？反正你已经这样了，我只能接受了。"

019

夏辰璟算是比较典型的处女座。

他用完的东西必须回归原位，比如牙膏、牙刷、毛巾、拖鞋等。

我们衣柜里的衣服，大衣、衬衫他都要整整齐齐地按颜色排好、挂好。

T恤、内衫等他都要叠得方方正正地摆放好。

有一次，他折叠衣服的时候我不由得感叹："你折衣服的方式怎么这么复杂，我都学不会。"

夏辰璟："笨死了，折个衣服都不会。这样折起来不容易有褶皱。"

他总说任何破坏他整齐的事情都是他生气的理由。

而我就是那个常常破坏他整齐人生的人。

我有时候觉得自己把他的东西弄得一团糟，比如他让我收个衣服，我收回来后随意丢在沙发上，比如我用他的笔记本电脑，把他的桌面也弄得杂乱无章，比如我非要用一个和床套不一样颜色的枕头，再比如，他要我往东，我偏偏往西……

不过我发现他并没有生气，我不由得好奇："好像，你的处女座特点被我治好了？"

夏辰璟无奈："想多了，我只是舍不得跟老婆生气而已。"

020

夏辰璟挑剔的毛病不发作还好，一发作起来什么事都看我不顺眼。

有一天晚上，我坐在沙发上剪指甲，才刚剪了一个，他就怒了："猪，你在干吗？"

我茫然地抬头："剪指甲呀。"

夏辰璟："怎么这么脏？"

我还没反应过来，他已经抽了两张纸巾过来，垫在我的腿上："把指甲屑剪下来放在上面，否则剪得到处都是，怎么清理？

我："哦。"

我知道，他的处女座特点又出来了。

夏辰璟拿起我的手看了一眼，再次怒了："你这叫剪指甲吗？怎么还留那么多？怪不得上次和我说你的指甲中间裂了一半。剪了也不修修，一点弧度都没有，你看看边上，摸起来糙糙的。"

我："……"

夏辰璟："我来我来。真是笨死了，连个指甲都不会剪。"

他在我边上坐下来，拿着指甲剪替我一个个修指甲。

我瑟瑟地想缩回手："我不习惯别人给我剪指甲，怕剪到肉。"

夏辰璟："要相信你老公，还能害你不成？"

我趁机看了一下他的手，这才发现他的手指骨骼分明，每个指甲都修剪得干干净净。

夏辰璟："指甲顶端就要修剪得圆圆的，你怎么有些剪得方方的？怪不得上次抓了我一下那么疼。"

我："什么时候的事？我怎么一点印象都没有？"

夏辰璟："反正就有。"

夏辰璟给我剪完手指甲，又说道："袜子脱掉，我把你脚指甲也剪了。"

我："哦。"

夏辰璟看着我的脚指甲，再次皱眉："你多久没剪了？那么长！"

我不好意思地缩了缩脚："我还是自己来吧。"

因为冬天都穿着袜子，我基本上也没想过要剪脚指甲。在夏辰璟面前，有时候我真的觉得自己是个不修边幅的邋遢鬼。

夏辰璟："老夫老妻了，有什么不好意思的？"

夏辰璟拉着我的脚放在他的膝盖上，一个个脚指甲修剪过去。

灯光下，我看着他低垂的侧脸、认真的模样，一股暖流在心房里穿梭。

从前我还总纠结自己是不是爱他，是不是应该和他在一起，这一刻突然就觉得，就这样天荒地老也很好。

奇葩事

全世界都知道我喜欢你

夏辰璟刚开始给我的感觉是，稳重、可靠、有安全感。

压马路的时候他习惯性地走在我的左侧。

知道我怕狗，若在路上遇到狗，他会将我护在身边，安慰我说："没事，我在呢，不要怕。"

看到卫生间里的蟑螂，他也会面不改色地拍掉。

夏辰璟算不上是一个完美的人，也有很多缺点和让人吐槽的地方，比如他胆小，又比如他喜欢训我。

001

有一次，夏辰璟和我谈他身上光辉的"印记"。

他的手肘上有两道很明显的伤疤，因为用针线缝合过，上面有两条小小的"蚯蚓"。

他给我讲这条伤疤的来源时，提起了老鼠。

我很是惊讶："难道是被老鼠咬的？"

夏辰璟拍拍我，让我安静地听下去："我特别怕老鼠，总觉得碰到老鼠就会倒霉。有一次不小心踩到老鼠，腿就摔断了。后来又有一次碰到老鼠，我的手就摔伤了，缝了好几针。看，就是这条疤。"

我心里暗暗说他迷信，表面上还是非常同情他。我用手摸了摸他的疤痕："呀，好可怜。"

夏辰璟抬手让我看他的手肘："当时我都没有打麻药，好疼好疼，我都没有哭。"

我："呀！这该有多疼呀。"

夏辰璟："超级超级疼，你看这条疤多长呀，当时留了好多血。所以，我现在还是很怕老鼠……"

他说着说着，我就觉得不对劲了，他的手也不知道什么时候伸过来环住了我，手掌都不知道往哪里放。

我被他圈在怀里，感受得到那异样的气氛，忍不住抬手拍过去："你博取同情，占我便宜。"

夏辰璟笑得见牙不见眼："被发现了。"

我："你装的吧？"

夏辰璟也不说话，就是将我搂得更紧了。

我："……"

我以为他是装的，有时候还会故意给他发一些小仓鼠的照片："有没有觉得很可爱呀？"

夏辰璟超级嫌弃："以后不要给我发这么恶心的东西，我汗毛都竖起来了。"

我："嘻嘻嘻。"

不过后来婆婆证实了一点，他什么小动物都不怕，除了老鼠……若是碰上了，就会哇哇叫。

这对于某次在卫生间里发现老鼠，并拿着拖把把它拍晕的我来说，这种感觉实在是无法理解的。

002

知道他怕老鼠后，我仿佛就抓到了他的把柄。

欺负他的时候，我就会故意和他说："我要养一只小老鼠哟，嘿嘿嘿。"

不过这样吓了他几次之后，夏辰璟已经无所谓了："你养你的小老鼠去吧，我就养狗，养只凶凶的小土狗。"

我害怕狗，听到他说要养狗，我忙说道："你怕老鼠不应该养猫吗？干吗要养狗？"

夏辰璟呵呵两声，斜眼看我："让你欺负我。你养小老鼠我就养狗，有意见？"

我："算了算了，养猪总行了吧？"

夏辰璟一本正经地点了点头："嗯，那可以，我养你。"

我："对，还是这个好。"

夏辰璟："你就是猪。"

我："那你记得喂养好。"

夏辰璟："……"

003

我和夏辰璟刚交往的时候，他每晚都来我家看我，然后准时离去，但是有一次正逢打雷。

雨磅礴而下，下个不停，雷声也是一道紧接着一道，隆隆作响。

夜渐渐深了，天气也没有转好的趋势。

我还没开口，他忍不住拉着我的手："我害怕。"

我："呃……"

夏辰璟："我小时候特别怕打雷，我妈都用手捂着我的耳朵。"

一个大男人，露出这种可怜兮兮的眼神，这种反差萌还真让人有点难以抵挡。

我斜睨了他一眼，跃跃欲试地冲他伸手："那现在要我捂着你的耳朵吗？"

夏辰璟："那不用，你抱着我就行。"

我："……"

我从心里暗暗地鄙视他，这个时候他不应该男友力爆棚一下，说"我来保护你"什么的吗？可如今，他一个大男人居然表现得像个孩子，还需要我的安慰，太过分了吧？

夏辰璟："雨下那么大，还闪电打雷，我就不走了吧？"

我："呃……"

夏辰璟眼睛亮亮的："正好你抱着我睡，哄我睡觉吧。"

我："……"

多亏了夏辰璟前期完美地讨好了丈母娘，所以在这恶劣的天气中他留宿成功。当然，我们并没有同睡一间房。他睡在我那外出上学的弟弟空出来的房间里。

临睡前，他对这个陌生的环境颇为兴奋，一直不停地给我发信息。

110

"一个人睡一间房有点冷，寂寞、空虚、冷……

"打雷声好大，好可怕，我一个人睡有点怕。

"宝贝，你过来抱着我睡呗。

"宝贝，你为什么不回我呀？"

我想起他知道晚上能住下来时，愉快地去车上拿了换洗的衣物，不由得有些无语地回他："请问你为什么随身带着换洗的衣服？"

夏辰璟完全无视我的问题："我们要不要一起盖着棉被聊天呀，你来不来呀，来不来？"

我："不去！睡觉！"

夏辰璟："你欺负我孤身寡人？"

夏辰璟大半夜还没睡，十二点多的时候，他继续给我发短信："爱妃，爱妃，快来给本王侍寝。"

我："……"

夏辰璟："爱妃，长夜漫漫，寡人需要你。"

我："你能不能不要演戏了！"

夏辰璟："哎呀，你家好冷哦。这个窗户还会漏风，风漏进来，超级冷的。"

我："你乱讲吧。我弟睡都没讲过，你要真的冷，就开空调吧。"

夏辰璟："不要，我就要我的爱妃抱着我睡。你快来呀……"

我："睡觉吧。"

夏辰璟："我就是想抱着你睡，想了很久很久了。"

我："你床上多了个枕头，你就当作是我。"

夏辰璟："不一样的！"

隔着一堵墙聊天，我们聊了好久。

004

我算不上是非常胆小的人，但很少看恐怖片。

当初《京城81号》上映时，由于宣传到位，我和小嫦明知是恐怖片还是特地跑去看了。不过在电影放映的过程中，我们俩时不时地低着头。

后来《魔宫魅影》上映时，风评不错，我又有去电影院刷一票的想法。其实夏辰璟一开始是不同意看的，但是耐不住我的劝说，还是一起去了。

我看这种片子时，只要可怕的音乐一响起就开始低头。但是他……居然全程都抬头看，谁让有强迫症的处女座要一点不落地看完整部电影。

故事结局，一如既往，什么鬼、怪都是人为营造的，看完后，什么恐怖情绪都没了。

看完了电影，我们愉快地回家了。

晚上，我靠在床上看书，夏辰璟趴在我脚边看小说，看着看着他就睡着了。

过了一会儿，他似乎梦魇了。他皱着眉头，额头上都是汗，一直在说："走开、走开。"

但我也不知道抱着什么样的心态，愣愣地看着他，竟没有叫醒他。

直至，他被自己的梦境吓醒了。

他醒来之后，情绪不太好，和我说因为看了电影，自己做了个很可怕、很可怕的梦。

我嘀咕："电影本来也没啥呀，你怎么这么不禁吓？"

夏辰璟语气有点重："以后不许看这些乱七八糟的电影。"

这好像是我们认识以来，他第一次对我发火，和我讲这么重的话，我愣了一下，莫名地觉得委屈，然后眼泪不受控制地啪啪往下掉——我被他吓哭了。

夏辰璟愣了愣，也蒙了。他过来抱着我，摸着我的脑袋，很是无奈："不哭、不哭了，对不起，老公就是语气重了点。"

我不是个爱哭的人，可被他这样一哄，反而更收不住了，继续抽抽搭搭地抹眼泪。

夏辰璟继续抱着我："刚才做梦梦到的真的好可怕、好绝望，但是无论如何都脱离不了这个梦境。"

我止住哭，抽抽搭搭地说道："我刚才看到了，但是我不想叫醒你。"

夏辰璟愤愤地瞪了我一眼，松开我："你哭吧，我也不想哄你了。"

我突然忍不住乐了。

后来我们一起看一部电视剧时，男主角也因为看了鬼片，晚上睡觉吓得瑟瑟发抖，不停地做噩梦。

我很惊讶地推了推夏辰璟："哇，他演得和你好像呀。"

夏辰璟："滚！"

005

《京城81号2》上映的时候，我也没有再提议夏辰璟和我一同去看。

直至有一天全网播出了，我一个人坐在电脑前看。

夏辰璟知道后："老婆很勇敢。"

我："也没有很勇敢。一个人看也害怕的，我就挡着屏幕看看字幕，了解下故事情节就好了。"

夏辰璟："哈哈哈，原来猪猪也是个胆小鬼。要不你别看了，等老公回家了，陪你一起看。"

我："少来吧，免得你又把我训哭。不，是你先被吓哭。"

夏辰璟："……"

006

有一天，我和夏辰璟一起吃饭。

我和他聊得激动的时候，觉得嘴唇上有个东西，然后就随手一撕。

紧接着，我觉得唇上有液体滑下来，我以为我流口水了，当时有点窘迫。

我刚想找张纸巾擦擦，却见夏辰璟脸上的血色唰一下就消失了。他面色苍白地看着我，满脸惊慌："老婆，你怎么了，怎么流血了？"

我一脸蒙地看着他："血？"

我这个时候感觉到更多的液体从我的唇上流淌下来，我用手一碰，竟发现手上都是血。我这才明白过来，我刚才随手撕掉的应该是嘴唇上的死皮。

我还想说话，夏辰璟已经拿着纸巾按在我的嘴巴上："你不要说话，我马上带你去医院。"

我含糊道："不用不用，是嘴唇破了。"

夏辰璟："吓死了，我还以为……"

我按了一会儿，把纸巾拿下来，却发现纸巾已经被血浸透："止不住？伤口太大了吗？"

夏辰璟又按了一张纸巾上去："你等下，我去找纱布。"

夏辰璟拿着医药箱过来时，桌上又多了两张被血浸透的纸巾。他拿了块纱布按在我的唇上，脸色还是惨白惨白的，一脸担忧："还没止住？走，我带你去附近的社区医院先把血止住。"

我摆摆手："不用不用，应该快止住了。我感觉现在流血速度慢了一些了。"

他就站在我边上看着我，紧张得呼吸都急促起来了。

好在纱布按了五分钟之后就真的止住了。

我低头一看，我的饭碗里、桌上，甚至我的衣服上都有血迹。

夏辰璟这个时候才松了一口气，把我抱在怀里："吓死我了，你刚才满口是血冲我一笑的时候，太吓人了，我都快晕过去了。"

我："你晕血吗？"

夏辰璟："一点点，有点腿软。"

我："看你还是很淡定的嘛。"

夏辰璟："老婆需要我的时候，我什么困难都能克服的。"

随即，他又一脸严肃地说道："以后不要随随便便地撕嘴唇上的死皮知道吗？"

我："哦……刚才跟你讲什么讲得太激动了，一时没注意。"

夏辰璟："以后吃饭的时候不要说话！"

007

有一天，夏辰璟给我转发了一条微信，内容是——算算你的男朋友值多少钱。

夏辰璟显得很兴奋："老婆，快算算我值多少钱。"

我："感觉你要变成负的。"

夏辰璟自信满满："不会，我那么优秀，那么完美。"

我看了一眼内容，开始给他算价钱：身高勉为其难，不用减。经常说我丑、胖的，减两百元。体重标准，不减。没日没夜打游戏，减两百，抽烟酗酒，减两百，每天宅在家里不出门运动，减两百。不会洗衣服，减两百，会发脾气减两百，不会干家务，减两百，陪你逛街，加一百，幽默风趣，加一百。不用算了，负分差评，回炉重造！

夏辰璟抓狂："我在你眼里就这么一无是处？不对，不同意，好几条我都不同意！我哪里没日没夜打游戏了，就偶尔玩玩手游。"

我："好吧，这个不算。"

夏辰璟："抽烟酗酒也不同意！"

我："一半！你会抽烟。"

夏辰璟很勉强："那算一半吧，我本来就不怎么抽烟，已经戒了。"

我："吵架不管是谁错，总是他先找你，加三百。"

夏辰璟："当然舍不得老婆生气，只能自己先服软了。下面的加分项还有很多吧？"

我："不藏私房钱，加一百，总惹你哭，减一百。"

夏辰璟："哪里惹你哭了？"

我："我说有就有，上次你惹我哭了。"

夏辰璟："看恐怖片那次？"

我："对呀对呀，你凶我了。"

夏辰璟："那个也算？！我觉得我还有挽救的余地。"

我："没有了。成熟稳重加一百，总没时间陪你减两百，多忙也抽空陪你加两百，闹矛盾愿意先低头承认错误，加一百，生气也不会对你大声说话，加一百。第一条不符合吧，第二条符合，第三条符合，第四条符合，第五条不符合。"

夏辰璟："天哪，在你眼里，我还真是一文不值呀。"

我："我算算……你还是负分！"

夏辰璟："……"

我："哈哈哈，本来你是想让我夸你的吧，没想到吧，快回炉重造。"

夏辰璟："这说明，我再差也差不到哪里去，以后只会越来越好。"

从此之后，夏辰璟再也不会拿什么测试题来让我测了，这不是自取其辱吗？

008

暑假，我帮忙卖西瓜，将公公种的西瓜送给市区的几个朋友。

我怕无聊，还顺道带上了弟弟和表妹，准备送完西瓜带上他俩去看个电影，顺便美美地吃上一顿。

可就在我刚把西瓜送完后，车子突然出了故障，就那样无力地停在了路上。

重新发动了几次都没有用，无奈之下，我只好给保险公司打电话。没有经验的我以为是电瓶坏了，没有让保险公司直接开拖车来。

等了大半个小时后，终于等到充电车，才发现根本不是电瓶的问题。于是，我只能又给保险公司打电话，要求拖车。

这家保险公司的效率很低，拖车迟迟不到。

车子停在桥上的左转道上，虽然放了路障，打了双向灯，我也不敢跑得太远。此时正是一天中最热的时候，接近四十摄氏度的高温，边上甚至没有阴凉的地方。

弟弟和表妹为了陪我，也没有去很远的地方。虽然有遮阳伞撑着，我们三个也等得很崩溃。

夏辰璟知道我的车在路上抛锚，当下请了假赶过来，他还告诉我路上太着急了闯了个红灯。

拖车的效率实在是太慢了，我在路上等了接近一个小时，拖车还没有来，反而是夏辰璟先来了。

他来的时候，把附近修车店里的人也带来了，让他们直接把我的车子拖走修理，并让我打电话告诉拖车不用来了。

看到他出现，我们仨都觉得看到了曙光，欢快地坐到了他的车里凉快，喝着他给我们买的矿泉水。路上我弱弱地问他："有没有带移动充电器？我手机没电了。"

夏辰璟把车停到修车厂门口，突然就爆发了。他绷紧了脸，语气十分严肃："你出门就出门，为什么连个移动充电器也不带？如果没电了，怎么联系人？如果我没来呢，你怎么办？"

我被骂得一脸蒙。

夏辰璟："你是傻子吗？天气那么热也不知道找个地方躲躲，那里不就有个冷饮店？你就这样傻愣愣地站在路中间，中暑了怎么办？还带着两个小的陪你一起犯傻！"

我："……"

夏辰璟："为什么不第一时间给4S店打电话？也好过在这里空等！"

夏辰璟第一次这么大声训我，我被唬得不敢说话。

车子终于被人拉过来了，他下车和店员沟通去了。

后来才知道是油泵出了问题。换了一个油泵之后，夏辰璟开着我

117

的车去附近的加油站加油，回来之后，我又发现轮胎上竟然有个鼓起来的包。

夏辰璟很无奈地看着我："你都对你的车子做了什么？"

我弱弱地回他："我也不知道。"

换轮胎的时候，夏辰璟拉着我到一边，摸摸我的脸："对不起，刚才我语气急了点，对你声音大了点。"

我："哦。"

夏辰璟："你这么笨，又不会照顾自己。"

我低着头小声回："所以你就很生气。"

夏辰璟："我没生气，只是觉得对不起你，如果不让你运西瓜，你的车子就不会坏了。如果我能第一时间出现在你身边就好了。"

我："唔，跟这个也没什么关系啦。"

夏辰璟："以后碰到事情还是要第一时间和老公说，老公给你想办法。"

我："哦……"

夏辰璟："换好轮胎后你乖乖回家，我刚才请假跑出去，晚上还要值班，就不陪你吃晚饭了。"

我："好。"

夏辰璟："乖乖回去，不要多想。"

我："哦。"

等到夏辰璟走了，表妹才冲我道："姐，我觉得姐夫好好哦。"

我冲她翻了个大白眼："好什么呀，白白被训了一顿。"

009

我给夏辰璟发了一条我违反交规的短信。

夏辰璟："去把罚款交掉吧。"

我："要扣分吗？"

夏辰璟："这些都不是重点了。你就是猪，车都不会开，太笨了。"

我："你应该安慰我一下的呀。"

夏辰璟："安慰什么？就是嫌弃，你太笨了。"

我："哭。"

夏辰璟："那么宽的道路，竟然都不会开，不会开还不跟我说，非要逞强！"

我："我也不知道怎么会这样。"

夏辰璟："这么简单的路线，你都能开成逆向，实在无语。笨得那么可爱，还想要安慰，哈哈哈，太搞笑了，去吧，去交罚款吧。"

我："你最讨厌了，就只知道打压我！"

夏辰璟："平时就是把你夸出花来了，让你忘记了你笨的事实。"

我："……"

010

吃饭的时候。

夏辰璟突然指着面前的牛肉盘子："你看看你，舀个汤也不会，一大半都洒在盘子里了！"

我反驳："我就是不小心呀。"

夏辰璟并不嫌弃地把被番茄蛋汤打湿的牛肉吃掉："什么不小心，这就是习惯问题。舀汤时勺子不能装那么满，要么拿碗去接。"

我："哦……"

夏辰璟："还有你要把饭吃完，饭碗里一粒饭也不能剩。你看看你……这么浪费粮食！"

我承认夏辰璟说得对，毕竟我有些小习惯确实不是很好，特别是在家里就更随意了。不过他这样一板一眼地说我，我心里不大舒服，我微微皱眉："不用你训我。"

夏辰璟："这是家教问题，你不好好起带头作用，以后我们的娃也会跟着你有样学样。"

我："从现在开始，你不要跟我说话。"

夏辰璟瞥我一眼："干吗呢，老公说得不对吗？还生气了？"

我："不许和我说话，我要把你拉黑，哼！"

夏辰璟："你看看你，又耍孩子脾气了。"

我："哼！"

我其实也没什么气了，不过就是绷着脸故意不跟他说话。

过了一会儿，我去洗了个头，出来的时候，夏辰璟拿着干毛巾等我。他给我擦了头发，又让我坐在凳子上，给我吹头发。

我看着他认认真真地用卷梳给我的长发吹着发型，不由得有些不好意思："我还是自己吹吧。"

夏辰璟一边吹头发，一边说道："吹头发这么累，还是我来吧。"

我："好吧。"

夏辰璟："我经常给你吹头发，都变成专业的了。"

我："真厉害！"

夏辰璟："对你好吧？刚刚你还说不理我了，还说把我拉黑，还说不跟我说话。嗯？"

我撇撇嘴："我就说说，又没真的付诸行动。"

夏辰璟："跟小孩子一样，真幼稚。"

011

有一次夏辰璟眼睛肿起来了。

我一看："哎呀，这是麦粒肿，就是传说中的针眼！你快说，你背着我看了什么不该看的东西？"

夏辰璟没好气地斜了我一眼："你说我看了什么不该看的东西？"

他生怕我想不起来："昨晚，沙发上。"

我的脸红了红，默默地不说话。

夏辰璟："陪我去医院吧。"

我："这个去什么医院，不用去医院的。我小时候得过，就是拿根

120

毛通下眼睑处的小孔就行了。"

夏辰璟："我才不相信什么偏方，还是去医院靠谱。"

我："不骗你，我邻居很擅长处理针眼的。"

我特地找了邻居来，还用开水烫了一根树毛给她，我告诉夏辰璟我消毒工作做得很好。在用树毛戳眼睑那个小洞的时候，不知道是邻居太用力还是怎么了，夏辰璟一直说好痛。

我还在边上说："别动，忍一下呀。有点痛有点痒，等会儿就好了。"

可是到了下午，夏辰璟的麦粒肿并没有好转，反而更严重了，甚至整只眼睛都肿起来了。

夏辰璟照了照镜子，有些郁闷地说道："我就知道相信你准没好事。"

我："唔，可是我以前都是用这个土办法。"

我打开微博，又搜出了好多种土方子，比如在耳尖处放出一滴血、用细线绑住手的中指中间关节的中间、在手指上画十字什么的……

夏辰璟用他那只又肿又红的眼睛瞪我："你是准备让我把每个法子都试一遍吗？坑货老婆，走了，去医院。"

我想想也是，不敢再冒险，马上跟着夏辰璟去看眼科了。

去了医院之后，医生表示发炎了，流脓了，要挤脓。

我："这么严重呀？"

夏辰璟："你就爱坑老公。"

我弱弱地跟他道歉："对不起。"

处理好之后，夏辰璟的一只眼睛上包了纱布。

夏辰璟说："回去你开车，我一只眼睛不方便开车。"

我："哦……"

我内心其实是有点发怵的，我平时开的是两厢车，可夏辰璟的是SUV，突然换了车总是开着不习惯。

特别是稍微窄一点的道路，我都要犹犹豫豫，磨磨蹭蹭地开过去，生怕擦着、碰着。

夏辰璟刚开始还指点两句，后来有些无力地扶住了额头："天哪，你还像一个开了四年车的老司机吗？你这摆明了是新手上路呀。"

我："呃……有那么烂？"

夏辰璟："非常非常烂！那么宽的道路，你转弯的时候方向盘打小一点呀，左轮都快碰花坛了啊！"

我："我自己那辆开习惯了。"

夏辰璟幽幽地叹道："我终于明白了岳父的心情了。"

我第一次和夏辰璟聊起我的车技的时候，我说："我爸很嫌弃我开车，每次在我边上都不停地叫'快点、快点，这里那么宽，肯定能开过去'。"

当时夏辰璟还说："咱爸太过分了，你不要理他。他再嫌弃你，你下次就不带他。"

可现在，他也是吐槽不断："马上就要右转了，你怎么还在左转道上？快变道呀！你转向灯打起来，不要犹豫！你在干什么？"

中间夏辰璟还夵毛了好多次。

我："你有路怒症！"

夏辰璟："我要是你的教练，真要被你气出病来！唉，我的眼睛更疼了！"

我："你骂我，我心痛！"

夏辰璟："……"

他这个麦粒肿后来跑医院挤了三次，我帮忙开了三次车，被训了三次。从此之后，我再也不敢给他搞什么土方子了。

哦，不，是避免我替他开车的机会。

012

提起"漂亮"这个话题。

估计是情人眼里出西施。

我无论有多邋遢，样子有多糟糕，夏辰璟都不嫌弃，在他眼里，他老婆一直都是那个初识时瘦瘦的漂亮女孩子。

我有时候不洗脸，他也亲得下去，不洗头，他也不会觉得油腻，稍微装扮一下，他眼里就只有我了。

我有时候都挺怀疑他的眼神到底好不好。

有一天参加完同事的生日会，我让加完班的他顺路接我回家。

他的车子停在外面等我出来，我一进去，他就说："哇塞，刚才觉得我老婆特漂亮。"

我心里有小小的窃喜："真的吗？"

毕竟我最近胖了嘛，有点不自信了。

夏辰璟："嗯，灯光打在你脸上，超级好看。"

我："喊，原来是灯光的作用。"

夏辰璟："论打光的重要性。"

我："我不管，反正我就是好看。"

夏辰璟："没办法，当年被你骗上了床，现在无论你是什么样子，我都要骗自己一辈子了。"

我："这是要我打你，还是怎么？"

夏辰璟握着我的手亲了一下，面带微笑。

我："……"

013

夏辰璟："小说也不想看了，还是和老婆玩有意思。"

我："还是我好看，你看我吧。"

夏辰璟："嗯嗯。"

我假装害羞："我先把我的脸捡起来，哈哈哈。"

夏辰璟："你的脸那么大，掉一些没事。"

我："滚！"

夏辰璟："老婆，我在想下次你照相怎么办。镜头里能出现你整张脸吗？"

我："继续滚！"

014

学校里春游，去游乐场。

出发的时候，我给夏辰璟发了自拍："春游啦！"

夏辰璟："注意安全，危险活动不准参加。"

我："知道啦！"

到了之后，我又给他拍了些照片："看，空中飞的，好想尝试一下。"

夏辰璟："小心点，口渴的话记得买水。"

再过了一会儿，我："我玩了极速飞车，好可怕呀。"

夏辰璟："你呀，要打屁股了！"

我："学生怂恿我的呀，哈哈。"

夏辰璟："不准再玩了！多危险呀！"

我："不玩了，怂恿我的学生吓哭了，我陪他去打电玩了。"

夏辰璟："你还能有点为人师表的样子吗？"

015

一个冬天的周末。

午饭后，夏辰璟："老婆，我们要不要出去玩？"

我："好呀。"

夏辰璟："那你把衣服换好。"

我："好的！"

我坐在床边脱了棉睡衣，忍不住把自己往被窝里挪了挪："哇，脱了衣服就觉得好冷哦。"

夏辰璟表示赞同："我也是这么觉得的。"

于是，夏辰璟也脱了睡衣，有样学样地坐在被窝里。

我们两个在被窝里坐了一会儿，夏辰璟："被窝里好暖和呀，不如我们睡会儿再出去吧。"

我："好的呢。"

我们相拥而眠，睡了一个下午，醒来的时候，天色渐晚。

夏辰璟："我们现在还出去吗？"

我："天都黑了，还是不出去了吧？"

夏辰璟："好的。"

我："唉，一个美好的周末下午，就这样过去了！"

016

在我的印象中，我和夏辰璟还是吵了那么一次的。

我们婚后不久，夏辰璟工作加班了好长时间，劳累又适逢感冒。他发着烧，整个人软绵绵的。

我们闹了矛盾，他和我说话的语气重了一些。

我觉得委屈，一声不吭地就开车跑出去了。

路上，夏辰璟给我打了好几个电话我都没有接。

后来，他又给我发微信："你为什么还不回来？生我气了？离家出走了？猪猪，回家吃饭了。"

我想着他生着病，还是给他回了信息："我没生气。"

夏辰璟："那你为什么还不回来？看来就是生气了，你是不是不要我了？"

我莫名地心软下来："没生气也不想回。"

夏辰璟："那你去哪里了，总要讲下吧？"

我漫无目的地在路上开，根本不知道自己要去哪里："不讲。"

夏辰璟："很好，你很厉害。"

我感觉到他在气头上："本来想说点啥，不想说了，你自己玩吧。"

夏辰璟："哎呀，不要这样子，你还是生气了，快点回来吧。"

我："我就是生气了，你有意见？"

夏辰璟："老公实在是想你了。"

我："还不允许我静静了？"

夏辰璟："呜呜，老婆我错了，不该凶你，你可以躺在家里静静的。小猪猪，快回来好不好？"

女人有时候真是奇怪的动物，明明之前那么生气我都没有哭。现在看到他服软哄我，眼泪啪嗒啪嗒就掉下来了。

我："我飞很远了。"

夏辰璟："你竟如此绝情。"

我："你安静地睡会儿，我等下就回家了。我理智还在，就是心里不大痛快，我不回家吃饭了，我要自己出来觅食。"

夏辰璟："你就不能回来陪陪我吗？你这样子我很怕，你回家吃吧，快回来，求求你了。"

我："我买个蛋糕啦，马上回来。"

夏辰璟："多久啊？"

我："估计半个小时。"

半个小时后。

夏辰璟："人呢？"

此刻我在楼下啃着蛋糕："马上到家了。"

夏辰璟："我觉得你不想我病好了，你根本不喜欢我了，我好难过。"

吃完甜食的我心情已经很不错了，莫名地觉得他很孩子气："哎呀呀，我马上回来。"

这个时候，夏辰璟给我发了个新闻链接：女子深夜负气下车被冻死，男友开车离去被批捕……网友：不要在冬天分手。

我："……"

我忐忑地回到家，夏辰璟穿着睡衣抱着被子坐在沙发上等我，视线一直盯着门口。直到我出现，他才松了一口气。

他瞪着我："很好，都学会离家出走了。"

我："哼！"

夏辰璟冲我张开手，声音带着重重的鼻音："过来，抱一下。"

我还没动，他又说道："算了，不想把感冒传染给你。"

我："……"

从此之后，夏辰璟再也不敢和我吵架了。

即便是有点矛盾，也会在第一时间哄我。

017

某个晚上，我因为夏辰璟的某句话生气，于是一连给他发了好几十条生气的表情。因他没有及时回复，再加上我突然释然了，于是我又一条条撤回了。

过了一会儿，夏辰璟出现了："我就去洗了个澡，你怎么又发疯了？三十条信息，你都发什么了？"

我："我刚才不爽了下。"

夏辰璟："谁惹你了？"

我："哼！"

夏辰璟："我刚才不是说了去洗澡了吗？我怎么你了？"

我："我也不知道。"

夏辰璟："天哪，我要疯了。"

我："好吧，我刚才是有点生气，但是我也不知道为什么生气了。"

夏辰璟："你生什么气呀，我都没惹你呢。"

我："你不懂。"

夏辰璟："我很受伤。哄你也生气，理你也生气。"

我："我没生气。"

夏辰璟："本来就很烦心工作了，加上你莫名生气，我真要疯了。"

我："哦，那我不生气了。"

夏辰璟："你就是个捣蛋鬼，本来好好的聊天被你给搞砸了。明儿回家我就打你屁股，把你打瘦。"

我："哼哼，好吧，我不惹你生气了。"

夏辰璟："生气倒是不至于，就是莫名其妙你突然抽了。"

我："情绪就像是一阵风。"

夏辰璟："你呀，有个好老公，还身在福中不知福，天天惹老公。哪天老公真生气不理你了，看你怎么办？"

我："你还这样？！"

夏辰璟："你天天惹老公，老公天天被欺负的，哪天也会受不了的呀，老公也需要被疼爱。"

我："我生气了！你都已经受不了我了！"

夏辰璟："我只是打个比方呀，老婆没文化太可怕了。碰到个文盲老婆真不省心，文盲也就算了，还是无赖流氓。你个女流氓，专门欺负我这个良民。"

我："你威胁我？"

夏辰璟："没有啦，亲亲老婆，快点睡觉去，我要去洗衣服啦。"

我："好吧。"

我躺在床上仔细想了想，有时候我们真是又幼稚又无聊呀。

018

有一段时间我莫名地看夏辰璟不爽快。

特别是有天晚上，我忙着工作上的事，他却拿着平板电脑在边上看综艺节目，看得很高兴。

于是我更不爽了。

我终于忙完工作，关了电脑挪到他边上："夏辰璟，我莫名地想揍你怎么办？"

夏辰璟一脸茫然地看着我，愣了三秒冲我伸出了手："那你

128

打吧。"

我呃了一声，在他的手上拍了几下。

夏辰璟佯装很痛的样子："妈，老婆打我了。"

我："你该打。"

夏辰璟："我都被你打傻了。"。

我："其实我想打你很久很久了。"

夏辰璟："呀呀呀，我睡在你边上那么久都没事，谢谢你的不杀之恩呀。"

我："哼，只是你时机选得好，我不爽的时候你正好不在，我想发火的时候你又正好走了。"

夏辰璟大笑。

我："得不到发泄，我的内心会变得很扭曲，你要小心哦。"

夏辰璟捏了捏我的脸："老婆你可以出去旅游了，散散心去，宅女太危险了。"

我："所以，你要细心地开解我，你的不良行为会让我积怨的。"

夏辰璟皱着眉头想了很久，一脸认真地看着我："没有什么事是一顿啪啪啪解决不了的，如果有那就是两顿。"

我看着他眼梢处的坏笑，忍不住重重地拍在他的手上："又开始打岔！"

夏辰璟："好吧好吧，如果真的是我让你那么不爽，这样好了，我给你开一张单子，老公免费使用卡一张，好不好？

我："老公本来就是免费用的吧？难道我是在嫖你？

夏辰璟微微张开嘴，很是无奈："老婆，你怎么这么污？是使唤好不好？"

我："好吧，我使唤你本来也是免费的呀。"

夏辰璟："那也要看我乐意不乐意呀，我很懒的。你不要吗？你不要就算了，你是个好老婆，知道心疼老公辛苦。"

我："谁说我不要的，我要一张贵宾卡，要终身的。"

夏辰璟："啧啧啧，这么贪心。"

我："不给我就哭给你看。"

我扁着嘴巴假装要哭。

夏辰璟："好好好，给你一张终身黑卡，贵宾中的贵宾，独一份的，随你使唤。"

夏辰璟看着我心花怒放的样子，无奈地摇摇头："唉，我只是感叹，我好像被你套了金箍了。"

我："小夏子，把平板电脑放下，给本宫倒杯水来先。"

夏辰璟叹了一口气，认命地去倒了杯水给我。

我等他把水倒过来之后："别急，过来给本宫按按肩膀先。"

夏辰璟："遵命。"

我舒舒服服地靠在他的身上，喝着他倒的水，心情莫名地特别好："啊，得夫如此，妻欲何求呀！"

事后证明是我想多了，这种贵宾卡过了几天就被夏辰璟无情地遗忘了。

夏辰璟说："这种所谓的贵宾卡有悖于夫妻之间的平等关系。"

他还说，即便没有这种贵宾卡，只要老婆有需要，老公也一定会做到。

019

有一段时间，我工作不顺心，不由得跟夏辰璟吐槽："我觉得自己一无是处，我好像什么都做不好。"

夏辰璟："不，你还剩下一个功能。"

他在我的注视下暧昧地说道："暖床，我睡觉时不嫌弃你的。"

我默默地翻了个白眼："不用，我没用了。"

夏辰璟："哼，谁敢说你没用，让他出来，我与他大战三百回合！"

我："你呀。"

夏辰璟："我吗？那我与你大战三百回合吧，哈哈哈。"

我冲他翻了个白眼。

我捂脸，一点都不想和他说话。

020

表妹去相亲，我就着这个话题与夏辰璟聊起我们第一次见面的场景。

夏辰璟："我去你家时，你爹就看了我一眼。"

我："哦……我爹不大爱看陌生人。"

夏辰璟："然后我也看了他一眼。"

我："哦……那也正常，毕竟你总要看看相亲对象的爹长什么样。"

夏辰璟："你爹的眼神传递了一个信息'小子，我家的好白菜都被你拱了'。"

我被逗得哈哈大笑。

夏辰璟："我看了他一眼，也传递了一个信息'老丈人，我是当你女婿当定了'。这就是两个男人之间的唯一交流。"

我："少来了！你以前不是讲刚开始也没怎么喜欢我的？你凭什么当我爹的女婿？"

夏辰璟："你说啥，风太大，音量太高，我听不见。我就喜欢我老婆这一款的。"

我："随你瞎掰。"

021

我从小就觉得赌博是成人游戏，非常反感。

我讨厌赌博，对所有的赌博游戏一概排斥。我知道夏辰璟会打牌、会打麻将，甚至玩得挺好后，一再告诫夏辰璟："不许赌博！不许打牌，不许打麻将。"

夏辰璟："你知道，我从来不赌的呀。"

我："我不信。你知道不知道……"

我和他说了一堆，无非谁谁家的儿子赌博了，输钱了，欠债了有多惨之类的。

夏辰璟："老婆，我哪里敢赌，我爹那性子要是知道我赌博会打死我的。"

我："你爹干得对！"

夏辰璟叹了口气："主要是老赢，早已经没人敢和我玩了。"

我愤愤："你……"

夏辰璟："以前过年无聊，和几个兄弟随便玩玩。不过现在有家可以归了，还玩什么呀？"

022

我和夏辰璟微信聊天的时候，我们聊到了生日的事。

我："我身份证上的生日和我实际的生日还是有所出入的，过去我妈上报的是我的农历生日。"

夏辰璟："无所谓。"

我："你就不怕我年龄什么的都是假的？"

夏辰璟："那又怎样？即便你现在说自己比我大五岁又怎样？"

我："所以你现在是喜欢上我的灵魂，无所谓我的年龄了？"

夏辰璟："我只喜欢我老婆。"

我："那我现在告诉你我是个男人，你还喜欢我吗？"

夏辰璟想了很久："男人就男人吧，我们还是能一起玩的。"

我鄙夷地看了他一眼："我都变成男人了，你居然还跟我玩？反正我是绝对不跟你玩的，我要去找女人玩。"

夏辰璟："滚，那我也去找女人了哈哈哈。一起去找女人吧，好兄弟。"

我："你这个想法很危险！"

夏辰璟："是你先提起来的呀，宝贝。"

我："我不爽。"

夏辰璟："我也不爽。"

我："哼！"

夏辰璟："老婆你怎么这么可爱的，模拟的事都能把自己弄生气，好好玩，哈哈哈！"

我："哼！"

夏辰璟："等会儿我就回家了，我们晚上一起洗鸳鸯浴吧？"

我："鸳鸯浴的前提是我们要有个浴缸。要不周末我去买个浴缸给你，然后你每天泡在里面，我再整一对鸳鸯放进去陪你？哈哈哈哈。"

夏辰璟："猪，重点是你，好不好？唉，我已经不想跟你聊天了，你每次都东拉西扯。"

我："哈哈哈。"

023

夏辰璟："你虐我千百遍，我待你如初恋。"

我："我哪里虐你了？"

夏辰璟："打我，掐我，吓我。"

我："这是爱的表现！"

夏辰璟："我竟无言以对。"

我："不是被你骂回去了吗？"

夏辰璟："我有骂你吗？"

我："哼！"

夏辰璟："我都是很生气了，才批评你的。"

我："一个周末，你批评了我六次！整整六次！"

夏辰璟："批评完你，爷又后悔了！跟你讲你不听，你跟小孩子一样，要打了！"

我："哎哟，下次你好好讲我会听的！"

夏辰璟："我哪次不是好好讲的？"

我："……"

夏辰璟："爷的脾气是这样的，该批评就要批评，但是不管是谁的错，看你生气了照样哄你。比如昨天……"

我："……"

夏辰璟戳了戳我的脑门儿："你简直是无组织无纪律，觉悟很低呀你！什么破孩子呀真是。"

我被他逗得哈哈大笑。

夏辰璟正色道："这种思想教育时刻，你要装下崇拜！"

我："崇拜爆了好吗！我现在还可以跑路吗？"

夏辰璟："不行！滚回来继续接受爷的思想教育。"

我："好可怕……"

024

我："我要买XX，买YY，买ZZ……"

夏辰璟："我不要吃的，你要买就买吧。你最近怎么那么能吃？"

我："吃胖了怎么办？"

夏辰璟："凉拌！"

我："居然不阻止我！"

夏辰璟："花你自己的钱，随便你买。"

我："哼！"

过了一会儿，夏辰璟给我拍了个照："橘子罐头。小屁孩，要不要？"

我："不要。"

夏辰璟："很好，反正也没想给你买。"

我："喊，要吃我自己买！"

夏辰璟："好，以后我不会跟你讲了。"

我给夏辰璟发了十几个哭的表情。

夏辰璟："我手机要是死机了，你还要赔我一个手机。"

我："……"

Chapter 08

文艺青年欢乐多

全世界都知道我喜欢你

我一直都觉得夏辰璟稳重、温柔，偶尔表现出高冷傲娇范儿，却也维持不了多久。

只是时间久了，他那神经的二货气质也渐渐显现出来了。

虽然他自己觉得那是他与生俱来的文艺范儿。

001

有一天我翻看了夏辰璟的朋友圈之后，发现他大半年都没有发朋友圈了。

我："你现在为什么都不发朋友圈了？我们刚开始认识的时候，你明明很喜欢发的，天天三更半夜发那种乱七八糟、装文艺的东西，我一直觉得你是不是不正常。"

夏辰璟："……"

我："你还不如保持神秘感呢，我跟你说，我最讨厌这种装的文艺青年了，无病呻吟。可事后证明，你明明不是。"

夏辰璟："……"

我："我印象最深的是，你当时从微博上复制了这么一条'你住的城市下雨了，很想问你有没有带伞。可是我忍住了，因为我怕你说没带，而我又无能为力，就像是我爱你，却给不到你想要的陪伴'。那时我在杭州培训，正逢阴雨绵绵，我觉得你就是写给我看的，哈哈哈。"

我见夏辰璟不语，又说道："不对，不止这一条，还有好多好多，都是写给我一个人看的。全都是这种让人觉得又酸又牙疼的句子，你设置了只对我可见，对不对？"

夏辰璟猛地抬手拍了一下我的脑袋："你干吗要说出来！"

我凑过去："哎呀，不好意思了，脸红了哦。"

夏辰璟："你就是个坑，当面表白听不懂，这些怎么就懂了呢？你分明就是装的，故意逗我玩是吧？"

我："被你戳穿了……我还是继续装傻吧。"

有一天，夏辰璟突然和我说："老婆，我突然想买个欧洲古典宫廷装。"

我怔了大半天："你说什么？你要买啥？"

夏辰璟："燕尾服也行，或者披风？"

我："干吗，你要穿着拍照？你高度不够，穿穿马甲、西装就很好了，穿这些不好看的。"

夏辰璟冷哼了一声："本来也就是想想。"

我："你最近是不是在看什么小说，然后角色带入了？"

夏辰璟喜欢看各种各样的小说，有时候还要角色带入幻想一下。刚开始我还不习惯，时间久了，我已经让其放飞自我了。

夏辰璟也不否认："我就觉得穿着宫廷装，拿着个烟斗，用烟嘴指着别人，很有气势。"

我斜睨了他一眼："最好是靠在门框上，在夕阳的照射下，吐出一口烟圈，看着远方沉思……对吧？"

夏辰璟："还要带着一帮小弟，自己穿着马甲，双手插在马甲的两个小兜里，走在最前面，特有范儿。"

我不由得扶额："夏同学，你每次幻想的时候，都傻得冒泡。"

夏辰璟："每个男人的心中都有这样的梦，你不懂。"

我："喊！"

夏辰璟："比如小时候我幻想过自己是圣斗士……"

我感觉他要滔滔不绝，连忙打断了他："你还幻想过自己是奥特曼吧！"

夏辰璟："就跟你幻想过你是美少女战士是一样的。"

我呵呵……

夏辰璟："算了，你幻想成飞天少女猪还实际点。"

我："……"

003

我一直以为码字就是二次元的事，这样就可以偷偷以身边的人为原型。

所以我们交往很长时间，乃至快订婚了，夏辰璟只知道我写小说，却不知道我的笔名是什么，甚至也不知道我在写什么东西。

刚开始的时候，他见我老在键盘上敲敲打打，也好奇过，问了我几句，见我无意回答，他也没有再问——他向来不是一个好奇心很重的人。

我本以为，我可以一直这样瞒着他，没想到——

有一日我收到一个出版合同，我随意地放在电视机的柜子里。周末我娘打扫卫生，一边抱怨我随意扔东西，一边把合同拿起来让站在边上的夏辰璟交给我收好。

我从厕所里出来，发现他已经看到了我的笔名，我顿时拉下来脸，想对我娘发脾气。

夏辰璟拉着我的手，一本正经地说道："没事没事，我什么都没看到。"

我："你明明已经看到了！"

夏辰璟："我当作我没看到。"

我瞪着他："不许说出去，否则我揍你。"

夏辰璟："我保密就是了！"

刚开始被识破还有点不习惯，后来仔细想想，一下子就释怀了。也没啥呀，也没什么不好意思的，以后可以光明正大地拿他当原型了。

夏辰璟知道我要拿他当原型之后："爷那么优秀的人，你要好好挖掘挖掘爷身上的闪光点呀。"

我："不用，我就是想写一个渣男的故事。"

夏辰璟："……"

004

同学小聚，他们没见过夏辰璟，非要我带着夏辰璟一同参加。

其间，朋友突然问夏辰璟道："你知道不知道你老婆写小说？"

夏辰璟很随意地回答："知道。"

好友们顿时星星眼："她叫什么笔名？"

我心里一阵咯噔，他们知道我写小说，但并不知道我写什么小说。我还来不及阻止就听到夏辰璟叹气道："不知道，她写什么都不给我看的。"

朋友们摆明了不信："你从来不看她写的？我还以为近水楼台先得月呢。"

夏辰璟许是知道我介意这个，说得很无奈："真不知道。"

朋友们："我都从来没看过她写的书。"

夏辰璟继续叹气："我只知道她以我为原型写了个渣男。"

朋友们笑喷："真的假的？"

回家的路上，我问夏辰璟："你对我写什么真的不感到好奇吗？"

夏辰璟："我知道你的笔名，真的好奇我不会自己网上搜吗？"

我："所以你去看了？"

夏辰璟实话实说："当然还是要了解一下我的老婆写了多少作品的嘛，不过并没有细看，反正不是我喜欢的类型。"

我竟无言以对。

夏辰璟："左右逃不开那些套路，一对男女作得没完没了，好不容易在一起了，但是作者非要想尽一切办法把他们分开……最后他们分分合合终于在一起了。"

我："呃……"

夏辰璟："或者是那种霸道总裁，一天到晚在滚床单？别的作者都很愿意跟大家分享，你却非要藏着掖着，不会真的是写那种色情小说的吧？"

我："滚！"

005

夏辰璟和我说过，自己在中学时代就非常喜欢看小说。网络小说还没盛行的时候，他省下大半的零花钱去租书店租小说看，后来网络小说盛行之后，就开始在网上看小说。

当时，我就回他："我中学时代也很爱看小说，看着看着灵感有了就去写小说了。"

夏辰璟一本正经地说道："老婆，你写小说，我爱看小说，我们正好是绝配。"

我："呵呵，要不你也去写小说，看了那么多，总有灵感的吧？"

夏辰璟："灵感嘛，全都让我自己代入了，哈哈哈。"

我："……"

夏辰璟："我也是码过字的，当初看到好看的小说也有冲动去写点。"

我："然后呢？"

夏辰璟："然后挖了个坑，码了几个字扔掉了。"

我："呃……"

夏辰璟："过了几天再挖个坑，码几个字继续扔掉。"

我："……"

夏辰璟："反复扔了几个坑之后，我觉得我是没有毅力写小说了，我还是乖乖看小说吧。写小说这种事还是交给有毅力的人做吧，比如老婆你。"

我："……"

夏辰璟："我还是写写我的报告吧。偶尔写点小稿子赚点小稿费就好了。"

我眼睛一亮："哎呀，你还有小稿费？"

夏辰璟："信息稿什么的还是可以写写的，好歹你老公还有点文学素养。"

我："你好厉害！"

夏辰璟："那是遇见你之前，遇见你之后，我的空余时间都用来陪你玩了。每天来回跑，哪里还有时间静下心来写东西？"

我："哦。"

006

夏辰璟无聊的时候喜欢用手机看小说。

有一次，我就特别嫌弃地瞪他："你就不能不看小说吗？"

夏辰璟："老婆是我的最爱，小说是我的情人，两个都很重要的。"

我："你走开，你应该说'老婆最重要了'好吗？"

夏辰璟："你都排第一了！"

我："不要，第一、第二、第三都是我。"

夏辰璟："每次晚上睡觉的时候我想看情人，老婆一句话，我立马就陪老婆睡觉了。这说明，还是老婆最重要。"

我："这是我调教有方。"

夏辰璟笑道："因为情人太多，选择困难，还是抱着老婆舒服。"

我："情人的名字报过来，我要全部弄死！"

夏辰璟："情人的名字谁记呀，反正时时刻刻换的。"

我："……"

007

刚和夏辰璟认识的时候，我觉得他……或许是个品位高雅的人。

他除了带我看电影，还经常地带我去剧院看话剧、听歌剧、听音乐会什么的，甚至还有一次带我去参加了市里举办的朗诵晚会。

我对此兴致缺缺，不过为了表现得我也很有艺术品位，我还是假装成很有兴趣的样子。

终于有一天，等到我们彼此熟悉了之后，我们终于说开了。

我："我也不是很喜欢看什么话剧啦，虽然有些话剧确实不错。"

夏辰璟："我也一样。"

我："但是像那种朗诵晚会，我真是一点兴趣都没有。我这个人，并没有什么文艺细胞的。"

夏辰璟："我也一样。"

我："那你为什么要带我去！很闲吗？"

夏辰璟："你之前不是说你同事带着你去剧院吗？我以为你也是文艺女青年，很喜欢这些的。"

我："不喜欢！我就和同事去了一次，因为上次Vitas来了！"

夏辰璟很是无奈："唉，浪费了我多少时间呀，我都快听睡着了。"

我："是你在浪费我的时间好不好，坐得我腰疼，我也忍得好辛苦……"

夏辰璟："……"

后来有一次，网上发布了我感兴趣的话剧的信息，我催着他去买票。

夏辰璟："我不想看，好无聊。"

我："你怎么这样，以前我不想看你非带着我看，现在我要看你都不让我看。"

夏辰璟："以前那是要追你，干什么无聊的事都觉得开心。现在我宁愿在家里抱着你。"

我："……"

008

夏辰璟空闲的时候喜欢听歌，他听的歌曲很小众，一首经常能循环好几天。

有一次，我知道他在听歌，就给他发微信："您在熏陶艺术呢？"

夏辰璟："高举革命红宝书，千锤百炼是金刚。"

我："……"

夏辰璟："你不懂。每次碰到这种革命题材的我都会很激动，仿佛来到革命时期，激情澎湃，你就安静地看着我就好了。"

我：“哦，好的。”

夏辰璟：“我要是激动得调戏你了，你就笑笑。”

我：“好的，配合。”

夏辰璟：“你要是敢顶嘴，那就是自找麻烦。爷绝对要好好教育你如何做一名革命青年的好妻子。”

我：“爷说的都是对的。”

我这才知道，他不仅看小说可以角色扮演，听个曲儿也是能够角色扮演的。

009

夏辰璟空闲的时候，也喜欢刷刷微博。

他的微博关注了很多文艺的大V号，无聊的时候，会从上面转发新闻或视频。

有一天，我问夏辰璟在干什么。

夏辰璟：“微博真是个好东西，不仅有时兴的新闻还有好看的视频。”

我：“嗯……”

夏辰璟：“煎饼果子来一套。”

我：“又在看什么脑残视频了吗？”

夏辰璟：“我在想要不要出去买个煎饼果子。”

我：“你想去就去吧……”

夏辰璟：“这个音乐太洗脑了，我要不要原地转两圈？”

隔着手机屏幕，我的唇角不由得抽搐了一下。

幸好，他发疯的次数也就那么几次，否则我会以为他精神分裂，明明平时看着那么正常。

010

夏辰璟的车载音乐我一直很喜欢，或者说都很符合我的品位，都是一些偏古风的曲子，或轻音乐或哼唱。

自我们认识后，我常常在他的车里听到令人惊艳的曲子："这个曲子很好听。"

夏辰璟："我每次听到好听的曲子都会下过来放到车载MP3里。"

等到我们熟了之后，我再夸歌曲好听，夏辰璟就会很得意地说："是呀，也不看看是谁的品位？"

我："这首是什么歌？我也要下。"

夏辰璟："不知道，歌名是日语。"

我："我用微信摇一摇就好了。"

我试了下，居然摇不出来。

夏辰璟："又不是每一首都能摇出来的。算了，以后你多坐我的车，你就能多听听了。"

后来，夏辰璟的工作越来越忙，很长一段时间他都没有带我出去玩过了。再隔一段时间，我发现他的车载MP3里全都换成了二十世纪八十年代的闽南语歌曲。

我："这……"

夏辰璟："最近太累了，我怕开车睡着，还是这些歌比较醒脑。"

我："好吧。"

夏辰璟微微一笑："其实是，我被微博洗脑了。"

011

有一天，夏辰璟在边上打游戏。

我无聊得不行，就在边上闹他，一会儿哦哦哦一会儿咦咦咦一会儿冲他做鬼脸。夏辰璟被我闹得哭笑不得，随手将我搂在怀里："老婆，你怎么这么逗？"

我一本正经地问道："有吗？"

夏辰璟："以前你都端着，'生人勿近'的模样，我都不知道要怎么跟你沟通。没想到熟了之后，你居然是这个样子的。"

我微微皱眉："以前我跟你不熟，这样到底好不好？"

夏辰璟一脸深情："没什么好不好，只要是你，怎样我都喜欢。"

我："哇！你是不是偷看我小说了？居然能说出这么肉麻的台词！"

夏辰璟："原来你写的东西这么没营养呀，我才不要看！"

我："喊！"

012

夏辰璟平时挺爱玩游戏的，有一天晚上他又在玩游戏，还是组队开语音的那种。

但是当时我并不知道，在他的边上不住地闹他、动他。

夏辰璟突然很认真地看着我："老婆，你安静点。"

我："不要，这是我的房间，我想说话就说话，这是我的自由。你有办法控制我吗？没有！我给你唱首歌。"

夏辰璟绷紧了脸看我，唇角不停地抽搐着，一副要疯掉的表情。我刚想笑，就听到他的手机里传来爆笑的声音。

我："……"

夏辰璟："我开着语音呢。"

我的脸微微红了红，仍旧是一副淡定的样子："那个……他们都是陌生人吧？"

夏辰璟："我同事，就上次你见到的那群人。"

我："我去睡觉了。"

夏辰璟后来跟我说，他的同事一直以为我是个很文艺、文静的人，没想到……如此逗。

我："……"

013

我订婚的时候，我弟弟的女朋友莎莎特地从另外一个城市赶过来，当晚就住在我家里。

我弟和莎莎是同学，都是学医的，从大三谈恋爱到大五。他们之间到底是怎么样的关系，我们也不太清楚。

不过我想着，她能特地赶过来参加我的订婚宴，两个人的关系应该不错吧。

晚上快睡觉的时候，夏辰璟问我："你弟弟和这个女孩子发展到什么地步了？"

我："不知道，他从来不跟我多说的。"

夏辰璟暧昧地一笑："都谈那么久了……现在的年轻人嘛，嘿嘿嘿，你懂的。"

我认真地反驳他："不可能。我弟很单纯的，看到女孩子都会脸红。"

夏辰璟："拉倒吧，用'单纯'形容男人的也就只有你了。对了，今晚那个女孩子睡哪里？"

我："我弟的房间，我弟睡沙发。"

夏辰璟："睡沙发好呀，可以掩人耳目。大半夜他偷偷摸摸地回到房间，就跟我们一样……"

我翻了个白眼："胡说八道……"

夏辰璟："你弟弟今天也忙了一天了，根本没时间准备。"

我看着他坏坏的笑容，顿时就明白了什么。

夏辰璟："毕竟是弟弟嘛，我们做姐姐、姐夫的总要帮帮忙的。"

趁着莎莎去洗澡，夏辰璟回房间拿了两个避孕套给我弟，然后我就听到我弟气急败坏的声音："什么东西？天哪！"

夏辰璟拍拍我弟的肩膀："年轻人，我支持你。"

夏辰璟回来之后还冲我乐："这种事还是需要姐夫支持一下的。"

隔天，我弟直接把东西扔回来给我："管好你的男人。"

我："……"

014

我："我要不要写一本关于你的书？"

夏辰璟："渣男吗？我不要看的，你也不要跟我说。"

我："我可以写得稍微给你美化一点。"

夏辰璟："美化过的渣男吗？好像也没好到哪里去吧？"

我："要不，青梅竹马？不过我们不算青梅竹马，顶多算是小时候见过两眼。"

夏辰璟的眼睛突然一亮："你可以多补充一点。"

我："怎么说？"

夏辰璟："学长学妹啊。你可以写点大学里的事。我读研，你上大学呀。"

我："然后呢，怎么认识？"

夏辰璟："同乡会呀。"

我："再然后呢？"

夏辰璟："写点浪漫的情节。"

我："什么是浪漫的情节，一见钟情吗？"

夏辰璟："是呀，你对我一见钟情，然后迷恋我、暗恋我。"

我："你真臭美。"

夏辰璟："虚拟的嘛，随便编嘛。现实中都是你欺负我，虚拟世界里，就不能你给我欺负欺负？你就写这么一个故事，你暗恋我，爱我爱得死去活来，整天因为得不到我而偷偷哭泣，在你用完三十六计之后，终于把我追到手了。"

我张了张嘴："呃，我刚才说什么了？你刚才说什么了？我们什么都没说吧，到此为止吧。"

015

有一天我和夏辰璟聊到身边一个朋友的婚姻状况，不由得问道："你这儿还有没有男青年介绍下，绵绵想找个男朋友。"

夏辰璟想了会儿："有一个，你也见过的。"

我听夏辰璟介绍，马上就有数了。夏辰璟的一个同事，相貌、身高、工作都挺不错，我见过两面，挺健谈的一个小伙子，确实还不错。

我点头："那你就帮忙给介绍下呗。"

夏辰璟："好呀，正好他们俩的家也不远。"

于是，在征得他俩同意之后，我们在很快的时间里就给他们牵好了线，让他们加了微信。

隔了一天，绵绵给我发微信："那个男的话好少，而且已经说得让我接不下去话了。"

我把信息给边上的夏辰璟看："这个……你当时没逼他吧？"

夏辰璟："你想多了，他自己答应要见的。"

我："他是不是不爱和女孩子说话呀？"

夏辰璟叹了口气："活该'注孤生（注定孤独一生）'，他这个要是还不主动，我也不管了。"

我："呃……什么意思？"

夏辰璟："别人给他介绍了那么多女孩子，就没见他主动过。这次见他答应了，还以为他改了。他就是个坑货，一个榆木脑袋，怪不得没女朋友。"

我："你们同岁呢，你都快有娃了，他居然还没谈过恋爱？"

夏辰璟摊了摊手："算了，感情的事我们也管不了。"

过了几天，绵绵又给我发了信息："从头到尾他就跟我聊了十句，然后就再也没有音讯了。"

我："……"

夏辰璟知道后，很无奈地摇摇头："昨天我在单位里骂过他了，他没救了，周末宁愿在家里睡觉，也不愿意约女孩子出来见面。"

我："……"

夏辰璟勾住我的脖子："幸好我老婆出现了，否则我估计和他一样吧。"

我："乱说，明明你当时好主动的。"

夏辰璟亲了我一口："我老婆太诱人了，哈哈。"

我："……"

016

公公租了好几亩地，种了许多西瓜。

夏天到了，西瓜熟了。

西瓜熟的一个周末，夏辰璟说带我去西瓜园摘西瓜。

我才走到入口处，放眼望去，一片绿油油的，一个个带纹路的圆圆的西瓜藏在其中，甚是可爱喜人。

我不由得兴奋地说道："爸居然种了那么多西瓜。"

夏辰璟突然像偶像剧里那样，从后面拥抱住我，在我耳边说道："这片西瓜园被你承包了！"

我脑海里顿时响起《杉杉来了》电视剧中，塘主那句很有名的话：这个鱼塘被你承包了。

我扑哧一声就乐了，回头看他："夏同学，以后我是不是要叫你夏园主了？"

夏辰璟："园主好像不太好听。"

我："地主？"

夏辰璟："……"

我："瓜主？西瓜主？西瓜园主？"

夏辰璟连忙打断我："你够了！叫'老公'！"

我："哦……"

017

大冬天的工作日，早上闹铃响了，我赖在床上不想起床。

夏辰璟："老婆，起床了。"

我拉着被子："我好想退休哦。"

夏辰璟："退什么休呀，你的人生才刚刚开始，离退休还有漫漫数十年。"

我："想想而已。"

夏辰璟："不过爷比你要早退休好几年吧。"

我："好像是的，谁让你年纪大。"

夏辰璟呵呵了一声："到时候爷每天出去玩，看着你去上班，好幸福呀。"

我冲着他翻了个白眼："简直没人性。"

夏辰璟："我先把老婆送去上班，然后再去玩。"

我："嗯嗯，你憧憬的日子里还有老婆，这还是不错的。"

夏辰璟："那当然，我要陪老婆到老呀。"

睡觉的那点事

全世界都知道我喜欢你

许是从小到大都太独立的缘故，自我懂事起，我就没有怎么同别人睡过，长大了更不必说，不习惯。

但就是有那么一天，在我隔壁房间住了几日的夏辰璟，在大半夜摸黑抱着被子、枕头挤在了我边上。

第一次和夏辰璟睡觉的夜晚，并不是很好的经历。

虽然我们各抱着自己的被子睡在两个窝里，但是我一晚没睡，许是因为紧张、羞涩、兴奋或者烦躁，更是因为夏辰璟在我边上打呼噜。

我在心里纠结着：完了，他居然打呼噜！以后怎么办，分床睡？做手术？或是因为这个分手？

就在这种纠结的过程中，我睡不着了。

这一夜无比漫长。

夏辰璟隔个大半个小时就挨过来亲一下我的额头，然后是鼻子，然后是嘴巴，没事的时候还摸摸我的脸，捏捏我的耳朵。

我的内心更复杂了。

说来也是奇怪，在这之前我们除了牵手还没有做过更亲密的事，如今竟然同床共枕了。我很想说自己醒着，又没好意思出声。

直至早上第一丝亮光从窗帘处露进来，我终于躺不住了，睁开眼睛把他推醒找他聊天："你打呼噜，还打得超级响。"

夏辰璟："不会呀，我妈说我从小睡觉就很乖的，不打呼噜、不磨牙。"

我："就是有，很响。"

夏辰璟微微一笑，隔着被子将我搂了个满怀："第一次睡在老婆边上，怎么睡得着？"

我："少来。"

夏辰璟用下巴蹭着我的发丝："我一夜没睡，打个呼噜给自己助眠。"

我："……"

夏辰璟笑得见牙不见眼："你睡得跟个猪一样，我昨晚对你做了很多事哦，嘻嘻嘻。"

我明明知道，却不好意思明说，瞪他："哼！"

夏辰璟："好开心，好满足！"

我："……"

幸好，夏辰璟的睡觉习惯还不错，自第一夜之后，从此之后他再也没有打呼噜助眠过。

002

很久以后的一天。

我们突然聊起第一次同床睡觉的事。

夏辰璟："我想起第一次爬到你的床上，好甜蜜，好好玩。"

我："心跳得很快是不是？"

夏辰璟："有点紧张，还有点兴奋。"

我："喊，不是预谋已久吗？"

夏辰璟："那是得逞后的忐忑。"

我："我一直以为你不会什么紧张、忐忑的。"

夏辰璟："我当时没有抱着你睡吗？"

我："你可乖了，什么都没干。就是当时，我就觉得两个人一起睡好挤，睡不着。"

夏辰璟："居然什么都没有干？！我简直是连禽兽都不如呀。"

我呵呵……

夏辰璟："可能是太激动了不知道要做点什么了。"

我呵呵……

003

我记忆中仅有的几次和朋友同床而眠，都以失眠而告终。

自夏辰璟闯入我的生活后，他理所当然地侵占了我半张一米五宽的床。除了最初那点忐忑和甜蜜后，我渐渐觉得这是件让人苦恼的事。

与夏辰璟同床的前几日，我基本上都是睁着眼睛到天亮的。

我太不习惯边上躺着另外一个人，也不习惯另外一个人的呼吸和气息。

反观夏辰璟，除了第一夜太过兴奋睡不着之后，后来只要他说自己要睡觉了，几乎都是秒睡。

失眠的我盯着他黑黢黢的脑袋，鄙视了他一遍又一遍。

后来我和夏辰璟商量："我们还是不要睡在一起了，我觉得太挤了。"

夏辰璟一口拒绝："挤吗？空间那么大！"

我："我习惯一个人睡！"

夏辰璟："你习惯一个人睡，迟早也会习惯两个人睡，反正我就要抱着我老婆睡。"

我："可是你抱着我，我就睡不着了呀。"

夏辰璟："哪儿有，我抱着你睡，觉得舒服多了！软软的，香香的。"

我："我们就不能睡得跟两根筷子一样吗？"

夏辰璟："两个人这么睡有什么意思，还不如分房睡。"

我："那区别很大呀。"

夏辰璟："反正我就想抱着你睡。"

夜里，我再一次失眠。等到夏辰璟睡着后，我飞快地换到隔壁房睡去了。

果然，一个人睡觉就是舒服，想怎么滚就怎么滚。

没想到——

半夜，夏辰璟居然又跑过来挤到我边上了。

我有点抓狂。

不过睡得迷迷糊糊的我懒得和他废话，很快就睡着了。

早上我醒得早，打开微信，上面全是他半夜发来的留言：

"老婆，你去哪里了？

"你上厕所了吗？怎么还不回来？

"老婆，你什么时候回来？

"老婆，你怎么又把我丢了呀？"

睡得迷迷糊糊的夏辰璟夺了我的手机，把我整个人抱在怀里："天天说自己睡不着，就是为了玩手机吧？睡觉睡觉！"

他抱得太紧了，我好不容易才把脑袋挪出来。

天哪，真是太无奈了。

004

我去隔壁房间睡，夏辰璟会来找我。

那我去床的另外一头睡，他总不会找我了吧。

有时候实在睡不着，我就偷偷摸摸地把枕头放到床的另外一头，蹑手蹑脚地躺到另外一边。

睡到半夜的时候，我突然感觉一双手抱住了我的脚。

然后，夏辰璟略带鼻音的声音再度响起："老婆，你怎么去那头了？"

我很无奈地、乖乖地爬回去，躺到他的边上。

他把我抱紧："你睡相怎么那么差？我要把你抱紧点，万一掉到地上去怎么办？"

我："……"

005

有些习惯，真不是一时半会儿就能改变得了的。

过了一段时间，我再次因为睡觉的事和夏辰璟沟通。

我："我真的觉得一个人睡会舒服许多。"

夏辰璟满脸嫌弃地看着我："胡说，我不这么认为。"

我："要么这样，我们去买个两米三的床。"

夏辰璟："买三米的床也一样，反正我就要抱着你睡。"

我："这个就是关键，睡觉就睡觉，你老实点不行吗？你乖乖地贴墙睡，我睡在最外面，你不要对我动手动脚，也不要贴着我，这样行不行？"

夏辰璟绷紧脸，冲我翻了个大大的白眼："你要不是我老婆，我才懒得对你动手动脚。"

我："好吧好吧，动手动脚也就算了，你能不能不要去掀我的衣服？"

夏辰璟装傻："有吗？可能是我睡着了无意识的动作吧。对了，老婆，我觉得裸睡舒服多了，你要不要试试？"

我嫌弃地看着他坏笑的样子："嘁，不要。"

夏辰璟："不骗你。"

我："撇开这些不讲，你能不能不要在我睡觉睡到一半的时候，硬把我掰过去，说我背对着你？"

夏辰璟露出委屈的神色："你干吗背对着我？"

我："我习惯性右睡行不行？"

夏辰璟："那你睡里面？"

我："我就喜欢睡外面呀。"

夏辰璟："你不够喜欢我，你要是喜欢我，就会想抱着我睡。"

我："这跟喜欢不喜欢有什么关系呢！我都快神经衰弱了，你还非要折腾我，呜呜呜。行不行呀，行不行？"

夏辰璟沉默了很久："我就想抱着你呀。而且有时候我睡着了，就是习惯性地将你拉过来。"

我："那你能等我睡着了再抱着我吗？这么点条件你都不满足我？"

夏辰璟："可是你都睡不着，我躺下来五分钟就睡着了。"

我："只要你同意让我把你踹到最里面，我也可以很快就睡着。"

夏辰璟不说话，我就当他是默认了。

于是，每次睡觉前，我就踹夏辰璟几脚，一直把他踹到最里面。

夏辰璟整个人都已经贴着墙了，他忍无可忍地叫道："拜托，你是准备把我嵌到墙上去吗？"

我："呃……哈哈哈哈。"

可是他睡着的时候又习惯性地贴过来，我醒过来就继续把他往里面踹……

夏辰璟为了搂着我睡觉，尝试了各种各样的姿势。他最喜欢的姿势就是把胳膊放在我的脖颈下，搂着我的脑袋，另一只手搂着我的腰，不过最后还是被我推开了。

好在我们俩最后各退一步。

在这种折磨中，我也渐渐接受了我的床上多了一个他。

006

有一天夏辰璟值班。

我："你家可爱到爆的老婆开始失眠了。"

夏辰璟："没老公不舒服吧，睡不着吧？"

我："顿时觉得床好大，一个人滚来滚去好开心。"

夏辰璟："哼！不想老公搂着睡的老婆不是好老婆。"

我："老公不在随便滚。"

夏辰璟："你居然嫌弃老公了！我就喜欢搂着老婆睡，但是每次你都不要。"

我："问题是搂得不舒服。"

夏辰璟："可是我搂得很舒服呀。"

我："……"

007

有一天，我洗完澡回到卧室，就看到夏辰璟居然躺在床外侧。我哎呀一声跑过去推他："不许占我的位置，我要睡外面的。"

夏辰璟掀开被子："快进来。"

他一边往里面挪，一边冲我翻了一个白眼："我难道还不知道你奇葩的癖好？我还不是想帮你暖暖床？好心没好报。"

这日的天气变得格外冷，我一脱掉衣服就往床上一躺："哇哇哇，被窝里好暖和。"

夏辰璟佯装恼怒，翻身朝里："小人之心，居然冤枉我。"

我从背后抱着他，将双手放在他的胸口，汲取他身上的温暖："呀呀呀，我的大火炉，你不要生气嘛，嘻嘻嘻。我知道，你是用你的体温温暖了我冰冷的被窝，你真的好暖和、好暖和呀。"

夏辰璟："哼，原谅你了。"

008

在睡觉这件事上，我之前虽然对夏辰璟各种嫌弃，但是冬天的来临，令我觉得他是极好极好的。

我惊喜地发现和夏辰璟在一起之后，我每年冬天都会生冻疮的脚指头居然没有生冻疮了。

我和夏辰璟提起这件事之后，夏辰璟呵呵道："知道你脚凉，我都用自己的体温给你取暖，怎么还会冻着？"

我："呀呀呀，你还是很有用的。"

夏辰璟："废话，你知道不知道你就跟冰块一样？每次暖你的时候，我都冻得发抖。"

我："你最好了！"

夏辰璟："那是，现在知道爷的好处了吧，以后还要拒绝爷的拥抱吗？"

我："那就冬天抱着你睡，夏天把你踹远，哈哈哈。"

夏辰璟："过河拆桥也不是这个样子的。"

009

我给正值班的夏辰璟发微信："你老婆躺下来了，好想念我的人形火炉呀！"

夏辰璟："你谁呀？快说！你怎么知道我老婆躺下了？"

我："……"

夏辰璟："现在知道老公的好了吧？明晚就回家了。"

我："我的移动火炉明天就要回来了。"

夏辰璟："天冷了，老公要每天回家给我的老婆当暖宝宝。"

我："我其实也有暖水袋。"

夏辰璟："那些暖水袋不能用，太危险了，还是老公这个天然火炉最好了。"

我："是呀是呀。"

夏辰璟："哎哟，只有天冷的时候，我老婆才发现她的老公有很大的用处。"

我："没办法，夏天你太热了，冬天正舒服。"

夏辰璟："乱讲，夏天我抱着你也很舒服的，你的心不够静。"

我："……"

夏辰璟："你看看，我抱着一个女人都能心静呢，当代柳下惠呀。"

我："哭，你不喜欢我。"

夏辰璟："天哪，千万不要跟女人讲道理，她只会更不讲道理的。"

010

有一天我喝了茶，然后就失眠了，大半夜翻来覆去就是不想睡。

而夏辰璟已经在打瞌睡了："你今天有点兴奋。"

我："对呀，我喝茶了，你不是也喝了，怎么都没影响？"

夏辰璟："茶、咖啡什么的对我才没什么影响呢。我只要对自己说'我想睡了'，我马上就可以眯眼睡着了。"

我："真的假的？"

夏辰璟："而且我的睡眠质量特别好，雷打不动的那种。"

我说："那是，夜里把你使劲踹几脚，你都没什么反应。"

夏辰璟哈哈大笑。

夏辰璟笑完，又觉得不对，伸手过来揉我的脸："好哇，你就知道欺负你老公。"

我："反正我就是羡慕你。"

夏辰璟："你要告诉你的大脑'我要睡觉了'，然后养成习惯就好了。"

我："……"

夏辰璟见我还是瞪着眼睛，一副清醒的样子，他躺平摊开双手："要不我牺牲一下自己，你自己爬过来运动下，累了就想睡了。"

我："……"

011

我睡觉有个习惯，喜欢抓住点什么玩。

和夏辰璟一起睡之后，我床上的小玩偶都被他给丢出去了，按照他的说法，本来就挤，还整那么多玩意儿放在床上干什么。

有时候我快速入眠还好，可有时候白天多睡了一会儿，晚上就不怎么想睡。我就把手放在夏辰璟的身上，这里抓一下，那里抓一下。

夏辰璟忍不住笑起米："老婆，你别动了行不行，痒。"

我："不行，我就喜欢抓点东西玩，你不让我玩，我就去找小花（一个头上戴花的玩偶）。"

夏辰璟把我的手拉过去按在某处："来来来，就抓这儿，随你玩儿。"

我："呃……"

012

有一天夏辰璟加班结束，睡在单位。

他和我视频聊天，聊着聊着，他突然说："老婆，你看我是怎么睡的。"

然后他就在视频里睡着了。

隔着屏幕我看着他呼吸均匀地睡着了，我也是惊呆了。

隔了五分钟，他终于醒了。

我说："你真的睡着了？"

他："嗯，方法记住了吗？自己去练。"

我："……"

013

夏辰璟不仅入睡速度快，睡眠质量也超级好。

在我夜里不停地翻来覆去，或者多次起床去上厕所的时候，他基本上是不受影响的。

虽然好几次夜里，我起床的时候，他都会迷迷糊糊地问我去干吗了，但是，第二天，这段记忆仿佛从他脑海里被删除了，他压根没有印象。

所以有一次夏日午睡，我无聊至极，就忍不住和他玩了个恶作剧。

我用小橡皮筋把他的头发扎起来，拍照，在他的脸边放很多玩偶，拍照，甚至还用胭脂在他脸上抹抹抹，拍照。

我一边做，一边笑得不行，但是从头到尾，他都睡得很深，完全没有醒来的迹象。

直至……我不小心把手机砸在他脑袋上了，他终于醒了。

夏辰璟微微皱眉："老婆，你不睡觉在干什么？"

我："我拍了你的裸照。"

夏辰璟闭上眼睛，准备继续睡："哦……"

我："你怎么没反应的？"

夏辰璟掀开自己身上的被子："不用偷偷摸摸的，都是你的，想看就看，想摸就摸，想玩就玩。"

我："别这样，我会不好意思的。"

夏辰璟闭上眼睛，然后又睁开眼说了一句："不过照片不能放到网上，也不能给别人看，我会不好意思的。"

我："哦。"

然后，夏辰璟又睡着了。

我瞅着他睡着后的大花脸，想着他难得有个周末可以休息，还是不

161

要折腾他了。于是我又偷偷摸摸地用卸妆水帮他洗掉了。

014

有一次，夏辰璟应酬回来，整个人有点醉醺醺的。

我挺讨厌他应酬的，不过好在他应酬的次数不多，我倒也能容忍。

夏辰璟一到家就和我讲："老婆，你去睡觉哦，我去洗澡。"

我："好的。"

我见他意识清醒，给他倒了碗热水就躺到床上去了。

我开着灯等了半个小时了，夏辰璟居然还没有出现。明明我听到他洗澡的声音了，还听到了他从浴室里开门出来的声音。

唯一能够解释的就是他躺在沙发上玩手机。

我给他发微信："怎么还不来睡觉？开着灯我睡不着！再不回来你就不用回来了。"

我等了一分钟，见他没回来的意思，我索性把灯关了，顺便习惯性地把手机调成飞行模式。

夏辰璟半夜才回来，我稍微醒了一下又很快睡过去了。

第二天早上我打开手机，上面有一条夏辰璟昨晚的回复："老婆你先睡吧，我怕我熏着你。"

我看着屏幕上这句话，挺无语的。

这个时候，夏辰璟把我的手机夺过去丢在一边："你每天这么早起来干什么？玩手机呢，快睡觉。"

我："我很生气，等了那么久，你都不回来，哼。"

夏辰璟语气弱弱的："老婆，我错了。"

我翻了他一个白眼："你半夜又回来干吗？"

夏辰璟："客厅里都是蚊子，我被咬得全身是包。"

我："所以呢？"

夏辰璟："回来找老婆要安慰。"

年少时代

全世界都知道我喜欢你

我很羡慕青梅竹马的爱情，也曾经希冀有段这样的爱情。

可这个世界上哪儿有那么多青梅竹马的爱情？

夏辰璟说："我们差一点也能成就一个青梅竹马的爱情故事。"

我："呵呵，那是不可能的，除非我以前眼瞎。"

夏辰璟："老婆，你嘴太毒了。"

001

有一天，刚吃完饭的夏辰璟站在我面前看电视。

我先前低着头玩手机没注意，等我抬起头来才发现我的视线被他挡住了。

于是我开始叫："夏小璟，夏小璟，你挡着我了。"

夏辰璟转头很严肃地瞪我："叫谁呢，别瞎叫。"

我喊了一声："不叫你'夏小璟'，难道还要叫你'夏大璟'吗？"

夏辰璟："我大哥叫夏小璟，谢谢！"

我满脸惊讶地看着他："不对呀，不是应该你哥哥叫'大璟'，你叫'小璟'的吗？"

夏辰璟给我甩了一个非常鄙视的眼神："是'夏晓璟'，'春眠不觉晓'的'晓'。"

我："哦……你妈取名也太省事了。"

我突然又想到了什么："你不是说你们家的男孩都是什么辰字辈吗？你大哥怎么不叫'夏辰晓'？"

夏辰璟："我怎么知道，你问我妈去呗。"

002

说起名字这回事，我突然想到了什么，问夏辰璟："我小学的班长叫夏辰阳。我第一次听到你的名字就觉得你们的名字听起来有点像，该不会是亲戚吧。"

164

夏辰璟哦了一声："夏辰阳这个小屁孩呀，他是我一个远房堂弟。"

我："这么巧呀？"

夏辰璟给我举了好几个例子，我这才知道他的同辈兄弟们几乎都是辰字。

我点点头："这样呀，怪不得我觉得你和夏辰阳长得有点像，特别是笑起来的时候。不过夏辰阳长得比你帅多了，很阳光的，他以前是我们班的班草。"

夏辰璟微皱眉头，有点不悦地看着我："你什么意思，对着老公以外的男人犯花痴！"

我猛点头："是呀是呀，以前我们班的女生都喜欢夏辰阳，他很帅，笑起来酒窝很深。"

夏辰璟瞪着我："是你喜欢他吧？"

我："嘿嘿，被你发现了……我小时候还幻想过嫁给他。"

夏辰璟伸手过来捏我的脸："天哪，你居然这么早熟，小小年纪就知道思春。"

我："不是，就是纯粹的喜欢好不好！"

我只是觉得有点好笑，我第一个"喜欢"的男孩子，居然和他也沾亲带故。

003

我和夏辰璟聊到夏辰阳，夏辰璟和我提到了夏颜颜——夏辰阳的亲姐姐。

夏辰璟说："夏颜颜特别漂亮，是我们年少时候的梦中情人。即便时隔那么多年，我对夏颜颜的印象也很深。她从前在我们小学非常出名，相貌美丽，成绩优异，还会弹钢琴，是我们小学里公认的才女。我上小学时，宣传栏里好长时间都挂着夏颜颜的照片。"

我顿时怒了："你喜欢夏颜颜？你怎么能喜欢夏颜颜？你居然对自

165

己的堂妹有这样不正经的心思！"

夏辰璟："早就出了五服了，而且我这种也是纯粹的欣赏。"

我撇了撇嘴："小小年纪就存着这样的龌龊思想。"

夏辰璟："谁龌龊谁知道，至少我没想着娶她。你那么小都幻想着嫁人了！"

我："我不管，反正你就是龌龊了。"

夏辰璟无奈地叹了一口气："老婆，你讲点道理行不行？"

我突然想到了什么："夏颜颜是你同学？"

夏辰璟点点头："是呀，小学、初中、高中都是同班同学。"

我："这是什么样的缘分，青梅竹马吗？！那你们后来怎么没在一起？"

他翻了个白眼："干吗要在一起？我们在一起了还有你什么事吗？我的傻老婆。"

我："哼，也是，人家夏颜颜才看不上你呢。等等，你说你和夏颜颜是小学同班同学，那你和陈沉香也是小学同班同学了？"

我虽与夏颜颜隔了好几个年级，可所有她的信息我都知道得清清楚楚，因为这些都是从陈沉香口中得知的。

夏辰璟想了老半天："陈沉香？是的。"

我："你之前还说自己从小到大都是班长？"

夏辰璟："是。"

我盯着他看了老半天，撩起了他的额发，然后我怒了！

004

陈沉香是我妈的表妹，比我大五岁，我叫她阿香姨。

小时候我父母在外地做生意，我住在外婆家，她没少照顾我。那时她上五年级，我上一年级，她常常带着我上下学。

有一天，有个板寸头的男孩子出现了："沉香，这是你家妹妹？"

然后他很过分地捏我的脸。

陈沉香拍开他的手："班长，这是我家外甥女，可爱吧？"

"板寸头"比我高上许多，我敢怒不敢言，只好拿眼睛偷偷瞪他。

他呀了一声，又捏了我一下："小家伙还瞪我。"

我当时觉得，这人真的好讨厌！

"板寸头"的家就在我外婆家和学校的中间，我在上学的路上没少碰到他。

他每次见到我都习惯性地欺负我，不是捏我的脸，就是给我讲报复社会的故事。什么谁家的儿子吸毒了，出现幻觉杀人了，什么谁家的女儿发生了什么惨案，还有什么我平时喜欢走的小路很阴森之类的。

这使幼小的我产生了极大的心理阴影。

有一次更过分。

我一个人上学时，他边上的小狗突然追着我跑。我吓得拔腿开始狂奔，眼泪都在飚，但是他哈哈大笑，然后追在小狗身后跑。

我也不知道跑了多久，直至有人从身后抓住我的书包："跑什么跑，我叔家的狗都快累死了。"

我当时哇一声哭得更响了。

"板寸头"："没事，没事，它就那么点儿又不会咬你。"

我抽抽搭搭："它追我。"

"板寸头"："追追又没事。"

我别过头不理他，心里更加讨厌他了，自这事之后我见到狗都绕路走。

因为怕狗，再加上我后来搬家离学校远，虽然才上二年级未满十二周岁，但学校也批准了我骑自行车上学。

由于不再同路，我和"板寸头"碰面少了。不过偶尔"板寸头"在路上碰到我，就跳上我的自行车，颐指气使地对我说："把我带到那条路。"

如果是现在的我，会直接跟他说：我跟你很熟吗？你那么重，我带不动好吗？

但是当时的我，敢怒不敢言，只能用幼小的身体吭哧吭哧地载着他走，而他悠闲地在车后面甩着腿。我那会儿太小不懂事，每每被欺负了，也不敢和别人说。

直至他小学毕业，去了初中，我和他渐渐没有再碰面了。

即便如此，"板寸头"也给我的童年带来了极深的阴影。当时我不知道他的名字，只知道他是阿香姨班的班长，只知道他的额上发迹线那里有颗黑痣，如今让我觉得惶恐的是，夏辰璟额发下就有这样一颗黑痣——他就是年少时欺负我的"板寸头"！

我简直要疯了。

我哇哇冲着他喊："为什么是你？怎么会是你？早知道是你，我就不跟你玩了呀，你不会小时候就喜欢上我了吧？"

夏辰璟听我讲了小时候的事，哈哈笑了很久："你想多了好吧，我那时候纯粹就是觉得家族里全是兄弟，没有姐妹，看你可爱才逗逗你。"

我："你变态呀？"

夏辰璟："我那个年代没那么多乱七八糟的信息，我只是个普通的淳朴少年，你少污蔑我。"

我："我不要跟你玩了。"

夏辰璟抱着我："没事，没事，这说明我们之间有着千丝万缕的联系，你是逃不出我的手掌心的，哈哈哈哈。"

我："你什么时候知道是我的？"

夏辰璟："什么知道你的，我只认我老婆。"

我："好可怕的缘分，呜呜呜呜。"

夏辰璟："果然，缘分来了，逃都逃不开。"

005

我："夏辰璟，你知道你给我的童年带来了多大的阴影吗？"

夏辰璟："我能给你带来多大的阴影？那么可爱的小哥哥，有空就陪你一起上下学。"

我呵呵。

夏辰璟："你小学时候喜欢走的那条捷径，真的是阴森森的。我小时候听大人们说，旁边的河里……"

我："你不要说了！"

夏辰璟笑嘻嘻地道："不说了，我不能吓自己。哎呀，我要早知道你就是我的小媳妇，我当年就把你拐到我家当童养媳了。"

我："喊，想多了。"

夏辰璟："不过，小时候家里穷。你这么能吃，我可能养不起你。"

我一拳砸在他胸口："滚蛋！"

夏辰璟："不过万事随缘啦，我们现在在一起也不迟，还有一辈子那么长呢。"

我："哼！"

006

有时候，夏辰璟也会感慨怎么会在而立之年才遇见我。

我："你遇见我的时候，正好是我最美好的时光，我真是亏了。我还没见识过外面的花花草草，就被你套牢了。"

夏辰璟："你有什么亏的？在你最任性、最不讲道理的时候，碰到一个对你又包容又体贴的男人，是你的福气。"

我："呵呵，你就知道往你脸上贴花。"

夏辰璟："经过岁月的沉淀，你现在的老公可是个好老公呀，他看透世间一切，智慧、淡定、沉着。"

我："呵呵呵，我不想和你说话了。"

夏辰璟："要是你再早点遇见我，可能也是我任性的时候。我不确定在你每次发脾气的时候，都能够那么有耐心地哄你。"

我抓住了关键点："什么意思？嫌我发脾气太大？"

夏辰璟马上改口："哈哈哈，我老婆那么可爱，发脾气也是可爱的。"

我："……"

007

我知道夏辰璟就是陈沉香小学的班长后，也没有和陈沉香说，毕竟这事太让人震惊了。

直至，我和夏辰璟的婚礼上，我和夏辰璟去敬酒时，陈沉香看到夏辰璟一副惊呆了的表情："班长，怎么是你？我之前还以为是同名同姓，天哪，实在是太意外了。"

我用力点点头："阿香姨，以后他跟着我叫你'阿姨'，哈哈哈。"

夏辰璟瞪了我一眼："辈分都被你弄乱了，嫁夫随夫好吗？"

陈沉香忍不住笑起来："唉，当年你就是个小萝卜头，跟在我后面上学，还被班长欺负。转眼都成了他的新娘子了，这个世界真的是太小、太小了。"

夏辰璟敬了陈沉香三杯酒："老同学，感谢你对我媳妇的照顾，敬你。"

我突然觉得缘分这回事，妙不可言，还是你想挣扎都逃脱不了？

婚礼

全世界都知道我喜欢你

001

我们的婚礼是在冬天办的，临近年关，是最冷的时候。我怕冷，最后把出门衫换成了秀禾服。秀禾服宽松，里面还可以穿厚厚的保暖内衣裤。

夏辰璟知道后，很愉悦地表示："我们是要办中式婚礼吗？"

我："也不是呀，就是接亲的时候是秀禾服，晚上举行仪式还是西式的。"

夏辰璟："那我也要中式的，这样才和你配对呀。"

我："你不是已经有西装了吗？"

夏辰璟："古代那种穿着大红袍骑着大白马多拉风呀！到时候还要拍照，你穿着秀禾服，我穿着西装，多不配？"

我："好像也不会呀，现代人也不太注重这个，瞎穿的。"

夏辰璟："反正你也给我租一件吧，我要拉风一下。"

难得大喜之日，也要满足一下他的古装梦。

我："好吧好吧，满足你，那我去给你租。"

002

因着习俗问题，我们这儿的婚礼特别折腾。

凌晨四点多夏辰璟就要来接亲，所以我零点就去化妆了。

化好妆换好礼服回来，我坐在床上，伴娘们凑在一起商量着如何整伴郎。

我想着前一晚夏辰璟可怜兮兮地和我讲："明天我就只有一个伴郎，抵挡不了你这九个伴娘的。我一整夜都要忙，没法子睡，脑子也不太清楚，你们尽量不要整我哦……"

我想起他可怜兮兮的模样，不由得咳了一声："姐妹们，你们尽量不要整他，免得误了吉时。"

伴娘们齐齐瞪我一眼："有你这样护短的吗？"

我："真的，我们这里习俗不一样，等一下他一过来马上就要接我们走，所以差不多就算了，哈哈。"

伴娘们不知真假，更是齐齐瞪我，一副空有满腔热血的样子。

没过一会儿，夏辰璟就开始来敲门了。

伴娘们锁住门，集体堵住门："谁呀？"

夏辰璟饱含笑意的声音在外面响起："红包君来了，给你们分红包了，快放我进去。"

红包君……

伴娘们交头接耳地嘀咕着："第一次碰到这么合作的新郎，怎么办？"

其中一个伴娘叫道："新郎先把红包塞进来再说。"

夏辰璟直接从门下面的缝隙里塞了十个红包进来。

伴娘们："太少了、太少了！"

夏辰璟："那再来十个。"

十个红包再次被塞了进来。

伴娘们这个时候已经有点松动了，不过还是说道："还要红包，还要红包。"

夏辰璟："红包还有很多，你们开条缝，我就给你们。"

伴娘们犹豫地开了一条缝，夏辰璟哈了一声整个人就挤进来了。

我回头看他，他喜气洋洋地穿着大红色喜袍，松松垮垮的样子，不免有些滑稽。门虽开了，可他仍是被一群伴娘堵在门口。

他有些为难地看着我，唇边露出大大的笑容："老婆今天有点好看。"

伴娘们："只是'有点'吗？"

夏辰璟的笑容又大了一些："我老婆很好看！"

伴娘们齐齐围住他："新郎要唱歌，否则不许进来！"

夏辰璟深情款款地看着我："你问我爱你有多深，我爱你有几分……"

我看着夏辰璟亮晶晶的眸子，天哪，每次看到他深情的眸子我都有点不习惯。

夏辰璟给红包给得太爽快了，伴娘们的确没有怎么整他，连藏鞋的地点都很主动地告诉他了。

夏辰璟哈哈："姑娘们，合作愉快、合作愉快呀！"

夏辰璟搞定伴娘后，举着捧花半跪在我的面前，一副表忠心的模样："老婆，请收下我这个衷心的小奴仆吧……"

我差点笑喷了："我本来还想为难一下你的，你这样我完全不好意思拒绝嘛。"

我接过他的捧花，边上的伴娘们集体鄙视我："慕慕！太没骨气啦！"

夏辰璟笑呵呵地站起来，从伴郎的手中接过红包，给伴娘们一个个发红包："辛苦啦，你辛苦啦，你也辛苦啦……"

伴娘们多余的话也不说了，站成一排领红包。

小嫦："为什么我有一种老板给员工发工资的感觉……"

其他伴娘："同感……"

我不由得扶额："这么逗合适吗……"

003

我们被接去新房后，敬茶、拍照，一套流程下来后，终于闲下来了。

大家几乎一夜没睡，伴娘们也都累了，横七竖八地倒在沙发上开始补觉。

我没地方躺，就坐在一个小板凳上休息。没过一会儿，夏辰璟偷偷地招了我出来："老婆，累不累呀？"

毕竟是一夜没睡，我点点头："累，也好困。"

夏辰璟带着我去了隔壁的客房："我也困，我们睡会儿先，迟点还有一场仗要打。"

174

我惊讶地看着他："这样合适吗？"

夏辰璟："没什么不合适的，反正我们暂时也没什么事。"

我："衣服有点紧，穿着难受，我要把衣服脱掉。"

夏辰璟伸手过来替我把拉链解开，又替我拿掉了簪子和耳环："这样好点了吧？"

我舒服地叹了一口气："轻松多了。"

夏辰璟先躺到床上，朝我伸出胳膊："过来靠在我的手上，这样头发就不会乱了。"

我："不错。"

我想想又忍不住笑起来："应该没有其他新人像我们这样吧？婚礼当天还背着大家躲在床上睡觉。"

夏辰璟："管他呢，我们都一夜没睡了，快抓紧时间睡觉，等一下事多了去了。"

若是搁在平时，我躺在他臂弯里睡根本睡不好。不过这个时候已经累成狗的我，一躺到他的怀里马上就睡着了，竟难得地睡得很香。

004

等我们醒来之后，接下来要做的就是配合摄影师无聊地拍照，拍内景、拍外景。

我穿着十几厘米的高跟鞋走路很不方便，正崩溃得想光脚走路时，夏辰璟跑到车里拿了一双棉拖鞋给我。

我："哇，还是你有先见之明呀。"

夏辰璟："平时让你穿高跟鞋你不穿，我就知道你穿不了多久。"

我："嘻嘻嘻，果然了解我。"

换上拖鞋之后，我整个人顿时就轻松了。只有需要拍全身照的时候穿上鞋子，不拍照的时候我就踩着棉拖鞋到处转。

小嫦跟在我边上，看着我的脚，不由得抚额："这么放肆的新娘也就只有你了。"

我：“哈哈哈，我之前也没想到，应该给你们每人都准备双拖鞋。”

小嫦：“那倒不用，我们长裙里穿着的都是松糕鞋，好走路的。”

这个时候摄影师叫道：“新娘，准备了，你鞋子呢？”

我看向夏辰璟，他把鞋子递过来。鞋子才递了一半，他不由得微微皱眉：“怎么都是泥？”

刚才我在草地上跑来跑去，红色的缎面上都是泥土。我转身问小嫦：“哎，有没有带包，有没有纸巾？”

小嫦还没有回答我，我就看到夏辰璟用手轻轻地把鞋面上的泥拍下来了。

他微微低着头，冬日里的阳光和煦地照在他白净的脸上，有一种朦胧的光泽。

鞋面终于干净了，他蹲下身替我换上干净的鞋子。

我的心突然狂跳了一下：今天我和夏辰璟结婚了，以后，一辈子都要在一起了。

005

拍外景的场地就在酒店附近，所以午饭也订在酒店，挺丰盛。

许是饿过头了，再加上熬夜，我并不是很想吃。

夏辰璟坐在我边上，给我倒了热水，又帮我夹了小半碗的面，低声说道：“先喝点水暖暖。你要多吃点，等下晚上要举行婚礼仪式，我们要好久才能吃上东西。”

我：“知道啦。”

我稍微垫了垫肚子，也渐渐有点胃口了。

我刚夹起一只虾，夏辰璟已经自然而然地把虾夹过去，剥得干干净净的，放到我的碗里。

然后我的碗里就没有空过，夏辰璟给我剥了好几只虾，还给我挑了些蟹肉。

边上的伴娘开玩笑道："新郎很体贴呀。"

小嫦平日里和我们接触得多，接话道："我已经见怪不怪了。"

夏辰璟一脸无奈地表示："没办法，以她那吃相，肯定会把脸上的妆弄得脏兮兮的。"

我瞪了他一眼："哼！"

低下头的时候，我忍不住抿唇微笑。

他这并不是第一次给我剥虾挑蟹了。

以往，我们俩一起出去吃饭，他一直都很照顾我。他知道我嫌吃蟹麻烦，基本上都会把蟹肉挑出来给我，吃烤羊排时，若肉质硬，他就会一片片给我切好，递过到我的手边。

和朋友聚会时，有些菜放得比较远，他知道我爱吃，或者我多盯着那盘菜几次，他就会夹过来放在我的碗里。

006

在婚礼仪式举行之前，我和伴娘们一整天都嘻嘻哈哈的。

我的内心并没有出现太多的波动。许是太累，又觉得仪式什么的早就排练过几次，太假了，全是做给别人看的，或者说是给摄影师拍照用的，我就一直在心里倒计时。

我盼望着时间快点过去，我好早点休息。

只是，当我挽着我爸爸的手上台，然后我爸把我的手放到夏辰璟的手里时，我的眼睛还是莫名地湿润了。

许是现场的气氛太过于煽情了，又或者我突然就觉得自己长大了。

我突然就意识到，我要离开我原来的家，和另外一个男人过一生了。

这种感觉我很难去形容，有点欢愉、有点忐忑，又有点失落。

我穿着高跟鞋，拖着长长的婚纱裙摆，挽着夏辰璟往前走。

我隐约中听到他说："老婆，走慢点，扶稳我，前面有台阶要下。"

我："好。"

夏辰璟："好开心呀，终于娶到你了，我们还有一辈子要走呢。"

周围的音乐声、喧嚣声仿佛突然离我而去，我的心一下子安静下来了。

007

烦琐的婚礼仪式过后，我和夏辰璟一桌一桌地敬酒。

当我们敬到同事那桌时，我给他一一介绍："这是我们的校长，这是我们的教科室主任，这是我们的教导主任……"

夏辰璟一一招呼，突然笑道："我知道你，主任你就住在我老婆家附近。我老婆说你很帅，我就说乱说，她眼里只能是她老公最帅。"

全桌人都哈哈大笑，我尴尬的想打他。

夏辰璟为大家敬酒，又说道："慕慕就是个孩子，平日里若有得罪，请大家不要见怪。"

大家举酒碰杯。

不知道为什么，我莫名觉得心里暖了一下。

008

婚礼当晚，酒宴已散。

夏辰璟的发小们还是没有离开的意思，直言要把夏辰璟给灌醉。

我先前还安静地坐在一边等，后来被夏辰璟拉过去给大家介绍。他喝酒上脸，脸上红彤彤的："这是我老婆，又聪明又漂亮。"

我再次尴尬了，有这样自卖自夸的吗?

边上有人给我也满上了酒："一起喝、一起喝。"

我不免有些为难，夏辰璟已经自然地接过了我的酒杯："我老婆不会喝酒，我替她喝。"

他的发小当下表示不满："不行不行，哪儿有这样护着的?"

夏辰璟搂紧我的脖子："我就要护着她。"

啧啧啧啧!

另外一个发小表示:"你可以替,但是要两杯当一杯。"

夏辰璟直接应了:"好。"

我看着他把酒吞下去,不免有些担心。他的酒量并不是特别好,方才他在我同事桌上已经替我挡了好些酒了,现在还这样喝,身体怎么受得了。

我偷偷地把他扯到一边:"你少喝一点。"

夏辰璟:"没事的。"

夏辰璟把我按在凳子上,喷着浓浓的酒气:"老婆,你休息一会儿,等下我们一起回家哦。"

009

回去的路上,夏辰璟已经醉得不省人事,坐都坐不住了。

我有点生气:"什么破朋友呀,怎么把你灌成这个样子了!"

夏辰璟靠在我身上,搂着我,断断续续地说道:"这也是没办法的事……以前我也那样闹他们,今天他们可是连本带利地还给我了。可是今天我好高兴,我太高兴……我终于把你婆回家了。"

我:"唉……傻孩子。"

夏辰璟:"等了好久终于等到今天,梦了好久终于把梦实现,前途漫漫任我闯幸亏还有你在身旁……"

夏辰璟断断续续地唱了几句,我才知道他在唱歌。

我记得夏辰璟以前和我说过,在婚礼上一定要唱《今天》。不过各种原因,他并没有唱成,如今他喝得酩酊大醉,竟还想着这件事。

我和他那开车的表哥都有点哭笑不得。

我拍着他的背:"别唱了、别唱了,你好好休息。"

夏辰璟把我的手拉过去,紧紧地握着。

夏辰璟下车后,走路都走不了,还是被他表哥给背上去的。

他就那样睡着了,我在房间里转了几圈,莫名觉得凄凉。

我离开了家，住进了一个陌生的环境，老公又喝醉了……我莫名不开心。

新装的淋浴器的开关不知道在哪里，我不会用。没有热水，脸上的妆都卸不干净，我委屈得想哭。

后来用电热水壶烧了好几壶的水，才洗了脸，洗了澡。因为生气，我居然也没想着去照顾夏辰璟，就坐在沙发上和同事们聊天，和他们抱怨夏辰璟喝醉了的事。

同事1："正常的呀，哈哈哈，新婚之夜好多新娘都是独守空房的呀。"

同事2："你现在是不是准备睡沙发呀，为你老公不能和你嘿嘿嘿而生气呀？"

同事3："哈哈哈……"

我："你们要不要这样呀？"

我迷迷糊糊地靠在沙发上，也不知道什么时候，夏辰璟从房间里出来："老婆，你为什么不和我一起睡？"

我迷迷糊糊地看着他："你醉了呀。"

夏辰璟凑过来拉住我："醉了也要抱着老婆睡。"

010

夏辰璟因为喝醉了酒而迷迷糊糊的，我也是迷迷糊糊的。

我跟着他迷迷糊糊地去睡觉。

夏辰璟睡了几分钟，突然睁开了眼："老婆。"

我："嗯？怎么啦？"

夏辰璟："我和你说，我的银行卡密码是××××××，我的支付宝登录密码是××××××，支付密码是××××××，微信登录密码是××××××，支付密码是××××××……"

他把自己所有的密码都和我说了一遍。

我有点蒙："什么？"

这个时候我都不晓得他是因为喝醉了和我讲,还是真心想和我讲。

夏辰璟:"什么都不能瞒着老婆。"

这就是坦诚相待吗?有些密码他早就和我说过,可如今他把所有的密码都和我讲一遍,我还是觉得挺受宠若惊的。

我点头:"哦哦哦。"

不过,他一口气说了那么多密码,我也记不住。我只记住了最关键的几个,比如银行卡密码和支付密码。

很久以后,夏辰璟知道我只记得和钱有关的密码,不由得无语地说道:"我老婆就是个财迷。"

011

夏辰璟紧紧地抱着我,身上的酒味还没有散去,我不喜欢。不过我也没有纠结太久,很快就进入了梦乡。

这一夜似乎很漫长,我们睡到了第二天的中午。

醒来的时候,夏辰璟已经醒了,就这样直勾勾地盯着我看。

我伸手捏捏他的脸:"醒了呀,头疼吗?要不要喝水?"

夏辰璟的声音微哑:"昨天好像和做梦一样,怎么回家的都不知道。"

我:"对呀对呀,你都已经醉成一摊烂泥了。"

夏辰璟:"半夜醒来的时候发现老婆不见了,我还以为你丢下我跑了。"

我鄙夷地看着他:"让你来者不拒喝那么多,喝傻了吧?"

夏辰璟:"我出门一找,老婆居然还在,幸好不是梦。"

我:"……"

夏辰璟摸着我的头发:"好了,以后你就是我夏家的人了,哪里都跑不了了。"

我:"别废话了,快点起来吃饭了。"

012

我们起床，一起站在浴室的梳妆镜前刷牙。

我们抬头看着镜子中的彼此，满嘴白色泡沫，不由得相视一笑。

夏辰璟漱了口，突然拥住我："猪猪。"

我："嗯？"

夏辰璟："浮世万千，吾爱有三。日、月与卿，日为朝，月为暮，卿为朝朝暮暮。"

我之前没听过这句话，一时有点蒙："嗯？"

夏辰璟："好话不说第二遍。"

我："哦……"

后来，我在网上搜索了这句话，心莫名觉得甜。

013

婚前，我妈就跟夏辰璟讲："我女儿从小到大什么家务都不会干，洗衣、烧饭都是我包了的，你们结婚后你也不能什么都让她干，要一起的。"

夏辰璟应得很好，不过我觉得他未必会做得那么好。

婚后的第一天，夏辰璟倒是亲自下厨给我做了面。

他做的面味道很一般，好在卖相还不错，没有坨掉的面条上面摆放着鲜虾、肉碎、青菜和一个荷包蛋。他把面端到我面前，满脸得意："看吧，老公好不好？"

我用力点头："嗯嗯，真棒！"

夏辰璟笑眯眯地说道："我们当初应该认识两天就结婚的，你看看你，浪费了那么久的时间才和我结婚。"

我："还说呢，都是你不求婚呀。"

夏辰璟："我不是求了吗？你不肯呀。"

我："你不够真诚。"

夏辰璟凑过来在我脸上亲了一下，冲着我眨眨眼："看，我一直都很真诚的。"

我："没有，一点都没有，反正不爽，没有求婚。"

夏辰璟："昨天，在大家的见证下，我单膝跪地给你套上戒指，这总算了吧？"

我："不算不算，那是司仪安排的，就是个流程。没有求婚，不爽不爽。"

夏辰璟："你找打吧，都过去那么久了，你还念念不忘。"

我："我的执念呀。"

夏辰璟："老婆，你要抓住现在，现在才是重点。"

我："你每次都这么说。"

夏辰璟："老公都属于你了，任你欺负，任你差遣了。"

我："好像也是，那我就只能往前看呀往前看。"

夏辰璟："你不会现在后悔了吧，那我要哭给你看了。"

我冲他笑嘻嘻地说道："哭也没用，我就是一个奇葩。"

夏辰璟很是无奈地扶住额头："婚后的第一天我就要被老婆逼疯了。"

014

婚礼过了几天之后，我在QQ上收到学生发来的祝福，我一一回了"谢谢"。

想起在寒假之前的一天，一个学生突然跑过来："周老师，你是不是要结婚了？"

我惊讶："你怎么知道？"

学生："我刚才去语文老师办公室，看到办公桌上的请帖了。"

她说着，从口袋里掏出小纸条，笑眯眯地说道："我还抄下来了。××××年××月××日，周纍和夏辰璟在×××举办婚礼……"

我不由得扶额："你好无聊。"

学生甜甜地冲着我笑："老师，你为什么不给我们发糖呢？"

我："我平时不是经常给你们发糖当奖品吗？"

学生："这个不一样啦，我们要喜糖、喜糖啦。"

我："……"

学生："嘻嘻，我要去班级里宣传一下，告诉他们老师嫁出去了，不是剩女了。"

我满脸黑线地看着面前这个小女孩："你小小年纪就这么八卦好吗？"

我把这件事和夏辰璟说完，夏辰璟笑眯眯地说道："你还不快感谢你老公收了你，否则你在学生眼里都是剩女了。"

我："我说了这么多，这根本不是重点！"

工作狂

全世界都知道我喜欢你

在遇到我之前，夏辰璟几乎所有的心思都用在了工作上。

他一年到头很少回家，常常加班、值班，年假几乎从来没有休过。

遇见我之后，夏辰璟把重心慢慢转移到了我身上，但终究还是有做不完的工作在等着他。

我情感上能理解，但有时候我也会吃工作的醋。

001

有一次夏辰璟明明说好了回家，可后来又被各种加班琐事绊住了回不来。

我心里生气，故意找他碴。来往了几句，我生闷气，索性不回他短信了。

过了一会儿夏辰璟给我发微信："妞，我好想你，别不理我呀。"

我正委屈着，看到他发的微信，傲娇地回了个："哼！"

夏辰璟："夜色阑珊，妞在做什么呀？"

我："哼！"

夏辰璟："原谅你今儿对寡人的无礼。"

我："喊，随你原不原谅，你不原谅我难道去撞墙吗？也要努力活着。"

夏辰璟："你今儿怎么啦，处处挑我的刺儿？"

我："就是感慨下，有点低落。"

夏辰璟："为什么低落呀宝贝，要爷怎么做才开心？"

我撇撇嘴，回："跟你没关系。"

夏辰璟："来吧，尽情地鞭笞我吧。爷今天晚上应该回家的，给你一个大大的拥抱。"

我："唉。"

我好讨厌这种情绪呀，就是想要他在身边，他却偏偏不在。

夏辰璟："不要烦恼，明儿爷就回家了，整个周末都是你的。每天带你玩，每天带你吃好不好？"

我："好吧好吧，异地恋就是这样子的！"

夏辰璟："我们才不是异地恋，好歹两三天就能见面，周末也能见，不忙的时候天天都能见。"

我："……好吧。"

002

事实证明，两三天见一次还算是不错的了。

偶尔有突发事件，他一周乃至几周都回不来。

十一放假前几日，他本来打算带我出去玩的。但台风来了，他连夜被单位召回去抗击台风了。

一大早，他给我发来当地的视频，里面雨水几乎漫过了整个大地，狂风呼呼响。他给我发了一条语音："这里雨好大，风好大……幸好我的车停的地方高，否则就被淹掉啦！"

我："你小心呀。"

夏辰璟："嗯嗯。老婆，不跟你说了，我要去忙了。你不要出门，乖乖待在家里哦。"

我："好。"

夏辰璟在村子里抗击了好多天的台风，终于雨过天晴。他告诉我这几天被台风困着没东西吃，只有矿泉水和泡面。

我心疼得不行。

十一后回来，他整个人瘦了一圈，胡子拉碴。

我："怎么一副从难民营里回来的模样。"

夏辰璟直接倒在床上："困死了，我要睡会儿。"

由于劳累过度，又过了两天，他发烧生病，去医院打了好几天针。

我陪在边上，只觉很无奈。

我见不得他累成这个样子，但我知道这是他的责任。我讨厌他把所有的精力都放在工作上，却又心疼他为什么那么好。

003

夏辰璟抗击台风期间，也会抽空给我发短信。

夏辰璟："我想你了。"

我："漫漫长夜，你会想我想到哭哦。"

夏辰璟："好可怜，老婆都要靠想。"

我："嗯！要多想，努力想，不要忘记我哦！"

夏辰璟发了一张照片给我："看看这个，好开心。"

我一看，居然是我们的合照，还没有修过，好辣眼睛。

我："我不想看，滚！"

夏辰璟："嘻嘻，很漂亮，咱们好有夫妻相呀。"

我："不觉得像两张烙饼吗？"

夏辰璟："嗯，亲亲我的烙饼老婆。"

004

有一天夏辰璟把剃须刀落在单位里了。

但是第二天他要去县里考察，于是大半夜很纠结。

我："没事，反正你以前也曾经十天半个月不刮胡子。"

夏辰璟："才不要，爷那么拉风的人，一定要帅帅的。你去把老爹的剃须刀偷来给我。"

我："……"

夏辰璟还有点不好意思："偷偷地拿，不要说我用。"

于是大半夜，黑灯瞎火的，我偷偷潜入老爹老娘的房间，偷偷地拿了剃须刀给他，等他用完了我再放回去。

过程中，我爹："你干什么？开灯找。"

我："不用不用。"

夏辰璟刮好胡子，摸着自己光光的下巴："不是很好用，没我那个好。"

我："都是我买的，怎么会不好用？"

夏辰璟："唉，你真亏待你爹呀。"

我："……"

005

夏辰璟加班。

我因为工作上的事心情不好，忍不住冲他发脾气："天天加班，加什么班！加班有你老婆重要吗？"

夏辰璟："老婆对不起，我也不想的！"

我忍不住又怒："还说生孩子呢，你正好错过了我这个月的排卵期！"

夏辰璟："哈哈哈，别急，等着等着，明天老公就回家给你播种。"

我："……"

夏辰璟："哎呀，老婆早点睡哦，老公明天一大早起来给你带早餐。"

第二天我还在睡，他已经回来了。

他拍拍我的脸："老婆起来吃早餐啦。"

外头阴沉沉的，天气有些暗。我嘀咕："是不是才五点呀？"

夏辰璟："猪，都已经八点多了！"

我："哦。"

夏辰璟："我给你打电话了你居然关机！幸好妈给我开了门。"

我："嘻嘻，那不是把你关门外啦？"

我拿出手机，才发现二十分钟前他给我发了微信："老婆，我在给你买早餐，想吃什么呀？"

十分钟前："老婆，老公被你关门外了。"

除此之外还有一个未接来电的短信提示。

夏辰璟趴在我边上："快起床吃饭了，我给你带了豆浆、糖包、小笼包，还给你带了一个惊喜哦。"

我眼前一亮："哇，你又给我买什么吃的了？"

夏辰璟："柚子呀，我特地绕到农贸市场给你买的。"

我看着他略带憔悴的脸，心里暖暖的，忍不住搂住了他的脖子。前几天我不过和他说柚子上市了，他今日就特地绕路去给我买了八个红心大柚子。

好吧，我突然觉得之前和他发脾气都有点无理取闹了。

006

有那么几次，夏辰璟忙起来大半个月都没空回家一次。

夏辰璟总是和我说："你看我们，虽然在一个城市，还就真的整得和异地恋一样，每一次见面的机会都不容易。"

我："嗯嗯。"

夏辰璟："所以你要对我好一点。"

我："嗯嗯。"

夏辰璟给我发了一张他朋友圈里的截图："人家老婆送了好多水果来呢，我老婆连精神慰问都没有。"

我："我也说给你送吃的，可是你又不让我去。"

夏辰璟："这里偏僻，路也不好走，我担心你。"

我："好吧，那我精神慰问你哦。"

夏辰璟："我怎么从你这里看到了敷衍。"

我微微一笑："其实不要太舒服。"

夏辰璟："？"

我："你不回来，我可以直接住娘家，不用洗衣服，不用做饭烧菜，也没有人分享我的床，分享我的被子，不要睡得太舒服哦。"

夏辰璟："我好心塞，我不回家了。"

我："哎呀，不要不要，我也就随便说说的。"

夏辰璟："好难过，你已经说出了你最真实的想法了！"

我："嘻嘻嘻嘻。"

夏辰璟："每次我一出门，你就像脱缰的野马！"

007

工作忙的时候，夏辰璟常常都是晚上七八点才到家。

他一边开车一边给我打电话："老婆，我在回家的路上了，好饿好饿，能不能给我下点面条呀？"

我："嗯嗯嗯。"

夏辰璟回来之后也不挑剔，端起寡淡的面就开始吃，他吃了一大半之后，笑嘻嘻地对我说道："还是回家好，至少还有热腾腾的食物可以吃。"

我："下次我去多买点好吃的配料。"

夏辰璟："好呀，买点牛肉、火腿，还要鲜虾、蘑菇。"

我："好，周末你带我去超市，你自己选呗。"

夏辰璟："我们都好久没去过超市了。"

夏辰璟吃完了刚想过来抱抱我，他的电话就响起来了。

他喂了一声，随即语气就变得严肃起来："好，知道了，我马上到。"

夏辰璟挂了电话，把刚刚脱掉的外套拿起来："老婆，我要出一个现场，要马上到。"

我已经见怪不怪了，心里还是有小小的失落："哦，知道了。"

夏辰璟抱着我亲亲我的唇："对不起呀老婆，晚上不能陪你睡了，你要早点睡。"

我："好的。"

我把他送到门口，他又不舍地伸过手拉拉我的手："走了哦。"

我："好，慢慢开。"

我看着他消失在楼道里的身影，忍不住叹了一口气，从头到尾，他就出现了三十分钟。

有一天晚上，夏辰璟在加班，我住在娘家。

小表妹正好放假，我就买了些材料和她在厨房里做芋圆、凉粉等小吃。

我的手机扔得老远，再加上被我设置成静音状态了，所以，夏辰璟给我发短信、打电话我一律不知道。

我在煮芋圆的时候，听到我妈在叫我："慕慕，快点给辰璟回个电话，他找你都找疯了。"

我一脸惊讶："没事找我干什么？我不好端端地待在家里吗？"

我妈："那你干吗不回他电话？我和他说你在做吃的。"

我："我手机呢？"

我找了大半天才把我的手机找出来，这才发现我的手机上有他发的很多条信息和来自他的很多个未接电话。

我连忙给他回了个电话。

夏辰璟的语气有点不好："你怎么回事呀，胆子肥了，连老公的电话也不接了？"

我："我在厨房里做东西……"

夏辰璟："这是第几次了，你自己说，经常让人找不到，经常让人担心！手机是不是又开静音了，给我调回去！除了你老公，还有谁天天给你打电话？"

我："哦……"

夏辰璟："你个笨蛋！"

我："哦……"

有一次我们吵架。

夏辰璟盘腿坐在我面前，不停地戳着我的脑袋："平时也没见你想爷，爷回家了，你还给爷脸色看。哪儿有你这样的娘子，还怀疑爷养小三。"

我一时语塞："我哪儿有？"

夏辰璟："没有吗？"

我摇头："绝对没有。"

夏辰璟："爷每个月的工资、绩效都是你的，奖金也是你的，我小金库里一毛钱都没有。爷这么宠你，换来的却是你的怀疑，爷的人生一片灰暗。"

我马上道歉："哎哟，你不要这样子，我错了。"

夏辰璟愤愤道："你个猪，爷多乖呀，不喝酒不吸烟不赌博，回家就陪着你。我那么听话，戒了零食，还每天吃水果、喝开水，怕你郁闷，还想着法子带你出去玩。你说我哪里不好，我就改，你倒是好天天看我不顺眼，没事就找我碴。"

我一时语塞。

望着前面这个男人，我突然很感动，我们相处那么久，他一点点为我改变。比如我不喜欢他喝饮料，他就不喝，我不喜欢他关灯后玩手机，关灯后他就把手机放得远远的，还有很多我认为的缺点，他都在慢慢改正。

我："你太好了，我再也不对你发脾气了。"

夏辰璟点点头："感觉好的话，你过来亲我几下。"

我看着他坏笑的脸："还是算了，这么幼稚的事不适合你。"

010

加班了好多天的夏辰璟给我发语音："老婆，有没有想老公呀？"

我茫然地回过神儿来，给他回微信："想呀想。"

夏辰璟："那就把老公的照片放在嘴巴边亲几下吧。"

我："我好不容易想起来我还有个老公。"

夏辰璟："天哪，我本将心向明月，奈何明月照沟渠。"

我连忙转移话题："哈哈哈哈，那你想我呀，快想我呗。"

夏辰璟："当然想啦，我都已经在回家的路上了。"

011

夏辰璟忙得一连几天都没有回家，正好家里出了点事，只能由放暑假、非常有空的我顶着。

其实也并不是什么大事，可我还是忍不住冲他抱怨："你有个什么用呀，关键的时候都不在。"

夏辰璟："你怎么能说你老公没用呢，爷很不爽。"

我："哼！"

夏辰璟："老公天天忙死忙活的为了谁呀，还不是为了你？你居然还说我没有用，我好可怜呀，本来还打算晚上带你去吃饭犒劳你的。"

我顿时就心软了："哎呀，你不要这样。"

夏辰璟："老公都没惹你，天天看你都跟花蜜一样。"

我："真的吗？这是什么感觉？"

夏辰璟发了个心塞的表情："你不爱我，所以感觉我做什么都是错的。"

我不由得一滞："哪里有呀，你想多了。"

夏辰璟："我每次都是先找自己的错，然后告诉自己老婆都是对的。再想想老婆又萌又可爱，然后什么气都没了。"

我："哈哈哈，好吧。"

好像真的每次都是这样，明明烦躁了想找夏辰璟吵架来着，最后我总是被弄得一点脾气都没有。

我常常觉得夏辰璟因为工作忽略了我，但是很快他又会加倍补偿我，那点不满很快就烟消云散了。然后我又觉得有这样一个人陪在身边，真是太好了。

012

夏辰璟有时候会提前告诉我他要回家了，有时候是工作忙完了突然就回家了。

所以在儿童节前夕和我说他要回家的时候，我一脸蒙。

此刻我正在同事家聚餐。

我："我如果说我在外面玩，你会不会打我？"

正在开车的夏辰璟给我发语音："没事，但是下雨了，不准玩太晚。回来要慢慢开车，我只是担心你。"

我："知道啦。"

夏辰璟："我刚才给你支付宝发红包啦，你查收一下，提前当作六一的礼物了。"

我："哎呀，好开心。不过你早不说、晚不说，是不是想让我早点回家呀？"

夏辰璟淡淡地说了四个字："聪慧如你。"

于是，我饭都没吃好，就屁颠屁颠地走了。

同事问我："怎么了？"

我："老公回家了，我要回家欢迎他。"

同事："果然是小别胜新婚。"

我："哈哈，不算，早上刚见过呢，我以为他今晚不回家的。"

同事："那又不急。"

我："他急着见我。"

同事："……"

回家后，夏辰璟已经到家了。他冲着我勾了勾手指："呀呀呀，老公好不容易回家一趟，要召你回来还要给你发那么大的一个红包。"

我："嘻嘻，老公疼我嘛。"

夏辰璟："好心疼，刚发的工资还没焐热乎呢。"

我大怒："给我红包居然还心疼！"

夏辰璟哈哈大笑："没感觉，嘴上也要喊下心疼的。"

我："哈哈哈，那我不介意你多喊几句。"

然后我给夏辰璟也回了个红包。

夏辰璟很开心地点开："0.61！"

013

我在遇见夏辰璟之后，好像能作了，明明之前跟女汉子似的，从来不流泪，可是在他面前，有点委屈我都会流泪。

夏辰璟最见不得我哭，手足无措："哎哟，我的老婆呀，我都不知道怎么办了。不哭了不哭了，乖哦。"

我愤愤："我只是洗眼睛而已，我才没有哭。"

夏辰璟顺着我的话："是是是，你没有哭。"

我抽抽搭搭："就是。"

夏辰璟就搂着我笑嘻嘻地说："我老婆就是幼稚得想要老公给安慰对不对？来，给你顺顺毛。"

我瞪他："滚。"

014

夏辰璟加班中。

我窝在冰冷的被窝里和他用微信聊天："我的小火炉不在呢，哭。"

夏辰璟："呜呜，老公也想回家抱老婆呢。"

我："继续哭。"

夏辰璟："人家的老公回家给老婆暖床，你的老公献给了事业。我的老婆最大公无私了。"

我："不是大公无私，是没办法。我总不能拉着你，不让你去上班吧？"

夏辰璟："呜呜。"

我："唉，现在只能当你不存在了。"

夏辰璟："不行的，你也要问候、关心下你老公，比如视频下。"

视频的时候，夏辰璟给我讲了个事："今天朋友吃杯面吃到苍蝇，然后公司给他补偿了三箱杯面。这运气哈哈……"

我们讲着身边发生的趣事，又聊了一些废话。视频后过了一会儿，夏辰璟问："老婆你在做什么？准备洗澡睡觉了吗？"

我："发呆。"

夏辰璟："你越来越堕落了，天天发呆，是对着老公的照片发呆吗？"

我："走开，最近心情不好。"

夏辰璟："你又怎么了？每个月总有三十天心情不好的，要打屁股了。"

我："这样可以多要点关爱呀。"

夏辰璟："呀呀，你就撒娇吧，真矫情，来来，亲一下。"

我："现在连个撒娇的男人都没有。"

夏辰璟："爷不是吗？"

我："你都不让撒。"

夏辰璟："哪里呀，老公回家，你总是黏着老公撒娇，都不让我好好看书。"

我："那是你不理我呀。"

夏辰璟："哪里呀，我都理你的，给你温暖。"

我："哼！"

夏辰璟："老婆有怨言了，等我回家给你抱抱、亲亲呀。"

我："……"

夏辰璟："我懂的，你不要害羞，回家好好伺候你。"

我："……"

015

夏辰璟加班中。

夏辰璟："你都不想哥，平时也没个电话的。"

我："明明是你不理我。"

夏辰璟："没有，明明是你不想我！"

我："怎么想？"

夏辰璟："打电话问候呀！"

我："不敢打，怕被拒绝，多尴尬！"

夏辰璟："哼！虽然你气我，但是我还是要亲亲我的老婆。"

我："那就亲一下吧。跪安吧，我明天单位体检，要早睡。"

第二天是周末，我去体检完，一时懒得回家，就一个人跑去看电影了。

夏辰璟："电影好看吗？"

我："一般般，随便看看。我其实是想看另外一部电影的，但是那部电影只有情侣座，人家不卖给我单张票。愤怒！"

夏辰璟："呜呜，太对不起老婆了，都是老公的错。"

我："对，就是你的错！天天加班，周末加什么班，真的是太讨厌了！等你不加班了，电影都要下映了！"

016

我一直都是长发，养得很长，快要及腰了。

有段时间很流行bob（波波）头，就是那种"睡不醒"的凌乱中短发。

我心血来潮也想去剪，就把别人的照片放到夏辰璟的面前："我也想剪。"

夏辰璟："不能剪。"

我："为什么？"

夏辰璟："我就喜欢长发。"

我："……"

夏辰璟："我第一眼看到的你，长发飘飘，好喜欢。"

我："……"

夏辰璟见我还有想法，直接说了实话："人家脸小怎么剪都好看，你脸大，剪了头发脸更圆。"

我："……"

夏辰璟："你要是瘦个二十斤，爱怎么剪就怎么剪。"

我："……"

过了两天，夏辰璟要去出差，临走前他还对我说："我前两天看了几个编发视频，等我回来给你编。"

我惊呆："这么厉害？"

夏辰璟："我要把老婆打扮得美美的。"

夏辰璟出差了几天后，由于天气炎热，我懒得打理长发，直接剪成了过肩的中发。

夏辰璟回来之后，心塞了好久好久……

我："我说我去剪头发，你不是给我发了个红包吗？"

夏辰璟郁闷得不行："谁知道你要剪成这么短呀。"

我："哈哈哈，冬天就长回来了。"

夏辰璟："哼！谁知道你会不会在我去加班的时候又突然剪掉了！"

017

夏辰璟："有没有想爷？"

我："不想想。"

夏辰璟："那算了，明儿不回家了。"

我："那你一个人准备去哪里浪？"

夏辰璟："看书、玩游戏呗，还能干啥？老婆都不让我回家了。"

我："……"

夏辰璟："可是我想回家，我想老婆了，感觉好久好久没见到了……"

我："哦，我都快忘记你长啥样了。"

夏辰璟："你个猪，我都是把你深深印在脑海里的。"

018

夏辰璟连续加了几天班，实在抽不出空回家。

而在他某个加班的夜晚，我身体不适，去医院看急诊了。

夏辰璟知道后，马上赶了过来。

我问他："你这样赶过来没事吗？妈妈也在，没事的。"

夏辰璟熬了几个通宵，眼睛里都是血丝。他拉着我的手："嘘，不要管。什么事都没有你重要。"

可能那一刻心里比较脆弱，我的眼睛不由得湿了一下。

夏辰璟摸了摸我的脸："委屈老婆了，老公没有第一时间陪在你身边。"

019

临近年关，是夏辰璟最繁忙的时候。

而这次他简直是忙出了新高度，几乎整整一个月都没有周末，每天就是加班、加班。即便是回家，也是很晚了，几乎没和我说上几句话就洗澡、睡觉了。

夏辰璟不在家的周末，我懒得去逛街，也懒得一个人出去吃饭。

从前身边还有几个小伙伴，如今这几个小伙伴陪老公的陪老公，陪男朋友的陪男朋友，还没找到对象的周末也要去相亲，这就导致我的周末都是窝在沙发上玩手机。

整整一个月，我那奇葩的脑袋想了好多好吃的，比如X家的牛扒，Y家的烤鲫鱼，Z家的寿司……

一个月后，夏辰璟终于忙完："老婆我忙完了，明天带你玩。你要去哪里就去哪里，要吃什么，都去吃掉！"

我一口气报出了好多种想吃的，随即又问道："可是你不喜欢寿司吧？"

夏辰璟难得顺着我："老婆喜欢吃什么就吃什么，走！"

周六那天，我们吃了早饭后，夏辰璟就开着车带我满城市跑，把我想吃的X家、Y家、Z家都吃了个遍。

夏辰璟吃到最后："……太饱了，我吃不动了。"

我一脸满足地摸着肚子："我怎么觉得还好，哈哈哈。"

夏辰璟："怪不得你胖。"

我："少来了。"

夏辰璟拉着我的手："走，我们去超市逛逛，给你买点零食。"

我用力点点头："我还有很多想吃的零食，要买买买。"

夏辰璟："随便买，你开心就好。"

在等红灯时，我把肚子贴在他的肚子上："你看，两个大肚子，谁也别说谁。"

这个晚上，我们吃得饱饱的，又拎了一大袋零食回家了。

020

夏辰璟有时候碰到工作上的琐事，也会和我抱怨。

他的工作，我实在给不了意见，也就静静地听着他吐槽。

吐槽完了，他也就舒服了。

然后，我顺势夸他几句，他的心情就更加愉悦了。

夏辰璟："幸好我还有个老婆，否则都不知道跟谁倾诉去。"

我："是呀是呀，老婆就是你的后盾。我对你没有什么特别大的要求，如果太累了，你就休息一下。"

夏辰璟："我老婆又乖巧，又聪慧，又体贴。老公要是不努力点，怎么对得起当初的小被窝呢？"

我："嗯？"

夏辰璟："每次一到冬天，我就想起好多年前，我使劲往我老婆的小被窝的方向努力，然后就干劲十足了。"

我："呃……这个是……欲望给了你动力吗？"

养生

全世界都知道我喜欢你

001

夏辰璟上火了两天，很郁闷地对我说："下次能不能不要让我吃这些东西呀？上火好难受。"

我："哎呀，这个是我妈让你吃的，你完全可以拒绝的。"

夏辰璟更郁闷了："我就是说不要吃，可是老娘坚持什么养生，非让我吃这个吃那个。我现在上火口腔溃疡，什么都不能吃了。"

我望天："好吧……"

我妈觉得夏辰璟的工作太辛苦，每次见到夏辰璟总要给他做好吃的，于是用桂圆和山参炖了一盅汤给他喝。

夏辰璟吃不惯这些，竟一下子给补上火了。

于是我就跟我妈说，以后不要再给夏辰璟炖补品，夏辰璟吃不习惯。

我妈表示知道了。

过了几天，她又改了食谱。她认为夏辰璟既然容易上火，那么就换其他清补的东西给他吃。

从此，夏辰璟没少找我哭诉："天哪，这些东西我怎么吃得下去呀？之前那个好歹能接受，这个……"

我看着他碗里的东西，背过身去偷偷地笑了笑，然后一脸淡定地表示："就是看着丑，其实还挺好吃的，你随便吃点。"

实话讲，夏辰璟碗里的这东西，我也不想吃。

这几天天气干燥，我妈用萝卜和香蕉炖了一锅，说是滋润通便。只是先前我打开锅，看着锅中泡在汤里那么多大大小小像"眼睛"的东西，实在不知道如何下口。

002

有一段时间，也不知道我妈从哪里听来的，特别信奉养生糊。

她每天的早餐就是将几样蔬菜、水果或粗粮搭配后放进料理机搅拌成糊糊吃掉。

她还告诉我，谁吃了几个月之后瘦了多少斤，谁吃了这个后血压都降了，总之就是好处多多。

正逢周末，我妈把冬瓜、芝麻、雪梨、香蕉放入料理机里搅拌成糊，说这个消肿利尿。

这糊糊看着黑乎乎的，我实在是不想吃。不过在我娘的威逼利诱下，我还是吃了几口，实话说，味道还不错。

我妈见我点赞，又乐呵呵地端了一碗给夏辰璟："你也来吃点，你最近嘴唇红红的，肯定是上火了，吃这个降火。"

看得出来，夏辰璟差点哭了。

不过，当着我娘的面，他还是喝了小半碗。我娘离开后，他对我说："你娘哪里找来的食谱，太可怕了！"

我长叹了一口气："我娘前几天还用芹菜、苦瓜打汁喝，她说喝了效果更好。"

这可是夏辰璟最讨厌的食物了，他说："幸好我不常来！否则不吃吧浪费了丈母娘的一片好心，吃吧，对不起自己的胃，不，是对不起自己的心。"

我："放心吧，我娘才不会什么都逼你吃呢。现在芹菜和苦瓜很贵的好吧？"

夏辰璟："……"

003

我妈做的养生料理，也不是顿顿都不合胃口的。

她第一次给我做鲜龙眼炖蛋的时候，我是不敢下嘴的。雪梨之类的炖起来吃吃就算了，龙眼什么的炖起来……能吃吗？

我妈："很好吃的，前几天我在你姨家吃过。"

我在她的再三劝说下，还是吃了，最后发现味道真挺好的。

我妈见我喜欢吃，趁着龙眼上市的季节，每隔一段时间就给我炖点吃。

正巧一次赶上夏辰璟也在，我妈给夏辰璟也做了一碗。

夏辰璟的第一反应和我当初一模一样："龙眼我喜欢吃。可是，这是什么黑暗料理呀，吃新鲜水果不好吗？干吗要炖熟？我现在逃跑还来得及吗？"

我抓住他的衣服："少吃几个啦，尝试一下。至少比什么荔枝炖肉、火龙果炒肉要强吧。"

夏辰璟："太可怕了！我真的不要吃这些。"

看着他的样子，我哈哈大笑。

过了一会儿。

我："是不是还不错，你都吃光了。"

夏辰璟一脸淡定："只是不想浪费丈母娘的一片苦心而已。你老公都是为了照顾你的面子。"

我："……"

004

夏辰璟加班的晚上，我给夏辰璟发微信："今天晚上我有大闸蟹！"

夏辰璟："老娘多注意养生，怎么对你的要求如此之低。明明上次还跟我讲，大闸蟹属于高胆固醇食物，让我少吃。"

我："嘻嘻，我娘对我从来没要求的。"

夏辰璟："哼，丈母娘那套养生理论也就是讲给我听的。"

我："对呀，你一把年纪了，确实要注意养生了。"

夏辰璟："我又扎心了。"

我："没事没事，你要少应酬，多运动。"

夏辰璟："我最近保持住身材，还瘦了。肉都长你身上去了吧？"

我："再过五分钟我去减肥了。"

夏辰璟："你说减肥什么的，我现在不信了，你已经讲了一年了。"

我："我最开始真的是在减肥的，是你说不要超过一百二十斤，我就很听话啦，反正没超，减不减都无所谓。然后，就处于反复减肥反复反弹中啦。都怪你，不在一开始的路上掐灭我的小火苗。"

夏辰璟："这也怪我？"

我："我的好都是我自己的，我的坏都是你纵容的。"

夏辰璟："六月飞雪！"

我：“现在明明是十月。”

夏辰璟：“……”

我：“不说了，我先吃完大闸蟹，再考虑减肥的事。”

夏辰璟：“我不想和你说话了。”

005

有一天，我在隔壁的房间码字，夏辰璟在我家客厅里玩游戏。

夏辰璟突然给我发微信："猪猪，快来救我，我被老娘拉住看《养生堂》了。"

我回："哈哈哈哈，这是我妈最爱看的节目。"

夏辰璟："老娘说我心跳太快了。"

我："怎么看出来的？"

夏辰璟："我也不知道怎么诊断的，她还让我去查甲状腺什么的。"

我正好码到最关键的地方："哈哈哈哈，那我五分钟后去找你。"

夏辰璟："马上来呀。"

我："你告诉她你刚运动完不就得了？"

夏辰璟："速度呀，老娘又说我肝火旺了。"

我："呃……"

夏辰璟："你再不来，老娘要给我诊断出一堆毛病来了，哭。"

006

我拍照发了朋友圈："开心，我麻麻给我做的夜宵。"

过了一会儿，夏辰璟和我视频："丈母娘居然给你做夜宵，真是越来越没追求了！"

我一边吃着我妈给我做的夜宵，一边愤愤地回道："那是我抗争来的！"

夏辰璟："怎么讲？"

我："我前几天早上不是说要吃青椒炒肉吗？"

夏辰璟："有什么好吃的，青椒我吃都不要吃。"

我："你让我说完先……我妈给我做的青椒炒肉是水煮的，里面没有油的那种，青椒也没几片，她说怕我吃了上火。"

夏辰璟："嗯……"

我："然后昨天我说我要吃炒土豆丝。我妈还是水煮的，她说炒土豆丝要吸太多油，不好，炖土豆能炖熟点，对身体好。"

夏辰璟："嗯……"

"我昨天特地讲，今天我要吃炒土豆丝和青椒炒肉！今天我妈把土豆块、青椒、肉一起给她炖了！她说我最近看起来太圆润了，不让吃油！所以我生气了，反抗了，不吃晚饭！"

夏辰璟："哈哈哈哈，这才是丈母娘应该有的风格呀。"

我："哼！现在饿了，我妈给我做了个水果羹，很好吃哦。"

夏辰璟："少吃点吧你，吃胖了又要节食。"

007

我妈认为自己种的菜比市场上买的菜健康、新鲜，所以我家边上的院子全都被她种上了水果和蔬菜。

水果有枇杷、杏、梨、樱桃、柿子、桃子、金橘等，蔬菜的种类就更多了，茄子、丝瓜、番茄、黄瓜、油麦菜、蒲瓜等。

总之一年四季都有收获。

记得某个暑假，我妈除了偶尔去市场上买点肉食之外，剩下的食材都是她亲手所种。

那个夏天收获得最多的是番茄、茄子和蒲瓜。

我妈厨艺不错，所以算不上丰盛的菜肴被她或凉拌，或清炒，或做汤也做出了各式各样的美味。

于是，我几乎吃了整整一个暑假的番茄、茄子和蒲瓜，许是吃得健康，又配合运动，那个暑假我整整瘦了十斤。

所以，我妈老对我说："要想减肥，管住嘴，少去外面吃。"

可我很想说的是，在接下来好长一段时间里，我看到番茄、茄子、蒲瓜什么的就倒胃口了。

008

和夏辰璟在一起之后，他老带我出去吃。

那段时间，我妈说眼睁睁地看着我的脸圆了起来。正好碰上单位体检，我的血脂、胆固醇竟然接近了临界点。

我妈知道后，再也不放纵我了。

她将她那套养生经搬到了我的面前。

家里做的菜几乎没有什么油水。本来就很少出现的肉，硬是一连好多天没出现在桌上。

想吃油葱鱼、红烧排骨？

不可能的事，清蒸就不错了。

夏辰璟来我家时。

我妈忍不住数落他："辰璟呀，这都要怪你，带着慕慕吃得这么胖，这个周末你带她去运动。"

夏辰璟有点汗颜："好的，我带她去爬山。"

然后我就过上了平日吃素，晚上被我妈拉出去散步运动，周末被夏辰璟拉出去爬山的生活。

009

我妈给我和夏辰璟弄了早餐，是豆浆和包子。

夏辰璟感叹："丈母娘的豆浆实在是太有心思了。"

我："当然了，可有营养了。豆浆是用黄豆、红枣、花生打的，打出来之后再在里面加了枸杞和芝麻。"

夏辰璟："可是我只想安安静静地喝一碗纯粹的豆浆呀。"

我："很好喝。"

夏辰璟："老娘做一碗面，也恨不得往里面加入十几种配料。"

我："配料多了好吃。"

夏辰璟："可我只想吃一碗简简单单的面呀。"

我："你怎么废话那么多，要不你自己做吧。"

夏辰璟果断地拒绝了我的提议："那还是要营养搭配的。"

010

夏辰璟："我今天看了个很好看的电视剧，里面的丈母娘跟老娘好像，专门喜欢让女婿吃这个吃那个，又是养生又是运动的。"

我："以后不会啦，我等会儿跟老娘说让她以后不要理你。"

夏辰璟："那也不行。"

我："其实我弟弟也有这样的困扰。我下次跟她沟通下，让她以后无视你。"

夏辰璟："不行，不准讲。"

我："那你要怎样？"

夏辰璟："来自丈母娘的关爱也不能不要。"

011

有一天，我和夏辰璟哭诉："我想说一件很悲伤的事情！我努力运动了一个星期，居然没有瘦！"

夏辰璟："你吃太多了吧，让你乱吃。"

我："也没有很多呀。"

夏辰璟："每个饭点老娘都劝你这个要吃那个要吃，吃那么多怎么能不胖？老娘的养生经是让人增肥的，你甭想减肥成功了。"

我："胡说，她只是让我多吃蔬菜。"

夏辰璟："你娘不是说让你运动吗？但是！那天晚上你才小跑了一圈，我分明听到她说不要运动太多了，运动过量是不行的。"

我："你断章取义。"

夏辰璟拍了拍我的头："你随便吧，多吃点才有力气减肥。"

我："……"

恐惧症

全世界都知道我喜欢你

我有各种各样的毛病，还有各种各样的"恐惧症"。

而我这些恐惧症在夏辰璟的眼里都是一种奇葩的表现。

001

我觉得我有选择恐惧症。

中学时代，和闺密一同去食堂吃饭，看到窗口那么多菜，我往往不知道吃什么好，于是要么是跟着闺密点相同的菜，要么我直接让她排队去点菜，而我去打饭。

那个时候，闺密就笑话我："连个菜都不会点，你有选择恐惧症吗？"

和夏辰璟认识后，每回夏辰璟问我"你想吃什么呀""你想看什么电影呀"，我都是淡定地回他："随便，你决定。"

夏辰璟刚开始还替我决定去吃什么、看什么。时间长了，他选择的范围越来越小，于是他也学着我的样子回我："你是老婆大人呀，你最大，你决定，我也随便的。"

我："我什么都不挑的，真的什么都可以的。"

夏辰璟："我也什么都不挑。"

我："不能委屈了自己呀，你总要挑选挑选的。"

夏辰璟："不能委屈了老婆，老婆挑。"

我："……"

夏辰璟不做决定，我就很纠结，吃什么呀，看什么呀。

有一次我纠结晚上要不要去看电影，纠结了很久后跟夏辰璟说："下次你决定好了告诉我，记得加上'一定'，或者'必须'两个字！"

夏辰璟："不要，我也就随便讲讲。"

我："你说啥？"

夏辰璟："都老夫老妻了，看什么电影，又不是追妹子要花那么多心思。"

我怒："不看了！"

夏辰璟搂着我："哈哈哈，看吧看吧。看呗，求求你了，我想看的。"

我："作吧你！"

002

夏辰璟把自己的皮带放在我面前晃荡："我的皮带坏了。"

我："不是皮带坏了，是你肚子大了，把皮带撑坏了。"

夏辰璟甩着皮带看着我："老婆，你是要找抽吗？"

我笑嘻嘻地回应他："正好明天是周末，我带你去买皮带吧，顺便买几套衣服。"

夏辰璟："不要，我有商场恐惧症，不喜欢抛头露面的。"

我："胡说八道，那你怎么老陪我去逛商场呢？"

夏辰璟："那是喜欢的。陪媳妇逛街我还是很喜欢的，但是让我自己买我就恐惧了。"

我："虽然我也很讨厌逛商场，但是我也愿意带你去买衣服呀。"

夏辰璟："再说吧。"

过了几天，天气热了一些。

我摇晃着夏辰璟的脖子："我没衣服穿了，没衣服穿了。"

夏辰璟："那我们这个周末一起买衣服吧，就给你买，必须买两套以上。"

我："我有买衣服恐惧症，要不还是以后买吧。"

夏辰璟："恐惧什么呀，必须买。"

003

我对着电脑备了好长时间的课，愁眉不展地看着在边上看视频的夏辰璟："哎呀，我居然要去赛课了，好可怕！好紧张、好忐忑！"

夏辰璟："老婆最棒！加油！"

我："你知道我最害怕比赛、抛头露面什么的了。"

夏辰璟："老公支持你。"

我："唉，我继续努力！"

夏辰璟："要多见见场面呀。"

我："可是我有场面恐惧症。"

夏辰璟："没事，见多了就习惯了，想想你老公以前上台讲话还会哆嗦呢，现在在几百人的大会上都能侃侃而谈。"

我："怪不得上次你们几个单位联谊活动让你去当主持。"

夏辰璟："嘻嘻，那是因为我有老婆了，不是单身狗。否则我要去参加那个活动好不好？"

我冲他翻了个白眼："好吧，你真的是棒棒的！"

004

我外出培训，培训的内容中竟有一堂表演课。

表演课上不仅要做游戏、朗诵，还要和陌生人来一段即兴表演。

看着同事们都表现出了超高的水平，我不由得紧张得手心冒汗。

我给夏辰璟发短信："你说我为什么来参加这个培训，竟然还要参加表演？我不喜欢表演，而且也不会，还要面对这么一堆陌生人。"

夏辰璟："这有什么的，随便表演就好了。"

我："我有陌生人恐惧症，对，我还有舞台恐惧症。"

夏辰璟："你小时候不是还上台跳舞、唱歌、演讲什么的吗？我上次还看到照片了。"

我："是，我也想不通。可是我就是越长大越害羞了嘛！"

夏辰璟："傻老婆，老公给你打气。"

我："刚认识你的时候，我一定对你很不好。"

夏辰璟："对，刚开始你把我当成一个陌生人，对我不好，非常不好。"

我："哈哈，也就这么过来了。"

夏辰璟："多亏了我是个包容的人。"

我："喊！"

夏辰璟："我一个人很无聊，你什么时候回来？早点回来！"

我："我也想回家，我不想上课，我好想逃跑，可是还有三天。"

夏辰璟："这一周太漫长了，感觉好煎熬。你不在这个城市，这个城市对我来说都没有意义了。"

我："可是我们在同一个世界呀，所以这个世界对你来说还是有意义的。"

夏辰璟："……"

005

许久没有去看婆婆了。

夏辰璟："你给老妈打个电话，问候一下呗。"

我："不打，你打！我在边上听。"

夏辰璟："快点，你打比较好，前两天妈都说好久没见到你了。"

我："儿子打好一点，你妈妈肯定更想念儿子。"

夏辰璟："你呀，打个电话都推三阻四的。"

我："我有电话恐惧症。"

夏辰璟忍不住瞪我："你怎么就有那么多恐惧症？"

我："我就是不怎么爱说话的呀。"

夏辰璟："明显不是，你这么逗，每天在我耳边碎碎念。"

我："我跟你熟。"

夏辰璟："好吧。"

我："不过，我好像也只和你发发微信，很少给你打电话吧？"

夏辰璟："当然了！最开始你都不肯跟我视频，也不跟我语音。"

我："都说我有恐惧症了。"

夏辰璟一脸无奈的表情："猪！"

006

我："最近有点忐忑。"

夏辰璟："你又怎么了？"

我："本周迟到了两次，下次周前例会可能要被点名批评了。"

夏辰璟："迟到都迟到了，批评就批评一下吧。"

我："我有被点名恐惧症，还有被批评恐惧症。"

夏辰璟无声了很久，似乎已经不想回我的话。

我见他不语："哎呀呀，你怎么这样子的，安慰我一下。"

夏辰璟："天哪，你那么多乱七八糟的恐惧症你让我怎么办？你怎么就没什么安慰恐惧症？这样我就不用理你了。"

我冲他翻了个白眼："所以，你平时都不能训我。你要知道，你无心的训斥，会给我幼小的心灵带来多大的伤害呀。"

夏辰璟："你说了那么多，这才是重点吧？"

我撇撇嘴："我这么可爱，你居然都能忍心训斥！"

夏辰璟："没办法，爷就是这样正直的人。老婆做错事了，就要训。"

我："……"

007

有一天，我又和夏辰璟提起被批评恐惧症的时候，我和他说了一个初中时代的故事。

我："我刚上初中的时候，还是很活泼的。"

夏辰璟："后来呢？"

我："我们班主任是学心理学的，她觉得我太活泼了，还说我和前桌男生打打闹闹。从她专业角度来说，我们这就是在早恋。"

夏辰璟："呜呜呜，我老婆居然背着我早恋。"

我："才没有！我很讨厌那个男生，是真的在和他吵架，可这事不知道怎么被班主任知道了，特地在班队课点名批评我，说什么男生女生之间吵吵闹闹就是关系不当，说这是早恋。她还要求我换位置，剪短发，这对我的青春期造成了很大的伤害。"

夏辰璟揉揉我的脑袋："真可惜，如果我早点出现就好了。"

我瞥了他一眼："也没那么糟糕，至少我是从活泼变成闷骚而已，没有抑郁。再说了，你出现有什么用？"

夏辰璟："拉着你早恋呀。"

我："呵呵，早点出现你也就是怪大叔。"

夏辰璟看着我的眼睛，认真地对我说："以后对你的学生好一点。"

我："当然！"

008

周末，夏辰璟把晒在外面的衣服收进来，一件件叠好。

我不经意地瞥了一眼："哎呀，原来你的制服有那么多套。"

夏辰璟："是呀，我每天都穿得帅帅的，你居然都没看到，制服诱惑失败呀。"

我："说真的，我有制服恐惧症。"

夏辰璟："怎么讲？"

我："我对制服没那么热衷。制服给我的感觉太严肃了，所以你穿了制服，我不敢对你亲近，也没那么喜欢你了。"

夏辰璟："……"

我："除非，你穿个水手服、奴仆装什么的，我还感兴趣点。不过那还不如不穿呢。"

夏辰璟："老婆，你是认真的吗？"

我："当然是认真的了。"

夏辰璟："水手服、奴仆装什么的还是你来穿吧，我喜欢的！不如我们来玩制服诱惑吧。"

我：“滚。”

晚上我要参加朋友家孩子的满月宴。

举行满月宴的酒店离夏辰璟的单位比较近。

夏辰璟：“老婆，你坐公交车去，我下班的时候正好带你回家。”

我："不要，我要自己开车去。"

夏辰璟："你那里坐公交车多方便呀。"

我："自己开车才方便。"

夏辰璟："你晚上回去老公不放心的，乖乖听话。"

我："我怕狗。"

夏辰璟："什么鬼？"

我："去公交车站的路上，可能会碰到狗。"

夏辰璟："那你打的去吧。"

我："我有打的的恐惧症。而且去打的的路上，也有可能碰到狗。"

夏辰璟："你怕什么狗呀？"

我："我怕狗还不是某人害的吗？"

夏辰璟："乱讲，就是借口。你就是有动物恐惧症，你除了怕狗还怕猫，对吧？"

我："不对！"

夏辰璟："好了好了，那我回家带你吧。"

我："你晚上还要加班呢，带什么带呀，我自己开车就好了。"

于是，夏辰璟下班后，特地到酒店等我，然后坐着我的车回家。

010

前年初夏的时候，家门口跑来了一只泰迪，趴在我家门口很多天都没有走的意思。

我妈看它可怜，生怕它饿死，每天都给它喂饭吃。

小泰迪特别聪明，被喂食之后，更是赖着不走了，见到我妈更是黏着她。

我爹也蛮喜欢小狗，觉得它可爱，还给它洗了澡，还让我在网上买了狗粮和狗零食。

于是，全家最郁闷的就是我了。

每天进门出门都有只狗挡在我面前，想黏着我撒娇。小泰迪这种明显的示好，把怕狗的我快逼疯了。

因为这个事，我几乎天天和夏辰璟抱怨。

夏辰璟感叹地说道："老爹也真是的，明知道我老婆那么怕狗，还不把狗赶走。"

我："我爹今天还说我都快三十了怎么还怕狗，唉，我明明才二十五！"

夏辰璟："哈哈哈哈。管你几岁，老公宠着你就好。"

我："唉，我们的话题不是狗吗？"

夏辰璟："哦，我不怕狗，我保护你。"

我："说了等于没说。我的怕狗恐惧症是因你而起。"

夏辰璟装傻："是吗？什么时候的事呀？"

011

出去玩时，比如要问路，要买东西什么的，我都不想去和人沟通，我和夏辰璟说我有沟通恐惧症。

夏辰璟已经完全不理会我这一套了，他说："你这个也恐惧，那个也恐惧，沟通恐惧症又是什么鬼？你平时在学校不用和学生沟通，不用和家长沟通，不用和同事沟通吗？"

我："那没办法，那是我的工作呀。"

夏辰璟："所以说，你只是排斥沟通，并不是不能沟通。只是因为老公在边上，你处处依赖我。"

我："你什么意思？这是不肯让我依赖吗？"

夏辰璟："我也快被你传染了，有和女人沟通恐惧症了。"

我被逗得哈哈大笑。

012

夏辰璟给我发微信："老婆，我要迟点回家哦。累了一天了，我要坐会儿休息下。"

我："你这样是不对的，应该出去多跑跑步，锻炼身体。"

夏辰璟："跑不动，没场地，主要是我害羞。"

我："干吗害羞？"

夏辰璟："不喜欢在大家面前跑步，主要我有一点公众害羞症。"

我："有'公众害羞症'的是我好吧？我记得你是暴露狂，不怕羞的。"

夏辰璟："我不是暴露狂啦，因为你是我最亲密的人，我才在你面前……但别人对我来说都是公众。"

我："哈哈，我周末带你去跑步。"

夏辰璟："可以，只要你在我边上，公众就没在我眼里了。"

我："其实你跟我说了那么多废话，只是你想摆脱跑步这件事，对吧，大懒虫。"

夏辰璟："嘻嘻。"

岁月的河你慢慢流

全世界都知道我喜欢你

001

夏辰璟："下个月你生日。你想要在家里吃还是外面吃？"

我："在家里吃吧，我娘每年都给我做面条的。你说我要不要买个蛋糕？"

夏辰璟："反正蛋糕卡在你手里，随便你要不要。"

我："这么敷衍，下次你生日我蛋糕都不买给你，哼！"

夏辰璟："我们都老夫老妻了，不用注重这些。我过生日你就不用买什么蛋糕了。"

我："居然这么客气？"

夏辰璟笑得见牙不见眼："给我换个姿势就行，然后主动服侍爷……"

我："滚，我还是给你买个蛋糕吧！"

夏辰璟："我不要蛋糕，我就要换姿势。"

我："滚！谁说我要给你过生日了！"

002

夏辰璟："已经十点了，老婆乖乖睡觉了！"

我："好的！"

夏辰璟："没有爷打扰的夜晚，是不是很开心？"

我："是呀，又可以一个人滚床单了！"

夏辰璟："可是我就没有夜生活了呀，好想老婆哦。"

我："我教你一个办法，把自己塞到被子里……嘿嘿嘿，模拟下。"

夏辰璟："你怎么越来越猥琐了？当年你那清纯的模样哪里去了，你欺骗我。"

我："呵呵，你是想退货吗？过了无理由退货期了哦！"

夏辰璟："这贼船呀！"

我："那我踹你下海？"

夏辰璟："这么凶，呜呜呜！"

我："敢抱着不该有的想法，直接踹飞！"

夏辰璟："那是没有的，我是心甘情愿地上老婆的贼船的。"

我："只要你乖乖的，我们还是好朋友。"

夏辰璟："谁要跟你做好朋友了？我朋友还少吗？"

我："你什么意思？"

夏辰璟："你这么凶，我以后的日子还能好过吗？"

我："嘿嘿嘿，顺我者昌，逆我者亡！"

夏辰璟："算了算了，我心地善良，只能牺牲自己让你折磨。"

我："哈哈哈。"

003

有一天我和夏辰璟商量着夜生活次数。

我："要修身养性，细水长流，饮水思源，年轻人要节制。"

夏辰璟："那我一个月回一次家好了。或者半年回一次家？"

我："要不直接一年见一次呗？"

然后夏辰璟居然还怒了，不理我了。

我为了安抚他的小心脏，给他连续发了十个红包。

隔一会儿，夏辰璟还是很愉快地戳开了十个红包。

过了一会儿，夏辰璟："十个一毛钱！真的不想理你了，心里拔凉拔凉的。"

我："……"

夏辰璟见我不说话，又自说自话："看在你知错就改的分儿上，我就理你吧。你说一块钱能干吗？一根小冰棍吗？"

我弱弱地发了个可怜的表情："可以还给我吗？一块钱呢！好舍不得呀！"

夏辰璟给我发了个红包："还给你，哼！"

我："别这样嘛……"

夏辰璟："哈哈哈，逗你玩啦老婆，看看红包数字。"

我打开一看，居然是188："好惊喜！"

夏辰璟："你能找到这样好的男人，你真是有福气！"

我："我真是太幸运了，真的是不可思议啊，跟做梦一样。"

夏辰璟："敷衍的时候能不能稍微真实一点呀，老婆。"

004

夏辰璟难得一早上夸赞我："老婆，我觉得你最近的皮肤好多了。"

我对着镜子照了照："哇，真的吗？有吗？感觉也没很明显呀。"

夏辰璟认真地点头，伸手过来捏了捏："皮肤光滑了，也更红润了。"

我："难道是我昨天晚上用了一片面膜的缘故？"

夏辰璟厚颜无耻地说道："不，多亏了老公，和你阴阳调和，让你内分泌平衡了。"

我顿时明白了什么，不好意思了一下，继而忍不住冲他呵呵冷笑。

夏辰璟继续厚颜无耻地说道："多亏了我，你不是连痛经都没有了。"

我："呃……"

夏辰璟："看来啪啪的功效很多呀，我们要把它的所有功效都挖掘出来。"

我呵呵……

005

有一次，我把夏辰璟惹怒了。

夏辰璟："不想理你了。"

我正一口一口吃着榴梿，不由得给他回微信："请你吃榴梿，请你吃山竹，不要吃就算了，不理我也算了。"

我连续发了好几条信息，也不见夏辰璟回我。

于是我就不停地给他发表情，比如："人呢""快看，就是这个傻子"什么的。

过了一会儿，夏辰璟："哎呀，这两个我都不喜欢吃。我就接了个电话，你就立马说我是傻子了，你对我太坏了！"

我："嘻嘻，不理我的就是傻子。"

我见他回得慢，又给他重复发了十个表情。

夏辰璟："我一个月流量就500兆，你自己看着办，没流量了我就关微信。"

我："关就关。"

夏辰璟："哼！"

我："反正不联系就绝交，永久性的。"

夏辰璟："我生气了！"

我："我才生气呢。"

夏辰璟："你生什么气，都是我被你欺负！天哪，我老婆怎么那么不讲理！"

我："反正就生气。"

夏辰璟："你开个空调降降火。"

我："不要。"

夏辰璟："哼，就要降火。"

我："就不。"

夏辰璟："你是猴子派来惹我生气的吗？我都服软了，你还跟我抬杠？我回家第一件事就是揍你屁股！"

我："好吧，我要降降火了，那你回家能给我揍一小时吗？"

夏辰璟："可以给你啪啪一小时！"

我不由得捂脸："情绪需要发泄，打人比较直接。"

夏辰璟："啪啪更直接，来吧，尽情啪啪吧，床头吵架床尾和，这就是啪啪的特效，我等一下下就回家了，等着爷哦。"

我："……"

006

周末一大早，婆婆给夏辰璟打电话，说刚杀了一只鸡，让他过去拿。

夏辰璟挂了电话，和我说："我要去拿小母鸡了，给老婆补补身体。"

我躺在被窝里笑嘻嘻地和夏辰璟聊天："哇，小母鸡吗，吃了它，那每天不就少收获一枚鸡蛋了吗？"

夏辰璟无语地看着我："谁知道呀。"

我："那个，家里一共养了多少只母鸡和多少只公鸡呀？公鸡不会就只养了一只吧？哎哟，母鸡下蛋需不需要受精来着？那公鸡一天到底要糟蹋多少只母鸡呢？会不会太可怜了，要多大的精力呀！"

夏辰璟一边穿衣服一边冲我翻了个大大的白眼："老婆，你要不要这么污？"

我："这是需要糟蹋了，才有蛋吗？我不是很懂。我记得小时候听大人说过，是需要的。"

夏辰璟："你问我我问谁，我也不知道。"

两个没有常识的人聊了一大堆没有营养的话题之后，夏辰璟深深地看了我一眼："你再碎碎念，我就糟蹋你了呀。"

我用被子捂住自己的脑袋："嘿嘿嘿，你暂时没机会了，快去拿鸡。"

夏辰璟哀怨地看了我一眼，驱车去婆婆家拿鸡了。

我还没到中午就饿了，躺在沙发上一直喊着："我的鸡，我好饿，我的鸡……"

夏辰璟看了我一眼，忍不住笑了："再等一会儿，你的鸡就熟了。"

去年冬天，夏辰璟带着我去商场买衣服。

我逛了大半天，也没有找到合适的，直至在一个女装店里，夏辰璟拿了一条围巾给我。灰黑色的围脖，毛茸茸的，像动物的尾巴。

夏辰璟很满意地把围脖围在我的脖子上比画着："老婆，买这个吧，我觉得适合你。"

我鲜少买这样的颜色，将信将疑地将它围在脖子上。我看着镜子中的自己，一点都没觉得这条围脖有多好看，顶多是款式比之以前的稍显得……新颖了一些。

导购员永远是睁眼说瞎话的人，不停地在边上夸好看，然后说它实用性很强，很保暖之类的。

我在导购员的忽悠下，就把围脖给买下来了，价格不算太贵，但也不是太便宜。

回去的路上，我越想越不对，对夏辰璟说道："我觉得这条围脖不是很好看，我也不想戴，我觉得好浪费。"

夏辰璟随口回答我："没事，你要是不喜欢，给我就好了。"

我："哦，好吧。"

过了几天，天气冷了，我突然想起我还有条新的围脖没用过，就想找出来用。但是我找了很久都没找到。

于是，我给夏辰璟发信息："新买的围脖不见了，上次你放到哪里去了？"

夏辰璟："我带去单位了，正围着呢。"

我："……"

我一直以为他是开玩笑的！

夏辰璟："你不是不喜欢吗？那就给我了。"

我："原来是你喜欢！怪不得一直忽悠我买。"

夏辰璟："嗯……女装店里的东西，我不忽悠你买，我怎么好意思下手？"

我："原来你喜欢这个调调。"

不过，好像这种颜色，男女也都能用，而且他围起来，也挺好看。

隔了一天，夏辰璟出门前就把那条围脖围在我脖子上："我替你试过了，超级暖和哦，老婆你今天戴着上班吧。"

我："拿走拿走，我不需要。"

008

某个周末，我和夏辰璟去婆婆家吃饭。

夏辰璟吃完午饭之后就躺在沙发上睡觉，我因为无聊就在楼下坐着玩游戏。

游戏玩了一半，我就在楼下上了个厕所。楼下的厕所很少有人使用，推门许是生锈了，有些卡住了。我用力一推，那门就发出了很重的响声。

我并未觉得有什么，刚准备进去，就见夏辰璟三步并作两步地从楼上跑下来。

夏辰璟一脸紧张地看着我："你怎么了？"

我一脸蒙："没怎么呀。你不是在睡觉吗？"

夏辰璟轻轻地呼了一口气："你吓死我了，我还以为你摔着了。"

009

我和夏辰璟聊到生孩子的问题。

我说："如果你生，我都支持三胎。"

夏辰璟一脸激动："哇哇，三个有点多吧。两个就够了。哈哈哈，你这样说，我好欢喜呀。"

他一边说着，还一边给我发了个红包。

我的唇角不由得抽搐了一下。

我："你理解错我的意思了，理解错了！我是说，如果你生，你生！你误会了。"

夏辰璟拍拍我的脑袋："哈哈，我就知道。"

我突然不知道该怎么跟他说下去了，装傻也不是这种装法。

夏辰璟："娃他妈，辛苦了。"

我："唉，娃爹就只是等待果实，啥都不用干，真爽！"

夏辰璟："来来，再给你发个红包。"

我："你滥用红包了啦，不过，我喜欢！"

010

某年520，我因为喉咙肿痛引发感冒发烧，躺在家里休息。

夏辰璟躺在边上陪我，循环地听着最近他喜欢的一首歌，蔡琴的《时间的河》。

我和小嫦聊完天后，拉扯着夏辰璟："小嫦今天收到礼物了，有巧克力。"

夏辰璟："你不能吃呀。"

我："我不管，我也要。"

夏辰璟："不要被糖衣炮弹所诱惑，糖衣虽甜，苦在其中。爱妻，切莫贪这口舌之欲。"

夏辰璟哼着歌："时间的河呀，慢慢地流，吃的机会还有很多。"

我："我一点都不想和你说话了。"

夏辰璟："乖啦。再说老公都已经被你榨干了，你还想要啥巧克力，老公从哪里来的钱呀？谁家的老公有你老公这么穷呀，全部家当都不到一百块。"

我："我给你转钱好不好？"

夏辰璟："不要，转了，我也不会给你买巧克力的。"

我："……"

夏辰璟："说不给你买就不给你买，别想套路我。"

我："……"

011

夏辰璟周末加班回来，我正在沙发上玩手机，他过来弯下腰："老婆，过来给我亲一下。"

我冲着他傻笑："我今天没洗脸。"

夏辰璟惊恐地看着我的脸，许久后说道："你的嘴巴怎么了，天哪！口水吗？真脏，晚上不要跟我睡。"

我撇撇嘴："居然嫌弃我，那你不要跟我睡了。"

夏辰璟："那你睡沙发吧。"

我："不行，你睡沙发。"

夏辰璟："那你从沙发上下来，别占我的位置。"

我："不要。"

夏辰璟："那我们一起睡沙发吧？"

我："……"

012

有一天，我和夏辰璟聊天。

夏辰璟发了一条微信给我："十年前，一个兄弟和我讨论何为幸福。我说，幸福就是吃饱饭、穿暖衣。"

我："嗯……有道理。"

夏辰璟："十年过去了，与我同道者都已经成家立业了。"

我："然后呢？"

夏辰璟："今时再道何为幸福，我会说，欲求家族血脉延续，必经啪啪之过程，这过程就是幸福。"

我忍不住呵呵了："你个色狼！"

夏辰璟："哈哈哈。"

夏辰璟突然又问："你看过《上海滩》吗？"

我："看过，不过很多情节都忘记了。"

夏辰璟："真是很经典的一部电视剧呀。发哥曾说过一段话，如今我也对你说下：小周周，我是一个不太善于表达感情的人，但是今天我想告诉你，我真的很喜欢你，喜欢你的微笑，喜欢你朝我发脾气时候的样子，你知道吗？我好想一辈子就这样子轻轻握着你的手，永远地握下去，直到我们老了，子孙满堂的时候，我还能像现在这样轻轻握着你的手！"

我："我要不要说我很感动？"

夏辰璟又发了一张发哥的图："发哥脖子上的这条围巾很好看，你要不也给我织条围巾吧。"

我："你是入戏太深了吧，我去睡觉了。"

夏辰璟："不许走，要亲亲。"

孕期

全世界都知道我喜欢你

001

因为工作，夏辰璟有时候需要应酬。

不过我跟他从认识到结婚，他喝酒的次数的确屈指可数。

有一天我和他聊起喝酒的问题："你最近看起来有点乖呀。"

夏辰璟："我一直都很乖的，现在应酬我都说在备孕，所以不能喝酒。"

我："嗯嗯，很棒！"

夏辰璟突然神秘一笑："我从认识你开始就戒了，我告诉他们我要备孕。"

我："原来你当时就有这样的想法。"

夏辰璟："最近年底了，找我喝酒的更多了，我都用同样的理由推掉了。"

我："嗯嗯嗯，那倒是的。你快感谢我，给了你这么奵的挡酒理由。"

夏辰璟："他们说我都戒酒快两年了，怎么还没有动静。"

我对夏辰璟怒目而视："你什么意思？"

夏辰璟琢磨过来不对，连忙否认："我没那个意思，就是……嗯，老婆，我们什么时候要孩子呀？"

我："呃……不知道。"

其实我和夏辰璟结婚之后，要孩子的事就提上日程了。但是每每真的准备要孩子，我又觉得生孩子太辛苦，养孩子太麻烦，所以一直都很犹豫。

夏辰璟："正好套套也没了，能不能不用了？"

我："这个才是你真实的目的吧？哼！"

夏辰璟笑得很可爱："我想当爸爸了。"

我："可是前不久，你明明说你无所谓的呀。"

夏辰璟："老婆说了算，都听老婆的。"

我："莫名觉得你很虚伪。"

002

我的经期一向准时，有一次，大姨妈延迟，我误以为自己怀孕了。

夏辰璟知道后，一副欣喜的模样："哇，我要当爹了，你不要乱动，否则会动了胎气的。"

我："不会中的，别紧张，不能让你年纪轻轻就当爹的，哈哈哈。"

夏辰璟："不行，爷老了呢。"

我："一点都不老的，您都还没玩够呢，怎么可以被孩子束缚？"

夏辰璟："不要，早就玩够了。有了娃，我就要学习如何当一个好爹了。"

我："以前你不是这么说的。"

夏辰璟："以前你不想要，我才顺着说的。但是我就是想当爹了。"

003

过了一段时间。

夏辰璟："是不是中奖了？难道我要当爹了？"

我："措施做得那么好，不至于的。"

夏辰璟："那不一定，可能爷的种子好。"

我："……"

夏辰璟："你姨妈本来几号来的？好忐忑，我居然要当爹了。"

我："你每个月都忐忑一次，惊喜一次，再失望一次，累不累呀？"

夏辰璟："这是憧憬，当爹的憧憬。"

我："……"

夏辰璟："老婆，我们是要备孕了吗？明儿我去拿点叶酸给你吃。"

我趁机教育他："又不是我一个人备孕，是两个人备孕。"

夏辰璟："我戒烟戒酒很久啦。"

我："你早上为什么不吃南瓜？我和你说，你最好不要挑食，营养缺失怎么备孕？"

夏辰璟："怀孕时给你我最好的基因，先天注定的。"

我："你给我把身体养好，不要挑食！娃生出来身体也会棒棒的，不会挑食。"

夏辰璟："我喜欢在南瓜里面加圆子，那样才好吃。"

我："你不要跟我废话，吃不吃？"

夏辰璟："吃！"

夏辰璟一边吃一边说："我的娃绝对是棒棒的，要知道爷在家族里是年轻一辈里最好的劳动力了。"

我："你挑食的话就会缺少维生素。"

夏辰璟："我的娃以后可以拳打南山敬老院，脚踢北海幼儿园。"

我无语地撇撇嘴："我根本不想听你废话。牛油果、猕猴桃什么的，你都吃掉吧。为了下一代，你要努力的知不知道？"

夏辰璟还是满脸嫌弃的神色："猕猴桃还能吃吃，牛油果，真心下不了口。"

我："我吃一个，你吃一口。这么贵，你要多吃。"

夏辰璟："所以给老婆吃呀，娃要多多遗传你的聪明基因。"

我反驳："基因是两个人的！"

夏辰璟："我可以给他后天培养社会经验，你可以占三分之二。"

我："不管，反正要提高你的基因。"

夏辰璟："是是是，遵命，老婆大人。你说吃啥就吃啥。"

我："早说不就好了吗？"

有一次我皮肤过敏，去医院，医生给我开了药膏。

我问："医生，我在备孕，这个药膏能用吗？"

医生："这样呀，要不你看看这个月有没有怀，没怀就用，怀了就不用。"

我："好的。"

离下次例假还有七八天，我想着反正也测不准，随便用验孕试纸测了一下，就给丢到垃圾桶里了。但是过了好久，我再次去厕所，居然神奇地发现试纸上多了一条很浅很浅的红线。

我当时以为是自己眼拙了，还特地拍了个照去问闺密小嫦："小嫦，这个牌子的验孕试纸是不是不太准呀？或者是过期了？有可能是我放的时间太久。你也去试试，放个半个小时，看看有没有多一条线。"

小嫦："对不起，我没有准备验孕棒。"

一时之间，我内心复杂，备孕的这个月，夏辰璟正好忙成狗，只回家了一次……还不算是排卵日，这样也能中？还是这个试纸真的不准？还是明天再测一次吧。

在我正纠结着时，夏辰璟回来了。

我冲着夏辰璟神秘地招招手："夏辰璟，过来下，给你试个东西。"

夏辰璟满脸疑惑："什么东西？"

我："你想小便吗？"

夏辰璟满脸问号："什么鬼？"

我："来帮我测个验孕试纸，帮我看看有没有过期。"

夏辰璟一脸茫然："老婆，你傻了吗？"

夏辰璟如此不解风情，我连惊喜都不想给他了。

哼！算了，还是不说了，免得到时候空欢喜一场。

不过从这天起，我每天早上很早就爬起来了，用验孕试纸测试。然后就发现，第二条线越来越明显，颜色越来越深。

明明几天前，我还觉得自己是个孩子，在这几天中，那种奇怪的、犹豫的、期待的情绪将我包围了。

正逢周末，我把验孕棒给夏辰璟看。

没想到，夏辰璟完全不懂："嗯？这是什么意思？"

我满脸鄙夷地望着他："你可能要当爹了。"

夏辰璟一脸惊喜。

我："不过有可能是诈和。"

夏辰璟结结巴巴地问："那怎么办？"

我："去医院！"

夏辰璟带我去医院抽血，HCG显示阳性。

回去时，夏辰璟几乎傻笑了一路，车开到半路的时候他似乎才突然反应过来，不由得哈哈大笑："我要当爹了，哈哈哈，我有小baby（宝贝）了。"

我看着他的模样，忍不住想笑，随即大叫："你怎么车都开不稳了，扶好方向盘！"

夏辰璟："哈哈哈，对对对。"

006

确诊怀孕的前两天，婆婆让我过去一趟，说给我准备了吃的，让我去吃。

下午迟一些的时候，婆婆又给我打电话："你不用过来了，在家里休息吧。要吃什么，让辰璟过来给你带回去。"

我："我本来准备明天……"

婆婆："我知道了，刚才辰璟给我打电话了，让我没事别找你，要让你多休养。"

我："……"

我转头瞪了夏辰璟一眼，没那么娇贵的。

夏辰璟回我一脸憨笑。

007

怀孕早期，我的反应有点大，基本上吃什么东西都没有什么胃口，无论吃多还是饿着都会吐。

夏辰璟被我弄得手足无措，除了不停地给我买各种食物让我选择，也别无他法。

有一天晚上，我突发奇想地说想要吃某家的豆浆和小笼包。

夏辰璟："可以吃吗？"

我："当然可以吃呀。"

然后，就没有下文了。毕竟这是早餐时间点才有的东西，大晚上和他讲了也没用。

第二天早上，我六点钟就醒了，边上却没有了夏辰璟的影子。我以为他去上厕所了，翻了个身又继续睡过去了。

到了七点多的时候，夏辰璟回来了，把我叫醒："老婆，你的豆浆和小笼包。"

我惊讶地看着他："你这么早就起床出去买豆浆啦？"

毕竟某家早餐店离家有四十分钟的路程。

夏辰璟微挑眉头："老婆要吃，老公怎么样也要去给你买来。要是喜欢吃的话，等下我把另外一份放进保温盒，迟点再吃。"

原来夏辰璟给我买了双份的早餐。

我："好的。"

有些东西，我只是随便提一下，并不是特别想吃。比如这个汤汁小笼包明明从前我很喜欢吃，可如今吃着并没有胃口。我勉强吃了几个就吃不下了，可我的心里像是被什么抚慰过，格外温暖。

008

有一天，我又想着要吃牛排。

夏辰璟特地跑到超市里买了两块牛排回来。

等我午睡完，闻到一股香味，我走到厨房才发现夏辰璟正在煎牛排。

他没有开油烟机，整个厨房烟雾缭绕，犹如仙境。

我快步走过去，把油烟机开起来："天哪，你是不是傻？"

夏辰璟哈哈两声："平时下厨少，没办法面面俱到。"

我："哇，我的牛排熟了吗？"

夏辰璟："你等下，我帮你尝下好不好吃。"

我满怀希冀地望着他把牛排捞起来，切块、品尝。

夏辰璟："老婆，算了吧，你还是别吃了……太难吃了。"

然后夏辰璟把那块煎得很老、很硬的牛排解决了。

我："……"

夏辰璟见我愤愤地看着他："还有一块，等老娘回来给你做吧。"

我："好吧……"

我俩厨艺都很烂，谁也不指望谁。

009

我问夏辰璟："你想要男孩还是女孩？"

夏辰璟："都一样，都是我的好宝宝。"

我："如果是男孩子就会继承妈妈百分之百的大脑，如果是女孩子就父母各占一半，所以你想要男孩子还是女孩子？"

夏辰璟："那当然是男孩子了。"

我："我就知道你是重男轻女。"

夏辰璟："你……"

我："要么，你就是承认你脑子不好使。"

夏辰璟很是无奈："你挖个坑给我跳，左右就是我错。"

010

夏辰璟第二天要去邻县学习。

邻县离他单位很近，不过二三十分钟的路程，我理所当然地以为他晚上不回家。毕竟，他要是回家的话，第二天早上要起大早不说，万一碰上堵车，可能要开两个小时。

没想到，我晚上快准备睡的时候，他居然回家了。

我给他开门的时候，不由得问他："你明天不是要去学习吗？"

夏辰璟笑嘻嘻地搂着我："想老婆和我的娃娃了呀。"

我："可是你单位那边直接过去不是很近？"

夏辰璟："明天晚上回不来，后天还不知道能不能回来，趁着有空要多看看老婆。"

011

夏辰璟陪我去医院做产检。

做完B超之后，我拿着B超单去看门诊产科医生。

马上就要轮到我了，我正要给医生递单子，这才发现我先前拿着的B超单子不见了。我慌慌张张地跑出去，看到夏辰璟在外面正玩着手机，我一时有点急躁，上前就对着他哇哇喊："我的单子不见了，刚才还在手里的，不知道掉哪里了，书包里也没有。"

夏辰璟一脸蒙地看着我："你别着急，我去找。"

他将我按在一边的凳子上："没事，我马上回来。"

我又在原地转了下圈，思考着有可能丢在哪里了。这个时候夏辰璟回来了，把B超单子递给我："你看，单子就静静地躺在地上的呀。"

我接过单子："哦……"

夏辰璟："老婆，你要把急躁的性子给改一改哦，这样毛毛躁躁怎么可以的。"

我："哦……"

012

夏辰璟下班回来，说带我出去买水果。

他站在楼下等我，突然他大叫起来："慢点慢点，你个熊孩子，走路频率怎么那么快？"

我愣了一下，听到自己的脚步声才反应过来，我下楼梯的速度是太快了一些。

夏辰璟在楼梯口等我，忍不住说道："你还像个孕妇吗？肚子那么大了，动作幅度还那么大，一点都不注意。"

我："哈哈哈，有时候我都忘记自己是个孕妇了，我朋友都说我是个灵活的胖子。"

夏辰璟："呵呵呵，这都能忘，果然变笨了。"

我："你能不能不要打击我？"

013

怀孕期间，我因为吃了有点辣的酸菜鱼，引发上火，继而咳嗽得厉害。

我试过了好些方子，比如冰糖炖雪梨，或者盐蒸橙子什么的，总是不见好。

因着不好随意吃药，最后夏辰璟陪我去看一个很有名的老中医。

我们排了很长的队，终于轮到给我把脉了。把完脉之后，中医给了我一个药方单子，让我去边上的药房抓药。

当时我也不知道自己在想什么，就随意把单子放到了书包里，然后坐在窗口等。夏辰璟打完电话从外面进来和我一起等，俩人等了大半个小时，都没什么动静。

直至后面一个女孩子把单子递上去，里面在休息的人就开始配药了。

夏辰璟微微皱眉，一脸无语地看着我："你到底给了单子没有？"

我一脸蒙地看着他："什么，单子？还没给吗？"

我把书包打开，慢吞吞地将单子递给了他。

夏辰璟已经彻底无语了："天哪，一孕傻三年……我老婆怎么那么傻。"

014

夏辰璟出去和朋友聚会。

他再三问我要不要和他一起去吃，我再三表示不太方便，不想去。

夏辰璟："聚会的那家店你不是心心念念许久了吗？我特地提议大家去那家店的，你真不打算去？"

我："可是我最近胖了、丑了、长痘了，也不想化妆，不想这样出去。"

夏辰璟："那又没关系，去吧去吧，我们迟点还可以去逛超市。"

我叹了一口气，给他一个理由："他们……不值得我洗头。"

夏辰璟鄙视我，他摸着我的肚子："小宝贝呀，你妈怎么懒成这样子了，简直没救了。"

我："哼，你怎么这样子了，鄙视我傻，还鄙视我懒，你欺负孕妇吗？"

夏辰璟亲亲我："我才舍不得欺负我老婆呢，那你乖乖待在家里，有事给我打电话。"

我："嗯。"

迟一些，我给夏辰璟发微信："给我带点豌豆黄回来当夜宵。"

夏辰璟："知道了。"

再迟一些，我继续给夏辰璟发微信："我饿呀，超级饿呀。"

夏辰璟："让你来你不来，就知道欺负我，我已经跑去买了。"

我："哇！居然要回来了？慢慢开。"

夏辰璟："不敢慢慢开，家里那位催得急。"

我："……"

015

夏辰璟周末值班，我妈和婆婆正好又有事出门了。夏辰璟想着我一个人在家可能会没东西吃，于是一大早起床把我也给带去单位了。

这算不上是我第一次去他单位，但是路上，我还是一直在念叨着："哇，你的单位真的离家好远好远呀。"

夏辰璟："废话。"

我："怪不得你以前说自己一年都很少回家几次。"

夏辰璟："现在有老婆了，每次想着老婆在家等我，就觉得路也不是那么远了。"

我看着他目视前方的侧脸，想着他为了我经常这样来来回回，真的挺辛苦的。

快到单位的时候，夏辰璟朝着一条小路拐进去。他对我说道："如果下次你来，就从这条路进去，这里快一点。"

我茫然地哦了一声："可是前面的路我已经忘记了。"

夏辰璟无奈地叹了口气："算了，我也没指望你来。你来了，我还要担心你会不会迷路，还要一路上让你给我发定位，告诉你怎么走。"

我无语地冲他翻了个白眼："看不起我。"

夏辰璟："你就是一个路痴。"

到了夏辰璟的单位，他带我去他的办公室，开了暖气，泡上茶，从书包里拿出水果、零食，还有平板电脑。他将我引到沙发边："你就躺着玩儿，这个枕头给你……毯子也要盖起来。"

我："哦。"

夏辰璟："老公要去忙工作了，你饿了要和老公说的。"

我点点头，默默地想，在家里看着他不怎么样，在这里还挺周到的。

夏辰璟："你先待一会儿，我出去拿个蛋糕。"

我："哦。"

没过一会儿，他拿了个蛋糕回来："我同事做的，吃不吃？"

我一直都知道夏辰璟有个同事是个甜品高手，当初夏辰璟给我做的唯一的蛋糕就是跟他学的。

蛋糕味道不错，造型也别致。这是个草莓蛋糕，用料很足，最上面用草莓和奶油做了好几个圣诞老人的造型，每一口咬下去都是浓浓的草莓味。

我一边吃一边问夏辰璟："你同事怎么想着今天做蛋糕来着？"

夏辰璟："他昨天说自己要做蛋糕，我说我老婆今天要来，让他多做个给我老婆吃。"

我忍不住乐了："你怎么可以这样子？"

夏辰璟看了我一眼："你现在也没少吃呀。"

我嘿嘿嘿……

陆陆续续地，夏辰璟有几个年长的同事进来，看到窝在沙发上的我："女朋友？"

夏辰璟含笑："老婆。"

他们聊了会儿工作上的事，走的时候，一个同事问道："中午带你老婆去哪里吃呀？"

夏辰璟："带老婆去食堂里蹭饭。"

他们笑道："你老婆好不容易来一次，好歹也带她去这里有名的农家乐吃吧。"

夏辰璟摆手道："没事，食堂里的饭卫生干净。"

他们走了之后，夏辰璟冲我说道："也让你体验下你老公平时的生活。"

我点点头："嗯，好呀。"

中饭是在食堂吃的，吃完之后我忍不住冲他说道："你们的伙食太好了吧，比我们好多了。就是……这个食堂有点远，每天这么来回有点麻烦。"

夏辰璟忍不住笑道："你以为？总部的伙食当然好了，我们分部那边也不好吃，今天老婆来了嘛，当然要带你吃好吃的。"

我忍不住憨笑："这样呀。"

夏辰璟拍拍我的脑袋："吃好了吗？好了我们回办公室了。"

吃了中饭之后，夏辰璟要出去干活儿了。等他回来，他和我说："晚上带你去吃农家乐。"

我："真的假的？"

夏辰璟："你好不容易来一趟，怎么着也要带你去吃这里的特色美味呀。"

我开心地点头。

我先前睡了一会儿，现在不想睡了，霸占了夏辰璟的电脑。

我玩了会儿电脑，发现夏辰璟登录在电脑上的微信正在右下方不停地闪烁着，我忍不住点开看了一下，就见他同事群里有很多信息。

A："夏辰璟，你人呢，今天怎么都没见到你？"

夏辰璟："我老婆来了，她陪我一起值班。"

B："啧啧。"

夏辰璟："老婆重要。"

A："晚上要不要一起吃饭？"

夏辰璟："我和我老婆一起吃。"

大家："……"

最后大家讨论出结果，一起去吃农家乐，因为夏辰璟带着老婆来了。

我看了一眼在沙发上睡熟的夏辰璟，忍不住捂嘴笑。

这个时候。

C："那个阿风，你的蛋糕呢？你早上不是说做了蛋糕请我们吃的吗？"

A："夏辰璟说他老婆来了，早上过来把一整个都端走了。另外半个也不好意思请你们吃了。"

我忍不住哈哈笑了起来，这种被宠着的感觉真的很好。

冬天到了，天气越来越冷，我也越来越懒了。

之前我还和小伙伴一起逛逛街，不过各自有了家庭之后，就很少约在一起了。临近年关，夏辰璟工作忙，周末也常常在加班，没人陪我逛，我更愿意窝在家里。

这样的后果就是，我穿着的鞋子还是秋天买的单鞋。

天气骤冷，上班期间我只觉得脚冷，不过即便如此，我仍旧懒得去买鞋。

我想起夏辰璟的一个堂妹做微商，便给正加班的他发短信："我要鞋子，矮跟的，绒的，你妹那里有没有？"

夏辰璟："平底靴？哪种的，你从网上找个款式给我。"

我："我不知道什么款呀。"

夏辰璟："我都不知道你要哪种样子。"

夏辰璟去网上搜索了几个鞋子给我，我回他："好丑，不好看。"

夏辰璟："我是说款式，又不是买这种。"

最后我回他："那随便吧，反正穿着暖和就好了呀。"

第二天是周末，夏辰璟晚上加班回来给我拿了两双雪地靴："我顺路去鞋厂买的，邮寄过来都不知道要什么时候了。"

我："两双？"

夏辰璟："不一样的颜色，你喜欢穿哪双就穿哪双。"

我开始试鞋子。

夏辰璟："好看吗？"

我："好看。"

夏辰璟："暖和吗？"

我："暖和!"

夏辰璟："那我们去吃饭吧。"

我："我要直接穿着走。"

夏辰璟："好。"

我走下去，使劲踩了下："又软又暖和，嘻嘻。"

018

我和夏辰璟讨论给孩子取名。

夏辰璟几乎是不假思索地说道："如果是女孩子就叫'夏雨荷'，男孩子就叫'夏洛克'。"

我一脸震惊地看着他："你疯了吗？你怎么想的？"

夏辰璟："我觉得挺好的呀，我挺喜欢的，'夏洛克'，多大气呀。"

我："'夏洛克'就算了，'夏雨荷'是什么鬼！不要不要！"

夏辰璟："至少大众呀。那就叫'夏天'？'夏雨'？"

我："我不想说话了！"

夏辰璟："等孩子出生了再说呗，到时候在网上再看看嘛。"

我："……"

夏辰璟："要不先取个小名？小名叫'团团'行不？团团圆圆。"

我："那不如叫'圆滚滚'呢，'滚滚'也行。"

夏辰璟："那不行！"

我："这和我听到'夏雨荷'时的感受是一样一样的。"

019

夏辰璟加班的某天邀请我进行微信视频。

我给拒绝了。

夏辰璟："为什么呢？"

我："我妈在边上。"

我家客厅的信号最好，不过我妈在边上看电视，我有点不好意思接视频。

夏辰璟："好吧，那我等会儿，等她看完电视。"

我："她会一直在。"

夏辰璟："哼，你就是不想给我看，不爽了！"

我："嘻嘻。"

夏辰璟："对面的女孩看过来，看过来，看过来……"

我："看不见、看不见。"

夏辰璟："寂寞男孩的悲哀，哭。"

我们在相互发了无数个表情之后，夏辰璟再次和我哭诉："我要我的娘子啦，娘子娘子你在哪里？"

我："你娘子有娃了，不要你了，哈哈哈。"

夏辰璟："不要，你怎么可以这样子？这样你老公会伤心、难过的。"

我："哈哈哈。"

夏辰璟："我不管不管，反正你们俩都是我的，都姓夏。老婆，快点接视频呀，我一直在等。"

我："来来来。"

夏辰璟："我老婆真漂亮哈哈哈。就是视频里，你的脸怎么塞不下了，之前还塞得下的。"

我瞪着视频里的他："你什么意思！"

夏辰璟："哈哈哈哈。"

020

我怀孕之后，夏辰璟就不怎么让我出去吃饭了。

但是有一段时间我的胃口特别差，每天就想着能吃饱就好。

有一天。

夏辰璟："老婆，下班了吗？"

我下班得早，正和同事吃火锅，给夏辰璟发了一张照片。

夏辰璟："又吃？和谁？不要乱吃呀，就不能忍一忍吗？"

我："和同事。"

夏辰璟："老公每周都带你出去吃一次了，你还天天乱吃，回家就打你屁屁。"

我："那我不吃了。"

说话的时候，我没少吃。

夏辰璟："这次就算了，少吃点。把东西煮熟点，别吃生的。"

我："嗯！"

过了一会儿，夏辰璟："小屁孩，回家了吗？吃饱了吗？"

我在回家的路上没看到。

又过了一会儿，夏辰璟给我打来电话："老婆，你回家了吗？"

我："回家了。"

夏辰璟松了一口气："乖，我也快回家了。"

021

我怀孕期间，夏辰璟特别留心我的吃食。他专门下了个软件，每次我要吃什么，他都要查一下，这个能吃还是不能吃。

荔枝上市了，他去买水果的时候，顺便买了几个荔枝回家。

我看到荔枝才发现我好久没吃过了，我刚想吃一个，夏辰璟就已经打开软件查完了，告诉我："孕妇不适宜吃荔枝。"

我："哎呀，不是不能吃，只是说糖分太高不能多吃，我血糖又不高，吃一个没事。"

夏辰璟坚持："不行就是不行。"

我："你买都买了，我就吃一个吧。荔枝富含叶酸，可以少吃，我等下多喝水就好了呀。"

夏辰璟最后被我磨得没有了脾气："小馋猪，给你舔一口，尝尝味道吧。"

我搬了凳子坐到他前面："给我吃半颗总可以了吧？"

夏辰璟把荔枝皮剥开，露出一半晶莹剔透的果肉，递到我面前："来，给你舔一口。"

我张嘴咬着果肉，想把一整颗都吃下去。

夏辰璟瞪了我一眼："你不听话的话，以后老公什么吃的都不给你买了。"

在他充满威胁的眼神下，我只能乖乖地咬下一半。甜味弥漫了我整个口腔："好吃……"

夏辰璟吃掉了剩下的半颗荔枝，不顾我眼巴巴的眼神："你可以走了，剩下的都是我的了。今天失策，以后我不会随便买了。"

我："……"

022

夏辰璟陪我去医院做产检，产科医生听完胎心，我鞋子扣子也没扣就拖着出来了。

夏辰璟跟在我边上走了几步，听着扣子敲击地面的声音，不由得停住了脚步："老婆，你鞋子没穿好吧？"

我刚想把鞋子穿好，夏辰璟已经先我一步蹲下来了："你别随随便便弯腰，我来帮你扣上。"

我低头看着他，忍不住笑："可是我之前一直都是自己穿鞋子的呀，我觉得我还挺灵活的。"

夏辰璟："之前和现在能比吗？"

我只好说道："好吧……"

夏辰璟扣了很久都没有把扣子扣上："这个扣子怎么那么复杂，怎么扣的？"

我看着他黑黝黝的脑袋，笑嘻嘻地说道："你个笨蛋，扣个扣子都不会，是这样的……"

我的腰才弯下一半，夏辰璟忙喝住："你不许动。"

我又直起身来："好吧好吧。"

夏辰璟："鞋子是不是太小了？扣子好难扣上。"

我："是呀，脚有点肿了。"

夏辰璟："怪不得。你等等，我把扣子重新调整一下，穿着舒服点，等下我们去买双大一号的鞋子。"

我："好。"

在人来人往的环境中，夏辰璟丝毫不惧周围人的眼光。他蹲在地上，将我两只鞋子的扣子重新调整好，然后给我扣上。

夏辰璟满意地点点头："现在舒服了吧？"

我用力点头："嗯。"

他站起来的时候，我忍不住主动握住他的手。

嫌弃

全世界都知道我喜欢你

我和夏辰璟刚认识的时候，彼此都向对方展现了自己最完美的一面。

随着时间的推移，我们卸下了伪装，渐渐暴露了自己的缺点，露出了最真实的自己，开始相互嫌弃对方来了。

001

最近表妹要学车，我不由得想起当年带我们的教练，他是个非常温和的中年人。

大学室友小方最先去学的车，学完之后就推荐了这个教练给我们，她说这个教练从头到尾没骂过她一句，对比别的脏话连篇的教练，这个教练的素质实在是太好了。于是，我和小嫦就一起跟这个教练开始学车了。

见面之后，我发现这个教练果然如小方所说，很温和。

但是！就是这样一个温和的人，也被我气得跳脚了，下面记录几件小事。

其一，理论考后，教练教我们倒车入库。

教练教我们掌握了基本技巧之后，他表示有点事要出去一会儿。

我练了几把之后，感觉都不是很好，再加上太阳太猛，也有点烦躁起来。当时的我不知道哪根筋不对，对边上的小嫦说道："为什么要倒车，直接把车头插进去不好吗？"

小嫦也不是很懂，但她觉得我的提议是错的。她微皱着眉头："你别瞎弄！"

不行，我就想试试。

我不顾小嫦的反对，把车掉转了个头，把车头直接开进去，然后发现这样停车比倒车入库的感觉更不好，大半个车身都在外边。于是我又想把车头掉回来，但是又不怎么会掉头，然后就把车开出来老远再退回来，教练回来时正好看到这一幕，整个人都惊呆了！

可想而知，我被训了老半天。

其二，教练没事的时候都会拉着我们几个出来"兜兜风"，练车技。

我理论考时，就前一天晚上才看，考完之后就全忘了。然后，开车时教练会让我把车子往中间开一点，别压线，我就问："为什么不能压线？只有实线不可以压吗？虚线呢？为什么呢……"

教练懒得理我："你能不能看在我今天感冒的分儿上，可怜可怜我，不要问我这么白痴的问题？"

边上的小嫱捅捅我："别问了，教练不打你就不错了。"

其三，有一次教练带着我们几个学员去接他老婆回家，他老婆大着肚子，是要临产的那种。

回来的时候由我开车，在一个圆盘处我的速度也没怎么减，教练气疯了："转弯的时候你不减速，会翻车的！"

然后我忙踩了刹车。

我心里想着，后面有孕妇，我应该开得平稳点，慢一点。在绕出圆盘后，我开了一段路，眼看着前面有个红灯，我非常、非常平稳、缓慢地停下来了。全车的人都沉默了……

因为，我停在了一个没有红灯的十字路口。

我意识过来后，马上重新启动车子。教练恨铁不成钢："你究竟是怎么想的？"

我还给自己找了个很好的借口："我条件反射，看到红灯就想停。"

教练气得第一次骂我："周慕，你是不是猪呀！"

他估计觉得自己骂得太狠了，又补了一句："你也太可爱了吧！"

其四，考科目一和科目二之前，虽然每次我都被教练骂得最惨，但是过的时候很轻松，压根没啥毛病。考科目三的前一天，我突然问小嫱："在路上我们开多少迈合适？"

这就是一个将理论忘光的人问的白痴问题。

小嫦："这个不好说的吧，看路况，反正差不多五十迈吧。"

然后，我就记住了"五十迈"这个词。

第二天早上路考，我拉手刹、挂挡，然后就一门心思想着开到五十迈，却忘了这是在闹市区。一辆摩托车从我面前飘过，我直接被考官叫停了，然后我就哭得惨兮兮地回去了。

其五，我在大学里有个毛病，就是睡觉一定要关机。因为我常常码字到很晚，有点声音就睡不好。

没想到周六一大早，教练就找我去练车。

小嫦过了路考，挂了的我只能一个人去练了。但是这一天我关机，所以教练找不到我，就只能给小嫦打电话。没想到小嫦也关机，最后，教练打电话给他的前一任学员小方和新学员小丽。

他辗转打了三个电话，我才被他通知到，我吓得瞌睡都没有了。

我忙告诉他，我五分钟后就到。

但事实上，我马上跑到校门口也要十分钟以上。再加上我要刷牙，洗脸，顺便去楼下小卖部买早餐……

不过即便如此，从教练打电话起，到他等到我，共用了二十多分钟，他也没有骂我。

好在，第二次路考顺利通过。

后来我、小嫦、小丽、小方一起请教练吃了一次饭。当时他的儿子出生三个月，他的心情很不错，不再担任我们教练的他对我们很关心，也嘱咐了我们很多。

其六，拿到驾照后的两年我才正式上路，不过这个时候的我已经把科目一和科目二的内容忘光了。

于是在某次去地下车库停车的时候，在前进倒退之间，直接把车子和边上的墙卡在一起了，最后还是委托了工作人员替我开出来的。

还有一次，有一条路正在维修，我错估那个"圆饼"的位置，直接碾了过去，导致左边两个轮胎被锋利的边儿切了，全部爆胎了。

我和夏辰璟提起学车的趣事时，夏辰璟却莫名其妙地在那里笑。

我还以为是我跟他说的很好玩，也跟着他笑，没想到他来了一句："老婆，你是不是傻？"

我："嗯？"

夏辰璟："你是不是已经忘记了，你和我讲第三次了，哈哈哈。"

我："啊，是吗？"

夏辰璟："一孕傻三年呀。"

002

节假日，正好轮到我值班。

到了午饭的时间，我不愿意出去，就点了附近的外卖。

我点了一条微辣的烤鱼，可没想到送过来之后居然那么辣。不过本着点了就不浪费的原则，我还是吃了一些。

我吃完烤鱼之后就开始上火，喉咙肿痛、咳嗽。

第二天夏辰璟下班回家，看到我在咳嗽，还在冒鼻涕泡，不由得担心地问："怎么好端端的就感冒了？是不是昨天那个鱼？"

我："嗯嗯，就是那个鱼。"

夏辰璟蹲在我面前："昨天晚上你就说喉咙痒，现在怎么越来越严重了？开水喝了吗？不如我们去医院吧。"

我："水一直在喝，医院就不去啦。反正药也不能吃。"

夏辰璟叹了一口气，又给我烧了一壶水端过来："你说你一个孕妇，天天想着吃这个吃那个，现在好了吧，看你以后还会不会乱吃。"

我："都怪你，都怪你不拦着我。"

夏辰璟："是呀是呀，都怪我，怪我太宠你、太纵你了，纵得你老弄点状况让我担心。"

我："以后不会了。"

夏辰璟："我去给你泡点燕窝，上次咳嗽那么久，吃燕窝好像也有

257

点效果。"

我："嗯嗯嗯。"

夏辰璟："我记得你上次咳嗽好像也是和同事去吃酸菜鱼吃的吧？天哪，你这只猪还让不让人省心了。"

我："旧账就不要翻了吧？"

夏辰璟："你前天竟然还跟我说要吃泡面？嗯？家里那包泡面呢，怎么不见了？你要气死我吗？"

我见他有发火的趋势，忙低头抱着自己圆圆的肚子，小声说道："不是我想吃，是你娃要吃。"

夏辰璟一下子被我气乐了，过来戳我的脑袋："你就给我找借口，天天那么多借口！"

003

春天正是赏化的季节。

夏辰璟带我去樱花园赏樱花，说顺便给我拍孕照当作留念。

我想着虽然我胖了、圆润了，但是在这漫花丛中，配上母性的光辉，这照片还是很有纪念价值的。

但——

当夏辰璟兴致勃勃地把照片传到我手机上的时候，我整个人都愣住了。

我忍不住冲他吼："为什么那么丑！为什么！"

夏辰璟看了一眼，一脸无辜地说道："不会呀，我老婆就长这样呀。"

我："我好想骂人！我随便自拍一张都不是这种效果。"

夏辰璟："没事，老公不嫌弃。孕妇嘛，都是会变丑的。"

我："不是你嫌弃我，是我嫌弃你！嫌弃你那渣到家的拍照技术！"

我顺手把照片发给小嫦看。

小嫦："哇！才多久没见，你胖得连眼睛都小了，人也黑了，憔悴了，硬生生老了好几岁。哇，怀孕居然会让人变成这副样子？"

我："呃……"

小嫦："你是不是看你男人看多了，你和他变得越来越像了。"

我："你什么意思？"

小嫦："反正我看到你的照片，就一个想法，这是一张男人脸。哈哈，你完蛋了，现在的你就是一个中年大妈。"

我忍不住冲着夏辰璟抱怨，夏辰璟哈哈笑："说我们有夫妻相还不好？哈哈哈。"

我："生无可恋，我连说话的欲望也没有了。"

夏辰璟："别这样嘛，老婆，我开个美颜相机给你修一下。"

我："你是不是在逗我？我刚才发给小嫦那张已经是最好看的了，剩下的这些，要么是歪嘴的，要么是眯眼的，要么就是看不清的，怎么修？"

夏辰璟："哈哈哈哈，要不再拍几张？"

我："不拍了，都不拍了！反正我也不上镜，再拍下去我会自我怀疑的。"

本来我都打算去拍孕妇照的，有了夏辰璟的打击之后，我连拍孕妇照的念头也没有了。

周末的时候，小嫦约了我见面，送了我一箱苹果。

她见到我的时候，一脸好奇："哎？慕慕，我发现你怀孕前和怀孕后基本上没有什么变化嘛，还是原来的样子。"

我："我也觉得。"

小嫦："跟照片上完全是两个人，除了肚子大了些，肤色呀、脸型呀都没怎么变。为什么你老公给你拍的照片是那个样子的？"

我撇撇嘴："在阳光充足的情况下都能把我拍得黯淡无光，还有其他更坑的照片，你看。"

小嫦看完之后，完全笑喷了："哈哈哈哈，这些拍的都是什么？"

我摊手："没办法，不指望他了。"

004

夏辰璟对我挺大方，基本上只要我开口说要，他都会满足。

但他对自己还是很节俭的。

之前苹果X手机还没上市的时候，他给我买了个苹果8。

过了一段时间，他那只用了好几年的苹果6不太好使了，正逢他升职，我就让他买个苹果X庆祝一下。

夏辰璟笑嘻嘻地问我："老婆，是不是你想要苹果X？"

我本来没这个想法，听他这样讲，我就点点头："到时候我的8给你用，新买的苹果X给我？"

夏辰璟："好。"

只是我等呀等，等了好几天，夏辰璟还是没有要买的意思。

我不由得好奇："怎么还不买？"

夏辰璟："我要等我的苹果6彻底坏了再买。"

我："……"

然后他的苹果6好像突然又回光返照了，于是我的苹果X有点遥遥无期了。

我："哇，好抠的老公哇。"

夏辰璟："喊，你老公只对自己抠好吗，对你什么时候抠过？"

我："哦，那是没有的。"

005

电商做活动的时候，我一晚上都在买。

夏辰璟见我一直玩手机，便凑过来："老婆，你在干什么？"

我："在网上买内裤，给你选了两条。你要不要看看？"

夏辰璟："多少钱，太贵了我舍不得。"

我："有活动。"

夏辰璟："超市里四十块三条促销，还是全棉的。"

我嗯了一声，说来惭愧，我并不是一个细心的人，我和夏辰璟在一起很久，除了陪他买过三四回衣服，从来没有给他买过内裤、袜子等小件，都是他缺了后自己去超市买的。所以，对于具体多少钱一条内裤，什么款式更好穿，他穿什么号我都是没有什么概念的。

我："一条。"

夏辰璟："四十块一条? 那很贵，我还是不要了。"

我拿图片给他看："挺好看的。"

夏辰璟敲了一下我的脑袋："太贵了好吗，别败家，钱难赚呀。"

我叹了口气："本来你要了我就可以满减减三十的，你不要我都凑不起来了。"

夏辰璟："那你买吧，减了三十就是十块一条了。"

我："你走开。"

过了一会儿，我："我买好啦! "

夏辰璟："嗯嗯。"

我："给你选的好像也不怎么好看，好看的更贵。没事没事，反正不穿在我身上，我不在乎。"

夏辰璟："我也不在乎，反正也不花我的钱。"

我："其实我的钱也是你的钱呀。"

夏辰璟："不是，我只有我的私房钱，其他的都是你的，你败也是败你自个儿的。"

我："呃……突然想退货了怎么办? "

006

我和夏辰璟在婚前就约定好，俩人一起做家务。比如，我可以洗碗，但他必须倒垃圾。我可以洗衣服，但他必须去晒衣服。

周末还好，大家都有空，即便多做点活儿也觉得无所谓。

但第二天如果要上班的话，所有的家务都要在睡觉前做完，时间就会很紧张。

我每次洗完澡就直接在厕所里把衣服洗完，剩下的就不管了，让夏辰璟去阳台上挂起来。

可有时候夏辰璟先洗完澡，他早就躺在暖暖的被窝里了，特别是冬天，根本就不乐意再从被窝里爬出来。

不过这个时候，我还是不会放过他。

有一次，夏辰璟躺在被窝里不起来："老婆，我都脱光了，你就不能可怜可怜我吗？外面太冷啦。"

我："不要不要，我洗完衣服了就要你出去晒。"

夏辰璟："今天只有内衣裤，晒衣服很快的呀。"

我："就是不要，这是你的活儿呀。"

夏辰璟被我磨得没办法了，飞快地从被窝里出来，然后跑出去把衣服在阳台上挂好，然后又飞快地跑进来。

回来之后，他故意用冰冷的身体冰我，然后恨恨地说道："你这个坏老婆，这么点事都要跟我平摊。"

我："嘻嘻。"

夏辰璟："你来例假，衣服还不是我洗的？还有上次你感冒，衣服不也是我洗的？平时你让我干什么，我有推脱过一次吗？"

我："哎呀，我忘记啦。"

夏辰璟戳了戳我的脑袋："你就只记住了我的坏，好的都记不住！"

我："真小气，哼！要不下次你洗衣服，我晒衣服好了？"

夏辰璟："什么？风太大了，我听不见。"

我："鄙视你。"

007

有一段时间，我的口头禅是：我生气了！我真的生气了，我真的真的生气了。

其实也不是真的生气，论起来都是些小事，比如在临睡前夏辰璟说要再看几页小说，又或者早上我们俩窝在床上不起床，互相让对方先起床什么的。

某个晚上，又是因为同样的小事，我佯装生气，把自己的脑袋闷在枕头上。

夏辰璟凑过来亲我的脸，一边亲一边询问："嘴巴呢嘴巴呢，我怎么找不到嘴巴啦？"

我："哼！"

夏辰璟伸过手来戳戳我的脸，把我的脸摆正，然后在黑夜中找准了我的唇。

我被他亲得快喘不过气来了，于是推开了他："让我喘口气先，憋坏了。"

夏辰璟："笨蛋，用鼻子呼吸呀。"

我："不是，刚才把脸埋在枕头上了，憋死我了。"

夏辰璟："哈哈哈哈……老婆好傻。"

我也乐了，一边深呼吸了两口气，一边觉得自己好傻。

008

有一段时间，夏辰璟在玩某个手游。

到了约定睡觉的点了，夏辰璟居然还没有停止的意思，于是我发脾气了。把自己手里拿着玩的东西重重地丢在桌子上，故意发出很重的声音。

夏辰璟："老婆你干什么，发脾气呢？"

我也不说话，站起来就走，地上有一小袋刚买的丑柑，我用力一脚给踢到了一边。

我上床睡了几分钟，夏辰璟就来了。

我生气地把被子盖在头上。

他跪在床上，弯下腰把被子掀开："有一只小猪猪在发脾气，还拿东西泄愤哦。"

我："哼！才没有。"

夏辰璟："白天还嚷嚷着要吃丑柑，给你买了，你居然给踢烂了，我只能勉为其难地给吃掉了。"

我顿时就怒了："你居然都吃掉了？"

夏辰璟："是呀。"

我："我的丑柑，我还一个都没吃呢！"

夏辰璟："没了，被你的脾气殃及了，都没了。"

我别过头去："我讨厌你，惹我生气，还吃了我的丑柑。"

夏辰璟大笑起来。

第二天早上，我刚吃完早饭，夏辰璟拿了一个丑柑放到我面前晃："老婆，你自己看，丑柑是不是被你踹得有点烂了。"

我一脸欣喜："还好啦，还能吃，你居然没吃完？"

夏辰璟接过丑柑剥干净给我："我要是吃完了，你不是又要发脾气？"

我："我是这种人吗？"

夏辰璟："喊，你是什么样的人，我难道还不知道吗？"

009

我从小到大都有个习惯，别人吃过的东西或者是喝过的水我不会再去碰。

所以遇见夏辰璟之后，即便我们之间的关系已经很亲密了，这个习惯我还是一直保留着。

有一天，夏辰璟吃到一个很好吃的面包，他说："老婆，这个面包好好吃，你要不要吃一口？"

我嫌弃地看了一眼，然后小心翼翼地在他没咬过的地方咬了一口。

夏辰璟："你吃剩下的我从来不嫌弃，我吃剩下的你就这么嫌弃？"

我倒的开水正好就在边上，已经凉了，他伸手端过去喝了一口，然后才后知后觉地说道："这杯水你也不要了吧？"

我不好意思地回应："嗯……"

夏辰璟："算了，这杯就给我喝了，我重新给你倒一杯。"

我小声说："你不是处女座，有洁癖的吗？以后你不可以吃别人吃过的，知道吗？"

夏辰璟白了我一眼："你想多了吧？我也从不吃别人吃过的，除了吃老婆剩下来的东西。"

我："嗯……"

不过从此之后，夏辰璟再也没有勉强我吃他吃过的东西，基本上有什么东西只有一份的，他都先递给我："老婆先吃，吃不下了就给老公。"

010

有一次，我嫌弃夏辰璟对我太凶。

夏辰璟："我凶？你看我多乖，你在那里码字，我在边上睡大觉，专门陪着你。这样的好男人打着灯笼也难找。可是你居然大半夜了还不睡觉，你说我要不要凶你一下。"

我："呃……可是你凶的时候好可怕。"

夏辰璟："那是因为你犯错了，不凶一点，哪里镇得住你？你这么秀逗，有时候还经常犯傻。爷吃过的盐比你吃过的饭还多，所以爷批评你都是为了你好，你要是听话的话，爷会凶你吗？"

我："找借口。我鄙视你。"

夏辰璟："我凶你时都是被你惹得实在太生气了，一般都是疼都来不及，而且凶完，不是还逗你了吗？可是你不听话，每次凶你时你还顶嘴，这不是火上浇油吗？傻瓜。"

我："我是个脆弱的人……"

夏辰璟："忠言逆耳，你要体谅我的良苦用心呀。别人会凶你吗，别人只会奉承你，只有老公才会真的爱护你。哪次凶你，我不是很心疼的呀？每次凶完，我都搂着你安慰你的。"

我："你生气的时候会不会揍我呀？"

夏辰璟："我揍过你吗？凶归凶，动手当然是不会的，家暴的男人还是男人吗？"

我："唉，其实我是嫌弃你来着，没想到最后被你几句话给收买了。"

夏辰璟："你个瓜娃子，我一共也就凶了你那么一两次，还那么记仇。"

我："哼！"

011

我非常讨厌吸烟、喝酒的人。

许是因为我爸不吸烟，也不怎么喝酒，所以我找对象的时候，对这点特别看重。总觉得找对象的第一条，就是不吸烟、不喝酒。

和夏辰璟认识之后，他在我面前表现得太好，导致我忽略了这个细节，或者说当时有点为情所迷。

毕竟偶尔要参加应酬的夏辰璟，不吸烟、不喝酒完全不可能。

不过，他和我在一起之后，我几乎没有说过劝诫的话，他已经主动戒烟、戒酒了。他每次来见我的时候，都把自己收拾得干干净净的，身上没有半点味道。

刚开始不熟，我也不好意思说。时间久了，挨得近了，我对他怒目而视："你每次回来身上都有香皂的味道，刚洗完澡吧？什么意思，吸烟了是不是？"

夏辰璟："冤枉呀，我那个办公室每天进进出出的人那么多，还有很多人在我办公室里吸烟，我身上每天都被熏得全是烟味，我总不能回来熏着我老婆吧？"

我："呵呵，你少来，我不信。"

夏辰璟："在这个圈子里混，有时候也很为难的，我如果说一口酒也没有喝那绝对是骗你的。不过这段时间我有没有喝酒你是知道的，我每天都乖乖回家了，去哪里喝酒呢？还有，说到吸烟，我没有烟瘾，周末、节假日和你一待就是两三天，你什么时候看到我吸烟了？"

我："呵呵，那倒是。"

夏辰璟："我就觉得吧，酒那么难喝，烟味那么难闻，要不是没办法躲不开，谁要呀？"

我默默不语，把他的手拉过来，掰开食指和中指对着阳光仔细查看："行吧，这段时间没有吸。"

夏辰璟："……"

我："以前你绝对吸烟了，这里都熏黄了。那次我妈做饼，你帮忙揉面，我就观察着你的手，心里对你一万个鄙视。"

夏辰璟："老婆，你好聪明。"

我："喊，看在你最近很乖的分儿上，我就不跟你翻旧账了！"

夏辰璟抱着我蹭来蹭去："以前没老婆管，以后都听老婆的。"

012

刚开始，我还不相信夏辰璟，时间久了，才更了解他。

夏辰璟的堂兄新房搬迁，请客吃饭。

桌上，夏辰璟的叔、伯让夏辰璟也一同喝上几杯。

我不由得在心里叹了一口气，不过毕竟都是亲戚，我也不好开口说什么。

夏辰璟用手捂住自己面前的杯子："等一下还要开车，我喝饮料就好。"

其中一个伯伯劝道："喝点，随便喝点，车让你老婆开不就好了？"

夏辰璟摆摆手："叔，你们就别逼我喝酒了，平时要应酬推不开，没办法就喝点。大家都是熟人，你们就别逼我喝那么难喝的东西了……饮料多好喝呀。"

叔叔、伯伯："……"

我莫名地释然了。

013

过年时，我和夏辰璟都在婆婆家过年。

家里来了好几个亲戚，大家久未见面，谈性很浓。

聊天聊到一半，夏辰璟的表兄许是烟瘾犯了，站起来给大家递烟。

递到夏辰璟手里时，夏辰璟把烟推回去："你没看到我老婆怀孕了吗？不许吸烟。"

夏辰璟的表兄："……"

夏辰璟："你出去吸了再回来。"

夏辰璟的表兄："……"

夏辰璟："不行，你吸完了回来，身上也有烟味，你别去了，再聊会儿你就可以走了。"

夏辰璟的表兄："……"

我轻轻扯扯夏辰璟，示意他要懂礼貌。

夏辰璟："都是自己人，该说的还是要说的。"

夏辰璟的表兄很无奈，默默地把烟收了。

014

我家附近举办了一个音乐节，因为机缘巧合我手里有两张票。

我有点开心地对夏辰璟说道："明天我要去音乐节，因为我喜欢的一个歌手会参加。"

夏辰璟："不准去。"

我："为什么？"

夏辰璟："你也不看看你肚子里还揣着个娃，音乐节那种场合是你能去的？即便我明晚有空都不会带你去，更何况我加班。"

我低头看了看自己的肚子，还不是特别大嘛："我同事都去的，她们带我去，我会小心点的。"

夏辰璟见并没有打消我的念头，不由得皱起眉头："反正我不管，你要是去了，我们就断绝关系。"

我："那边有音乐会，还有美食节。"

夏辰璟："老公对你好不好？"

我不假思索："好呀。"

夏辰璟："每周带你出去吃一两次，还不够？"

我："呃……"

夏辰璟："你要吃的那些东西，哪里没有卖的？你一个孕妇往那些地方跑，人挤人，挤着了怎么办？"

我："嗯。"

夏辰璟："你听话一些，不是不让你去，是现在不能去。而且露天音乐会没有凳子，你到时候站累了连个休息的地方都没有。"

我："好吧……"

过了一会儿，我把音乐节的票转让了。

我和他讲："我不去了。"

夏辰璟："为了奖励你，我明天带你出去吃饭。"

我："这么好，怕是为了看着我吧！"

夏辰璟满脸认真地点点头："人家是看着孩子，我是看着老婆。这么大的人了，还让我不省心，好苦恼。"

我："哼。"

下午的时候，同事在群里叫，还有票，问我要不要去。

夏辰璟看到了，他生怕我不死心，第二天一直陪着我，带着我出去

269

吃，带着我在外面逛，很晚了，不得不离开的时候才走。

他走的时候还特地嘱咐我妈，让她看着我。

我："……"

015

在我怀孕初期，夏辰璟买了好多书回家，适合孕妈看的、适合准爸爸看的，还有很多适合胎教的书。

我翻看了一下，实在觉得无聊，就丢到一边了。

夏辰璟一有空就要给宝宝做胎教。

夏辰璟每次都摸摸我的肚子，亲一口，然后说道："小宝贝，爸爸给你讲故事呀。"

他照着书本把故事读下来，我听了一半，忍不住笑出声："哈哈哈，好幼稚，这个故事逻辑都有问题，这作者是谁呀？"

夏辰璟忍不住瞪我："有你这样当妈的吗？小孩子什么都不懂，你非要找碴。"

我："从小就要培养孩子找碴的能力，不懂才要教呀。这种没逻辑的故事不听也罢。"

夏辰璟满头黑线："闭嘴，还要不要我讲故事了？"

我："好吧好吧，你继续讲。"

于是，夏辰璟就继续把剩下的故事讲完了。

我在他讲完故事之后还准备点评，夏辰璟便瞪我："你再找碴，下次我把你的耳朵堵起来。"

我："好吧好吧。"

等我月份大点了，胎动明显了，夏辰璟除了喜欢对着我的肚子讲故事，还喜欢对着它唱歌，有时就索性把耳朵贴在我的肚子上："宝贝，宝贝，我是你爸爸呀。"

他平时老觉得我碎碎念，可这个时候，他自己也喜欢碎碎念。

偶尔，他会很开心地对我说："宝宝动了、动了。"

我："好幼稚的爸爸。"

016

夏辰璟不能回家的时候，就会跟我视频："老婆，今天怎么样，舒服吗？"

我："舒服。"

夏辰璟："吃核桃了吗？"

我："嗯嗯。"

我一边应着，一边从边上的瓶子里拿了两颗核桃往嘴里塞。

夏辰璟之前给我买了一大袋核桃，我老忘记吃。于是他把所有的核桃都剥了，用两个玻璃瓶装起来，放在显眼的地方。

夏辰璟无语地看着我："我就知道你，今天喝牛奶了吗？"

我："嗯嗯。"

夏辰璟："不要骗我，我明天回家要检查的。"

我："哦，这点信任还是要给的。"

夏辰璟："上次一箱牛奶你喝了好几个月都没喝掉。"

我："不会啦。"

夏辰璟："吃水果了吗？"

我："吃了个橙子和苹果。"

夏辰璟："嗯，娃乖不乖呀？"

我："很乖。"

夏辰璟："你今天给他讲胎教故事了吗？"

我："没有。"

夏辰璟："你这个不靠谱的妈，来，我给他讲故事了。"

我："好呀……"

夏辰璟："你真懒。"

我："……"

夏辰璟在视频中温言温语："宝贝，爸爸给你讲故事了……"

我耐心地听着夏辰璟在视频里念完一整个故事，不由得轻轻吐了一口气："终于讲完了。"

　　夏辰璟："下次我要多录几个故事，我要是不在家，你就放给他听。"

　　我："好的，娃他爸。"

我的朋友

全世界都知道我喜欢你

我的朋友算不上很多，但个个交心。

平日里我和小嫦联系得最多，细数起来，我和她竟也认识近十年了，这十年却犹如弹指之间。

001

大学同学都说，小嫦是我的饲养员。

大学时，我所有空余的时间都在码字，完全把自己活成了一个不修边幅的宅女。除了去教室上课，我很少出寝室门。

那时候外卖还不算流行。

于是乎，小嫦包了我的三餐。她去食堂吃，就给我带食堂的饭食；她去外面吃，就给我打包外面的饭食。

有一天，小嫦出门前和我说她今天要去市区逛街，问我要不要跟着去。

我说没兴趣，她就让我记得起床吃饭。

我前天晚上赶稿赶到半夜，压根没听到她在和我说什么。

我在寝室里等呀等，等到下午四点，小嫦终于回来了，还带来了我最爱的鸡腿饭。

小嫦："你今天吃了没有？"

我饿得昏昏沉沉的，抢过她手里的饭狼吞虎咽："没有。"

另外一同学说道："就知道你。小嫦今天在外面都念叨一天了，怕你没饭吃，我们紧赶慢赶回来了。"

小嫦恨铁不成钢："你就不能出去一下把饭吃了再回来？"

我："我早上想着你中午总会回来，中午想着你晚上总会回来。"

小嫦："我要是出去露营了呢？"

我："明天总会回来吧？"

小嫦："天哪！你也太可怕了吧！"

从此之后，小嫦基本上外出都会把我拉出去，不敢留我一个人在宿舍，她说怕把我养坏了。

002

在我的眼里，小嫦就是个学霸。

我们读的是数学专业，无论是高等代数、数学分析，还是其他课程，只要是老师布置的作业，就没有她不会的。

我上课不认真听，下课看着老师留的作业简直要疯掉。于是我把作业本丢给小嫦："小嫦！你把我的作业做一下吧！"

小嫦："自己做。"

我："亲爱的小嫦姐，我什么都不会，怎么写？"

小嫦："谁让你上课都不听，天天看小说！我教你总行了吧。"

我："周末可以教我。现在你不要教，我不想听。"

小嫦冲着我翻白眼，气得想打我。后来，她没办法，只好把自己写完的作业给我："抄吧抄吧，不想管你了。"

同样爱看小说的室友小美也凑过来："给我一起抄、一起抄。"

小嫦："你们……"

过了几天，上完物理课，物理老师要求我们交实验报告以及反思。

我上主课都没好好听，更何况物理课，所以交报告的事我全权交代给了小嫦。

小嫦十分无语："拜托，这东西不能复制粘贴的呀。"

我："拜托啦，我今天要赶稿，真没空写，而且写什么我都不知道。"

小嫦刚开始不理我，但到了最后，又不得不在自己的报告上修改了一下，弄了一份全新的东西给我："好了，那个反思过程你要自己写。"

我笑得很无耻："你顺便帮我交了呗，反正你也知道我的邮箱和密码。"

小嫦皱着眉头："你的意思是让我一起把反思也给你写了？"

我："嗯！"

小嫦扶额："你真是没救了。"

再过几天，上完VB后要交作业了，我冲着小嫦笑得更无耻了："一起呗？"

小嫦："……"

后来小嫦习惯了，无可奈何地负责起我所有的作业，甚至连建模竞赛，她也让我搭了个伙，虽然我只干了其中最简单的活儿。

获奖的那一日，我在宿舍里蹦蹦跳："哈哈，有了小嫦姐姐你，我上大学好轻松呀。"

小嫦斜了我一眼："呵呵，到时候期末考看你怎么办！"

期末考到了。

我乖乖地坐在小嫦的面前："姐姐，帮忙辅导呗，再不帮我辅导我就要挂了。"

小嫦："呵呵，现在知道学习了？你现在知道要挂科了？"

我："小嫦姐，你最好了，帮帮忙吧。"

小嫦："真是不想管你。"

小嫦说是这样说，但还是把本学期所有的重难点列了出来，给我复习了两个晚上。她甚至给我一颗定心丸，这几道题会做了，明天就稳过了。

我："小嫦万岁！"

然后，在小嫦的帮助下，我大学里不仅没挂过科，还拿过三等奖学金。

003

小嫦毕业后的暑假，在教师考编中，以第一名的好成绩考到了她所在县市里最好的初中。

而我名落孙山。

我的工作没有落实，说不失落是不可能的。

好在有小嫦的安慰，我又重新振作了起来。

第二年小嫦把所有的资源都邮给我，让我早点开始准备。暑假才开始，小嫦就跑到我家里来，帮我辅导。

短短一个月，我把初中到大学所有的数学知识点都整理了一遍，不懂的就问小嫦。三套资料和四套试卷，我全部做了个遍，把每一道错题全都弄懂了。

成绩出来之后，我的笔试成绩是我们县市区的第一名，接近满分。

小嫦又帮我一起整理课件，给我整理面试的资料。

考编结束之后，我自然是被录取了，而暑假也差不多过完了。

我拉着小嫦的手："唉，好对不起你呀，浪费了你一个暑假。"

小嫦笑道："这有什么的，很值得呀。"

004

小嫦在学校里有宿舍，所以她暂时没有买车的打算。

而我，工作地点离家远，每天需要早起赶公交车。如此赶了大半年之后，我常坐的巴士停运了，新的公交路线很绕，班次也少，我等车等得崩溃。

小嫦提议道："你买车吧。"

我叹气："穷呀。"

工作的第一年，算实习期，我的工资少得可怜。

小嫦："我借给你呀，我存了一年的工资，你自己稍微凑点，付个首付还是可以的。"

我刚开始完全没有这个想法，毕竟觉得负担太大，如今被小嫦一提醒，竟觉得这个想法很可行。

我仔细考虑了一下后，问她："真的假的，你不怕我卷款跑路呀？"

小嫦："我知道你家在哪里，不怕。"

于是，一个月后，小嫦帮我付了大部分的首付，我把车给开回家了。

005

说起小嫦的好，我三天三夜都说不完。

我一直觉得人生能有小嫦这样的知己，实在是我的幸事。

一路以来，她亦师亦友，助我良多。

虽然我们在同一个城市，但毕竟在两个县，也不能常常见面。不过一旦见面，我们就会找地方疯狂吃，然后疯狂玩。

夏辰璟和我认识之后，表示很吃醋，因为只要有小嫦在，他的存在感就超级低。

暑假的时候，我对夏辰璟说道："我要出去旅游啦。"

夏辰璟："好呀，老公陪你去。"

我："不用，你乖乖上班就好了。"

夏辰璟微眯起眼睛："我有不好的预感，你又要抛弃我了。"

我："是呀，我和小嫦一起去。"

夏辰璟很是无语："你都不让老公陪着去，就知道跟小嫦一起玩！"

我："你知道吧，我和小嫦出门，我什么都不用带。我带着她，她带着钱，她会做旅游攻略，会订房间，还是个自动导航，和她出门很安心的。"

夏辰璟撇了撇嘴："难道我做不到吗？"

我想想也是，只能换个理由："可是老公要上班呀。"

夏辰璟："我可以休假！"

我："别，上次我们订婚的时候你就休假了，年底我们结婚你又要休假，休假那么多次总是不好的。"

夏辰璟气呼呼地说道："老公不在家你就能乱跑吗？"

我："而且你也不喜欢旅游呀。"

夏辰璟抓狂："这完全是两码事好不好！"

我："哎哟，我暑假都快过完了，你就让我出去玩几天吧？"

夏辰璟："我没有暑假都没说什么，我有埋怨过吗？"

我："我去睡觉了。"

夏辰璟："每次说几句你就说自己要去睡觉，你咋不上天呢？"

我："风好大，我听不见。"

夏辰璟："风大没关系，爷用高音喇叭告诉你！"

夏辰璟："天天小嫦小嫦的，一个暑假天天和小嫦腻一起了还要找小嫦，小嫦能像爷这般待你好吗？"

我："能呀能呀，她对我超级好的。"

夏辰璟："你不要和我说话了！"

006

公众号转发抽奖，我难得中奖，忙给夏辰璟发微信："哇！我中奖了，两张电影票。"

夏辰璟发了个期待的表情："我们什么时候去看电影呢，周末吗？我看看有什么好看的电影。"

我："不，我等一下和小嫦去看。"

夏辰璟："你……"

我："哈哈哈，再跟你说个好消息，小嫦中了电影院边上甜品店的奖品，一大份的麻薯抹茶冰。"

夏辰璟："不准吃冰的，你个瓜娃子！"

我："你是不是很嫉妒？哈哈哈，其实是你想吃吧？"

夏辰璟："我理都不想理你，在你眼里根本就没有我这个老公。"

007

有一天，小嫦因为要早起考试，考试地点在我家附近，所以需要到我家借住一宿。

我发短信给正在上班的夏辰璟："夏同学，晚上小嫦和我睡，你住单位吧。"

夏辰璟："凭什么？！"

我："你要是回家了，小嫦会不自在的，会不好意思的。"

夏辰璟："你个瓜婆娘，为了小嫦老公都不要了，小嫦能跟你生孩子吗？"

我："在你没出现的时候，我就想着要是我和小嫦都嫁不出去的话，我们就搭伙过日子了。等我们老了，我就和她在郊区买一幢别墅。然后我们养只狗，领养个孩子。"

夏辰璟："呵呵。"

我："哈哈哈，所以你要对我好一点，否则我投奔小嫦去了。"

夏辰璟："你想多了好吗？等到小嫦有了男朋友，看她要不要你。"

我："……"

夏辰璟："本来中午买了橙了想晚上带给你吃的，哼，　个都不想留给你了。"

我："别这样嘛。"

008

临近中考，带毕业班的小嫦忙到崩溃，有时忙得连饭都没时间吃，更别提跟我出来玩了。

正好这段时间，夏辰璟闲下来，没事就带我出去玩，出去吃。

我每吃到一样好吃的东西，都要拍照下来发给小嫦，无论是大菜、甜点，还是水果。

小嫦每次看到这些美食的照片都很无语。

她给我的回复无一例外都是："我们还能继续做好朋友吗？我不想再跟你聊天了！你不要和我说话！我根本不想理你！"

过了几天，我不再给小嫦发图片了。

小嫦给我发微信："最近你们俩是不是不出去吃了？"

我又默默地给小嫦发了一张美食图："怎么说？你闲下来可以找我玩了？"

小嫦："不，感觉你一天不晒图都少了点什么。"

我："哈哈哈哈，那我还可以继续发吗？"

小嫦："走开，不要刺激我。"

009

夏辰璟在我边上玩游戏，突然他瞥了我一眼，眼尖的他顿时叫起来了："你个熊孩子，居然把和爷的聊天记录给别人看！"

我："哈哈，那有什么关系，也就只给小嫦看了。"

夏辰璟："你是不是将其他的事也跟她讲了？"

我无辜地眨眨眼："什么？你是指哪方面？反正该讲的我都讲了，不该讲的也讲完了。"

夏辰璟戳戳我的脑袋："你个笨蛋，太不害羞了。"

我："哈哈哈哈，没关系啦。"

夏辰璟捂着自己的胸口："爷的隐私，都要被你泄露光了。"

我："没事没事，男人没有什么隐私的。"

010

夏辰璟虽然看起来很吃小嫦的醋，但有一天他知道我给小嫦买了很多零食的时候，我问他会不会心疼，他说了一句："都是自己人，不心疼。"

我："哈哈，对，都是自己人。"

夏辰璟突然问道："你是不是很久没见小嫦了？"

我点头："是呀是呀，因为你，小嫦都不好意思占用我周末的时间啦。"

夏辰璟："那明天我带你去小嫦那儿玩呗。"

我："嗯？这么好？"

夏辰璟："我有个表弟就住在小嫦学校附近，我们正好去看看他。"

我："好呀！"

第二天，夏辰璟果然驱车带我去邻县找小嫦玩了，带上小嫦后，他还打电话给他表弟，让他表弟请客吃饭。

表弟小峰是个有点腼腆的男孩子，长得白白净净的。

他看到我们有点惊讶："你们怎么过来了？这里比较偏，附近也没什么吃的，我给你们下面条吧。"

他给我们做了海鲜面条，味美料足，味道特别好。

我忍不住用手捅捅夏辰璟："你看看人家，再比对比对你，太逊色了。"

夏辰璟："老婆，人各有所长呀。"

我："喊。"

011

我和小嫦之间几乎是没有秘密的，甚至，我在很长的一段时间内都没有开通自己的淘宝和支付宝，用的都是小嫦的账号。

有一天，我上淘宝买东西的时候，在淘宝的搜索栏里发现了"避孕套"。

这东西不是我搜索的，那想必就是小嫦搜索的。

我顿时哇了一声，给小嫦发微信："快说，有什么事瞒着我了？"

小嫦："什么什么瞒着你？"

我："少来了，你买避孕套了。"

小嫦："胡说，我没买。"

我："你在淘宝上搜索了，你有买避孕套的想法了，所以你有男人了！"

小嫦跟我废话了很久，忍不住给我发了一句："你太敏感了。"

我："哈哈哈哈。"

小嫦："哈哈哈哈哈。"

我："别废话了，你告诉我对象是谁。"

小嫦："小峰。"

我张大了嘴巴，震惊到无以复加："夏辰璟的表弟？什么时候的事？"

小嫦："原来你不知道呀。"

我："我怎么知道？你快如实招来！"

012

原来上次见面之后，小嫦和小峰就加了微信。

刚开始他们也并没有什么交集，后来暑假，小嫦亲戚家的几个孩子要她辅导，她就准备租个房子。

她发了朋友圈之后，小峰就说自己家楼上外公的房子空着，可以租给她。

小嫦大部分的时间在出租房里，下班的小峰偶尔会请她喝杯茶。小嫦有时候忙得没空吃饭，小峰就顺便给她煮碗面，一来二去，两人就熟了。

时间长了，他们就在一起了。

我听完不由得惊呆了，半年的时间，小嫦和小峰发生了那么多事，我居然被蒙在鼓里。

我一边抱怨她瞒得太好，一边拍拍边上快睡着的夏辰璟："喂，小嫦和你表弟在一起了，你知道吗？"

夏辰璟："知道一点点吧。"

我："那你不告诉我？"

夏辰璟："没觉得小嫦最近都不找你玩了吗？"

我："呃……"

夏辰璟得意地看了我一眼："把小嫦嫁出去，以后就没人和我抢老婆了。"

我："你是不是早有图谋？"

夏辰璟："我表弟也很好的好不好，你要做的就是祝福。来，很晚了，老婆，我们睡觉了。"

我："……"

夏辰璟："对了，老婆，你之前不是说想吃大餐吗？周末我们让小峰请客，请我们吃顿大餐，好歹我们也算是做了一回媒人了。"

我："嗯……你说得对！"

013

自从小嫦谈恋爱之后，我突然觉得我的空余时间都变多了。

不仅仅是她没有大量的时间陪我逛街，连手机联系都少了许多。毕竟，小嫦以前有什么事会第一时间和我分享，如今嘛……应该不会了。

从前小嫦偶尔得空会做一些甜品，比如蛋糕、千层、马卡龙什么的，还会做很多小吃，什么包子、虾饺。她有空会带一些和我分享，或者直接在我家现做，填满我家的冰箱。

可她谈恋爱之后，和小峰腻在一起，连甜品也不做了。

我不由得和她唉声叹气："我的甜品呢，我的好吃的呢？"

小嫦："可能再也没有了。"

我："有异性没人性。"

小嫦："哈哈哈，刚开始你和夏辰璟在一起时，你也有异性没人性的。"

我："乱讲！"

小嫦："你结婚的时候，我心里都觉得空落落的，我感觉我的好闺密被人抢走了。"

我："我现在也空落落的，我的好闺密也被人抢走了。"

小嫦："哈哈哈。"

014

我给小嫦发了几个截图："你看上面的聊天日期。我发现，从我和

284

夏辰璟再次遇见之后至今，微信聊天记录就没有一天停过的。”

小嫦："哈哈哈，正常的，你们夫妻有的是话题聊天。"

我又给小嫦发了几个截图："是呀，这也没什么。为什么我和你的聊天记录也是没有一天停过的，我和你有什么好聊的吗？"

小嫦："……"

我："我翻看了一下我们的聊天内容，有一半都是图案和表情，好无聊哦。"

小嫦："你……"

015

我给小嫦发了好几个表情。

小嫦："你在干什么？"

我发了个捂脸的表情："我男人在通马桶，马桶被我堵住了。"

小嫦："哈哈哈哈。"

我："通不了了怎么办？"

小嫦："会通掉的，有通马桶的工具嘛，慢慢通。"

我："也只能慢慢通了。刚才我本来蹲在边上看的，被骂走了。"

小嫦回了个捂脸的表情："好看吗？"

我："不好看，就是不好意思，哈哈。"

小嫦："你男人摊上你，什么活儿都要干。"

我："别这样……"

016

小嫦和小峰快要订婚的时候，许是有点婚前焦虑症，她问我："男人婚前婚后会有变化吗？"

我仔细地想了一想："别人我不清楚，可我觉得夏辰璟婚前婚后几乎没有什么变化。小细节我就不说了，大事上基本上和婚前没什么差别。"

小嫦："那感情方面呢？"

我："嗯，感情都是慢慢磨合的，所以越来越好吧。至少婚前我不算太喜欢他，婚后却觉得越来越依赖他了。"

小嫦："唉……问你也没用，我有时候觉得夏辰璟就是个例外。"

我："呃……"

在婚前我也有点恐婚，所以总是和夏辰璟说女人婚后流的泪都是婚前脑子进的水。

夏辰璟就和我讲，那趁现在把脑子里的水排干了。

事实证明，我婚前脑子里并没有进水。

按照夏辰璟的说法，婚后，他觉得自己成家立业了，要转换好角色了，他变得更有责任感了，也更爱老婆了。

他还跟我说他会越变越好，做一个好老公。

至于在财政方面，婚前都是他买单，婚后直接财政上交了。

我突然想起一点，对小嫦说道："婚前婚后有一个变化挺明显的，夏辰璟胖了。"

小嫦："……"

你是我倾心驻足的风景

全世界都知道我喜欢你

某日，我和夏辰璟一起看偶像剧。

夏辰璟："你看看人家女孩子多主动。你看看你，每次都是我壁咚你，你有主动亲过我吗？"

我脸红了一下："哈哈哈哈，有吧，不过你好像不让我亲呢。"

夏辰璟："亲亲我最喜欢了，我会拒绝吗？你是在怀疑我的雄性荷尔蒙吗？"

我继续尴尬。

夏辰璟："别倒打一耙了，明明每次都是我主动，你不给亲，我偷偷亲完，你还说被狗咬了！"

我："哈哈哈，我害羞嘛。"

夏辰璟："现在不亲，老了就亲不动了，要知道越亲越少的。"

我："都是借口，你以后不想亲我才这样讲的。"

夏辰璟："不要和我说话，我要被你气死了。"

我："不要嘛。"

夏辰璟："好吧，现在让你亲，看你有没有胆子。"

我："你乖乖站好哦，头低下来哦，我亲你一下哦。"

我在夏辰璟的目光下，吧唧一口亲了他。

夏辰璟："你的亲是什么亲呀，用嘴唇碰了一下，这就好了？"

我："这是心意，哈哈哈哈，纯洁的吻。"

夏辰璟："心意是来一次法式舌吻。"

我："我觉得这样比较能增进感情，哈哈哈。"

夏辰璟："那也时不时来个法式舌吻呀，当点心。"

我："……"

002

很久之后。

夏辰璟："现在你都会主动亲我了，以前都不会哦，好不害臊哦。"

我冲他翻了个白眼："自己的东西随便用！"

夏辰璟："东西……"

我："我想对你干吗就干吗，你不许拒绝！"

夏辰璟："好吧，给你当牛做马了。要好好对待我哦，大爷，需要我躺平吗？"

我："……"

003

我向夏辰璟提要求的时候，他也并不是每次都直接答应的。

然后我就跟他卖萌、装可爱、装可怜，直到得逞为止。

夏辰璟："每次都跟我来这招，我都被你吃得死死的。"

我嘻嘻笑着。

夏辰璟："要不是爱你，我才不宠着你。"

我一脸星星眼地看着他："有多爱？"

夏辰璟用手指比了一下："就一点。"

我撇撇嘴："伤心。"

夏辰璟："就塞满了心而已。"

我顿时觉得自己的心被什么装满了，抱着他的手臂蹭了几下："哇，我好像还挺吃这一套的呢。"

004

有一次，我有点不开心了，和夏辰璟说道："我十次有六次想丢掉你，所以你要变得好一点。"

夏辰璟："我从未有这种想法，你却总是提这个，宝宝心里苦。"

我："想想而已。"

夏辰璟："想就是错误。"

我："那你上次还说讨厌我，这也是错误的！"

夏辰璟："逗你玩呀。你再调皮，就打你哦。"

我："哼！"

夏辰璟："有些话我说过很多次，但却从未兑现过。"

我："没办法，我可爱呀，哈哈哈。"

夏辰璟："你说你爱我多一点还是我爱你多一点？"

我："你。"

夏辰璟："现在知道了吧，还天天嫌弃老公，觉得这儿不好那儿不好的，也不会顺着我一下。"

我："不嫌弃啦。"

夏辰璟："你还专门生我的气，难道不知道老公也会难过吗？"

我："好吧，下次不会了。"

005

夏辰璟时常觉得我太懒了，周末抽空就带我爬山。

夏辰璟说道："A市有你爬不完的山，你想爬多久就爬多久。"

我讨厌爬山，夏辰璟也见不得有多喜欢。

不过，他觉得爬山益处多多，不能放任我老窝在家里，所以还是会硬拉着我出去。

爬山时，他会把所有的东西都装到自己的书包，自然而然地走到我的身后。

刚开始爬还好，可我爬到半山腰就累得爬不动了。不过没有地方坐，我也只能努力坚持往上挪。

夏辰璟开了矿泉水给我润润口："就一点了，老婆，再坚持一下。"

我不由得惊喜："这山居然这么矮？"

夏辰璟："你以为多高呢？"

然后，我就在他"只剩下一点"的谎言中，挣扎着爬上了山顶。

最后，我站在山顶大口大口地喘气，眺望着远方："哇，你一直在骗我，这山居然这么高，累死我了。"

夏辰璟忍不住微笑："这叫作望梅止渴。"

我："……"

夏辰璟："这么爬一下就不行了？我单位附近的山更高，下次带你去吧？"

我摆摆手："不想。"

夏辰璟："爬爬就习惯，以后我们老了天天去爬山，呼吸一下山里新鲜的空气。"

想法是很美好，但是我还是忍不住冲他说道："你不要虐待老伴呀。"

006

有一次体检之后，我有个指标不对，医生建议做一个活检化验一下。

第一次碰到这样的事，我着急得有点想哭。

夏辰璟知道后，安慰我："老婆，没事的，不要担心，别有心理负担，老公永远陪着你。"

听到他安慰我，我便安定下来了："其实也没什么事，查一下放心。"

夏辰璟："一切都会好的，没关系的。以后我们要注意饮食健康，还要适当锻炼，更重要的是心情一定要好。"

我："嗯。"

夏辰璟："其他反倒都是其次，好不好看、瘦还是胖什么的，老公不在乎的，只要是你，我都喜欢。"

我："嗯嗯。"

夏辰璟："只要健健康康的，我们就能好好玩耍了，以后的日子还有很长很长呢。"

我："对！"

夏辰璟："老公给你发个大红包，让你感动下。"

我："你真好。"

夏辰璟："还好有点私房钱，正好哄哄老婆玩。"

好在只是虚惊一场，结果出来后，夏辰璟带我去吃了一顿大餐。

007

现在是桑葚熟了的季节。

夏辰璟晚上问我："老婆，你喜欢吃桑葚吗？"

我点头："喜欢呀，好吃的水果我都喜欢。"

夏辰璟拿着手机回复了什么，然后对我说道："那明天去我朋友家果园里摘桑葚吧？"

我："什么……还要自己摘呀？"

夏辰璟："怎么听起来那么勉强，不想去？"

我笑嘻嘻地冲他说道："我只喜欢吃。"

夏辰璟忍不住给了我个白眼："懒猪，那就我摘你吃呗。"

果园算不上很大，桑树也算不上很多，但成串成串乌紫色的桑葚让人看着太有食欲了。

同行的朋友估计都是第一次摘桑葚，一个个都很兴奋，忙拿着篮子和剪刀去采摘。我刚开始也跟着摘了一会儿，只是太阳实在是毒，再加上这里蚊虫太多，我摘了几个就懒得再摘了，就坐在一边休息去了。

夏辰璟走过来，将自己摘的小半篮桑葚递给我，顺便戳戳我的脑袋："小懒虫，洗干净了再吃，虽然没有打药，但怕有小虫子。"

我仰头冲他笑："嘻嘻，好的。"

夏辰璟："把帽子戴好，免得晒黑了回家抱怨。"

我："知道啦。"

我从书包里把矿泉水瓶子和一个塑料盒子拿出来。矿泉水瓶子里装的是盐水，作用是洗桑葚。

刚摘的桑葚又甜又新鲜，特别好吃。突然，我听到不远处，夏辰璟的一个朋友问道："你老婆在干吗？"

夏辰璟："在吃呀。"

我感觉到好几道视线朝着我望过来，我有点不好意思地低下了头。

夏辰璟的朋友看到我手里的东西："东西带得还很齐全嘛。"

夏辰璟："她有点洁癖。"

嗯，有洁癖的明明是他好不好，盐水和塑料盒子都是他给我准备的呢。

008

有一次，轮到我值夜班。

于是在家里吃完晚饭、洗完澡后，我把夏辰璟也一道拉到学校了。

学校里没有宿舍，只有楼顶有个临时休息室，用几张沙发拼在一起，显得十分简陋。

夏辰璟半蹲在沙发边，将从家里带来的被子铺起来，略兴奋地说道："我怎么感觉我们去郊游了。"

我："还郊游呢，你还是个孩子吗？换个环境就开心了。"

夏辰璟一脸无所谓的样子："有老婆在嘛，睡哪里都一样。"

我站在窗户边往外看："外面黑漆漆的，连个灯都没有。要是让我一个人在这里值夜班，我还真觉得害怕呢。"

夏辰璟："你同意我也不同意呀，怎么能让老婆一个人值夜班呢？"

我："嘻嘻，幸好以前没有值夜班，否则单身狗一只也只能自己来呀。"

夏辰璟："快来感谢你老公收了你。"

我："喊。"

夏辰璟开了空调，把从家里带过来的已经洗好了的草莓、葡萄拿出来，冲我招招手："老婆，过来，吃水果。"

我盘腿坐在他边上，一起吃水果，一起看平板电脑里下载好的电影。直至夜色晚了，夏辰璟让我关灯睡觉。

我认床，没有夏辰璟沾枕就睡的好习惯。

三更半夜的时候，我有点烦躁地翻来覆去。

夏辰璟一把将我搂在怀里，他沙哑的声音略带着鼻音："老婆怎么了，睡不着？"

他像往常一样，轻轻地拍着我的背，像在哄孩子："乖乖睡，老公哄你睡。"

我小声说道："我想上厕所。"

夏辰璟："不要憋着。"

我："厕所在三楼。"

夏辰璟："走吧，老公陪你去。"

他从一边拿了睡衣把我包起来，一边牵着我下楼。

楼梯间里灯光昏黄，脚步声显得空空荡荡，因为他在我边上，我显得格外安心。我微歪着脑袋看着他的侧颜，突然觉得，只要有他在，在哪儿都一样。

009

我和夏辰璟在一起之后，几乎没有一起远途旅游过。

我们每次约好去旅游，不是他有事，就是我有事。好不容易咬牙定下行程，我居然怀孕了，由于前期反应太大，于是我们又不得不把行程取消了。

不过短途的游玩，我们还是去过几次的。

刚订婚时，夏辰璟驱车带我去福建吃海鲜，顺便带我去海边玩了一圈。

这并不是我第一次看海，不过站在广阔的大海面前，我还是觉得心情愉悦。我脱了凉鞋在浅沙滩上踩踩踩，跳跳跳。

夏辰璟拿着我的鞋子，站在边上笑我："老婆，你看那里。"

我："嗯？就几个小孩子呀。"

夏辰璟："你和他们没什么两样。"

我："嘻嘻嘻，我比他们高一点。"

夏辰璟："喊，他们都没你幼稚。你看你再踩几下，裙子、衣服要湿透了。"

我："好像是呀，那怎么办？"

夏辰璟："只能脱光了躲进车里等晾干。"

我白了他一眼："滚蛋。"

我看到不远处有售卖冰条的小车，就跑过去买了两根冰条回来。回来的时候就见到夏辰璟蹲在地上，在沙滩上画了个大大的爱心，里面写着"夏爱周"。

我蹲在他的边上，递了一根冰条给他，笑眯眯地说道："哥哥，没想到你也玩这个呀，好幼稚哦。"

我明明嘲笑他幼稚，却还是忍不住拿出手机拍下了这个"爱的痕迹"。

夏辰璟偏过头来冲着我微笑，灿烂的阳光下，他的笑容显得十分明媚："来，再送你个礼物。"

他把两个漂亮的贝壳放到我的手里。

我："挺好看的。"

我抬头看他望着我的含笑的眼，突然觉得他的眼睛里有光。

010

夏辰璟："刚洗手把戒指拿下来，突然找不到了，吓死了。"

我："哈哈，然后呢？"

夏辰璟："然后在兜里找到了，好开心，戴上戒指就有一种家的感觉，有归属感，终于觉得自己不是单身狗了。"

我："是呀是呀，你想想，哇！我居然有老婆还有家，好开心呀。"

夏辰璟：“哼！我都戴着戒指，断了无数少女的心，你却不戴戒指，是不是想给别人机会呀？”

我：“你是个好男人呀。”

说起戒指，许是戴不惯的原因，我总是戴上又摘下。除了刚结婚的那段时间，我还戴着，后来我生怕弄丢了，就直接锁柜子里了。

夏辰璟：“敷衍。”

我：“我哪里还有机会接触别人，学校里都是女老师。我早就戴着戒指在学生面前晃荡过了，他们早知道我名花有主啦。”

夏辰璟：“谁知道呢。”

我：“你要相信自己的魅力，相信自己的老婆。”

夏辰璟：“好吧，你个猪猪。”

011

我的预产期快到了，就开始休假了，住在娘家。

院子里的枇杷熟了，我爸每天上班之前都会拿着梯子爬上去摘几个给我吃。

夏辰璟下班后，我冲他说道：“我爹多好呀，别看他沉默寡言的，但是对我们还是很好的。”

夏辰璟：“那是，以后如果我有个女儿，我也会疼她的。”

我拿出手机给他看：“你看，这是他昨天给我摘的枇杷，超级大的。不过今天早上他没空摘。”

夏辰璟：“你爹今儿还没回来，我来摘给你吃。”

夏辰璟从里面搬来了梯子，站起来剪了几串之后，突然哎呀了一声。

我忍不住担心地问了一句：“怎么了？”

夏辰璟：“不小心剪到自己的手了。”

我：“你个笨蛋，伤口怎么样？我去给你拿创可贴。”

夏辰璟从上面下来，才轻轻地呼了一口气出来：“有点紧张，没事的。"

我这时候才突然想起来，夏辰璟和我说过自己恐高的。不过他想着我要吃枇杷，还是克服了心理障碍爬上去了。

012

夏辰璟和我话不投机的时候，他会讲："我要禁言你一百年了。"

然后我也就真的不和他说话了。

过了一会儿，他又会装作没事人一样过来："老婆，要不要吃水果呢？"

我："你不是已经禁言我一百年了吗？干吗还要跟我说话？"

夏辰璟："我禁了呀，一百年早就过去了。"

我白了他一眼，吃着他递过来的水果。

夏辰璟："我仿佛与你认识了几个世纪，有那种'似是故人来'的感觉。你在身边，我的心总是觉得那么踏实。"

我："好吧。话说前世的一百次回眸才能换得今生的一次擦肩而过。你看我俩天天在一块儿，前世你一定看了我好多好多眼。"

夏辰璟认真地点点头："为了今生遇见你，我前世一定做了很多很多的好事。"

我觉得夏辰璟说得对，为了今生相遇，前世的我们肯定都做了很多好事。

我忍不住笑他："今天你是不是醉了，说，晚上有没有偷喝那个果酒？"

夏辰璟："你还不知道我？说了不喝酒的。"

我："嗯，那就是心情微醉。"

013

记得我真正对夏辰璟动心是那次谈话。

夏辰璟说自己做了个梦，醒来之后很惆怅。

他告诉自己一定要活得好好的，因为要陪伴老婆。

他说："我比你大五岁，以后可能要比你先走，所以现在要多宠你一点。"

我在微信里回他："就是呀就是呀。"

好像并没有什么情绪波动的样子，但是我已经泪流满面。

未来还很遥远，但是我没办法接受没有他的生活。

尾声

我从未想过，有一天，我会将和夏辰璟生活中的点点滴滴记录成册。

这一路走来，有欢笑，有眼泪，有摩擦，但更多的是被宠、被疼、被爱。纵然夏辰璟有许多缺点，又或许，他并没有我所看到的那么好，但我从来不后悔嫁给他。

爱情不需要太多的轰轰烈烈，它需要的是彼此之间的信任与支持。遇见他的那一刻，也许就注定了你们会相伴一生。

我们之间很少说爱，说喜欢，但是彼此都能感觉到对方的真诚。

我们的未来还有很远，我享受当下，也憧憬未来。

那时，有我们的孩子，有我，还有他。